선장 교수의 고향 사랑

김인현 수필집

선장 교수의

고향 사랑

범우

두 번째 산문집을 내게 되었다. 첫 번째 수필집《바다와 나》가 2017년 12월에 발간되었으니 약 2년 반 만에 다시 두 번째 수필집이 나오는 셈이다.

나는 수필가도 아니고 더구나 등단한 사람도 아니다. 단지 글쓰기를 좋아하고, 내가 경험한 바를 많은 사람들과 공유하기를 좋아할 따름이다. 그래서 자꾸 생각하는 것을 글로 표현하고 이를 여기저기 공유하길 좋아한다. 문득 다시 수필집으로 내면 더 체계적으로 나의 글이 공유될 수 있겠다는 생각에 미치게 되었다. 그래서 다시 범우사의 도움을 받아 제2집을 내게 된 것이다.

나는 고향에 대한 애착이 누구보다도 강하다. 지나친 고향사랑인지 모른다. 2009년 고려대학교의 교수로 되고 나서는 나의 고향사랑은 더 깊어졌다. 사람들은 시골에서 고등학교 나온 사람임을 감안하면 참 잘되었다는 표현을 하면서 칭찬해주었다. 고향사람들은 어떤 모임이든 내가 자리하면 반겨해 주었다.

나는 동창회나 각종 단체의 자문교수도 맡게 되었다. 이런 가운데 나는 고향발전을 위해 무언가 기여를 해야 할 터인데 하는 일종의 의무감을 느끼기도 한다.

나의 마음속 깊은 곳에는 40년 전의 아름다웠던 고향이 자리한다. 그런데 현실의 고향은 급격한 인구감소에 군의 소멸을 걱정하는 단계까지 왔다. 나라는 개인이 고향발전을 위하여 할 수 있는 일은 무언가? 고향신문에 수필과 칼럼을 생각없이 그저 적어왔다. 어느 순간 나에게 고향은 무엇인가? 고향이 나에게 준 것은 무엇인가? 나는 시골에서 고등학교를 나왔지만 드물게 명문대학의 교수가 되었는데 그 비결은 무언가? 이런 생각들을 해보았다. 나라는 사람이 천재도 아닌데, 자라면서 남들과 다른 특별한 무엇이 있었기에 나이가 들수록 힘을 발휘하는 것인가?

세간의 평가처럼 내가 성공했다고 본다면, 그 성공의 비결은 고향 영덕의 아름다운 자연환경과 집안의 가정교육에 있었다는 판단이 들었다. 고향 영덕은 소안동이라 불릴 정도로 유학의 뿌리가 있는 곳이다. 오랜 유교적인 전통에서 자란 우리들은 비록 대학진학을 위한 학력은 부족해서 일류 대학에 진학을 못했을지 몰라도, 인간의 기본이 되는 가정교육은 모두 잘 받았다.

성실하고 꾸준하게 한 우물을 파니까 결국 자신의 분야에서 성공을 하게 되는 것이다. 이런 생각에 미치면서 그동안 적은 글들을 모으기 시작했다. 내가 경험한 아름다운 영덕의 자연환경과 가정교육을 한 권의 수필집에 담기로 했다. 나의 경험들이 수필이라는 이름으로 남아 고향의 발전에 도움이 된다면 좋겠다.

글을 적을 때는 이런 목적을 가지고 적은 것은 아니다. 길을 가다가, 산보를 하다가, 그냥 수시로 때때로 어떤 생각이 떠오르면 글을 적었다. 그냥 글을 적어두었다. 특히 2019년 9월부터 6개월 일본 도쿄대학에 있으면서 그야말로 아무런 제약없이 자유로이 연구하고 시간을 보내는 동안 20여 편의 수필이 작성되었다. 어떻게 그렇게 생생하게 40년, 50년 전의 이벤트들이 생각이 나는지 모르겠다. 이런 기억들을 잊어버리기 전에 이렇게 글로 남겨둘 수 있다는 것은 나의 행복이었고, 스스로 크게 만족하고 보람을 느끼는 일이기도 했다.

영덕 사람들이라는 밴드에 〈김인현의 고향사랑 이야기〉로 25회까지 올렸다. 고향신문에 또 10회 정도 실어서 반응을 보기도 했다. 몇 명의 지인들이 항상 이 글들을 미리 읽어보고 수정해주었다.

처음에는 〈고향 영덕사랑 이야기〉라는 제목으로 책을 펴내려고 했다. 그렇지만 좀 더 일반화시키자는 범우사 김영석 편집장님의 의견을 받아들였다. 그래서 영덕에 관련된 것은 뒤로 한 장으로 축소했다. 또한 너무 개인적인 내용은 삭제하거나 부록으로 하여 객관성을 더 살리려고 했다.

본서는 모두 5장으로 나누어진다. 제1장 '그리운 고향'에는 고향 관련 나의 체험 14편을 실었다. 제2장 '바다와 나'에서는 수필《바다와 나》와 연결을 시킬 수 있도록 나의 바다관련 체험 13편을 실었다. 제3장 '살아가는 평범한 이야기'에는 고향의 이야기가 아닌 나의 주변

일상생활의 이야기 12편을 넣었다. 제4장 '지속가능한 영덕'에서는 영덕의 자랑이나 장점을 위주로 9편을 배치했다. 마지막 부록에는 서평, 영화감상문, 강연문, 개인적인 내용을 넣어보았다. 이렇게 해서 모두 48편의 글이 본문에 실리게 되었다. 그리고 영화·책 감상평, 조금은 개인적이지만 공적의미를 담은 11편의 글을 부록에 추가했다. 수필집에 어떤 제목을 정할 것인지 고민했다. 《선장 교수의 고향사랑》이라는 제목을 가지게 되었다.

내가 생각하는 수필이란 자기의 경험한 바를 진솔하게 적는 것이고 여기에 교훈적인 내용이 담긴다면 더 좋다는 것이다. 나의 글은 화려함이 없다. 그저 독자들이 읽기 쉽도록 하고 경험을 바탕으로 한 그대로를 적었을 뿐이다.

본서는 대중을 대상으로 한 것은 아니기 때문에 큰 독자층을 형성할 것으로 기대하지는 않는다. 그러나 나와 지역적으로 같은 삶을 살아온 영덕이나 청송, 영양, 울진, 포항 등의 분들은 크게 공감하는 부분들이 많을 것이다. 동향이 아니어도 50대나 60대는 비슷한 삶을 살았으니 과거의 추억을 반추하면서 빙긋이 웃을 대목도 제법 있을 것이다. 나와 같은 바다를 배경으로 한 직업을 가진 분들도 공감하는 내용이 꽤 있다고 본다.

본 수필집이 수필로서의 고유한 기능을 다해야 하는 것은 물론이다. 본 수필에 나타난 우리 집안에서 행해졌던 가정교육들이 오늘의 각 가정에도 조금이라도 참고가 되길 바란다. 그래서 후배세대들이 훌륭하게 잘 자라도록 하는 데에도 이 수필집이 일조를 했으면 한다.

서평을 적어주신 한영탁 회장님께 깊은 감사를 드리며, 한 편 한

편 수필마다 읽어주고 의견을 보내준 박순애 고모님, 백지수 제자에게도 노고에 감사드린다. 두 번째 수필집의 출간을 기꺼이 허락하여 주신 범우사 윤형두 회장님, 윤재민 대표님, 김영석 편집장님께도 감사드린다.

2020년 3월 4일 화정동 서재에서

필자 김인현

차례

제2장 바다와 나

제3장 살아가는 평범한 이야기

제4장 지속가능한 영덕과 나

부록 서평 · 영화감상문 · 강연문

제1 장

그리운 고향

〈저자의 축산항 죽도산 아래 고향 집〉

1. 커 가는 아이 기 살리기

글씨를 잘 쓰고 싶었다. 정강이 아버지라는 분이 필체가 좋아서 각종 서류를 만들 때에는 항상 모셔왔다. 집안을 위한 전용 필경사인 셈이었다. 그 분의 글씨는 얼마나 반듯하고 좋던지... 화장실에 휴지로 사용되던 노란 종이들이 있었다. 1950년대 초 경상북도의회에 사용되던 회의자료였다. 한자와 한글로 병용되었는데, 반듯하게 균형잡힌 글씨라서 나도 그러한 필체를 가진 글을 쓰고 싶었다. 그 글은 필경사라는 전문가가 적은 글씨이니 얼마나 좋았겠는가?

7, 8살 때에는 우선은 칸 안에 한글을 집어넣는 것이 어려웠다. 한번은 나의 노트를 조부님이 검사를 하신다고 나에게 당일 공부한 것을 가져오라고 하셨다. 동네 어른들 열 분 정도가 할아버지 방에 놀러오셔서 한 방에 같이 있는 상태였다. 이 분들은 조부님과 손주인 나의

대화를 항상 재미있게 듣고 즐거워하셨다. 조부님 왈 "무슨 글씨가 이렇게 크게 적혔느냐. 글자의 폭이 여기 축산항에서 염장까지 만큼이나 크게 적혔다"고 핀잔을 주셨다.

어릴 때에는 학생들이 글자를 잘 쓰도록 사각형에 집어넣도록 노트에 칸이 만들어져 있었다. 마침 "이쪽, 저쪽"에서의 쪽자를 적었어야 했다. 어린 학동이 제대로 적기에는 어려운 글자였다. 나는 "무슨 그런 말씀을 하시닝교, 여기서 염장까지는 5리인데 2km입니다", 조부님은 "그래, 2km정도 되지 않겠나"하고 웃으신다. 나도 질세라, "그러면 제가 자를 가져와서 재어보겠습니다, 몇 cm도 안 됩니다"고 하고, 자를 가져왔다. 재어보니 폭이 3 cm 정도였다. 그렇게 보고를 드렸다. 그랬더니 손님들과 조부님이 모두 박장대소를 하고 웃으셨다.

길쭉한 글씨체를 배웠다. 그런대로 괜찮은 필체라는 말을 들었다. 결정적으로 필체가 좋게 된 것은 30이 넘어서였다. 배 사고가 난 다음 1년 동안 명심보감을 공부할 때였다. 명심보감의 문장 100여 개를 반복하여 적게 되었다. 물론 한자를 적는 것이다. 반듯하게 정사각형으로 힘차게 굴곡 없이 글을 적도록 지시를 받았다. 펜글씨로 이를 노트에 적었다.

6개월 정도가 지나니 정말 힘차고 굴곡 없는 글자체가 되었다. 지금 글씨는 기계의 힘을 빌려 통일화되고 규격화되었으니 비인간적이란 느낌이 든다. 이제는 펜글씨를 쓰는 일이 거의 없으니 아쉽다. 그렇지만, 필체는 그 사람의 마음이라고 했다. 힘차고 굴곡 없는 글자체는 나의 마음의 반영일 것이다. 선장으로서 또 올곧은 학자로서 나는 나의 필체에 만족한다.

키가 크고 싶었다. 나는 7살에 학교에 들어가서 체육을 영 잘하지 못했다. 자신이 없고 잘 못한다는 생각을 했다. 아마도 이것은 1년 일찍 학교에 들어간 영향이라고 생각한다. 나이에 맞추어서 신체적인 성장이 있을 터였다. 나는 친구들보다 키도 작고 축구 등 운동은 잘하지 못했다. 중학교에 들어가면서 키가 컸으면 싶었다.

아버지 어머니는 모두 같은 연령대의 다른 분들보다 키가 크셨다. 그런데 할머니는 키가 크시지만, 할아버지는 키가 작은 편이었다. 삼촌들도 키가 큰 편이라서 우리도 키가 클 것으로 기대되었다.

아버지는 몇 달에 한 번씩 방 안의 벽에 형과 나의 키를 표시해주셨다. 마치 방 안에서 키우는 시루의 콩나물처럼 나의 키가 쑥쑥 자라 올랐다. 키를 잴 때면 형과 나는 조금이라도 키가 크게 나오도록 애끼 발을 하거나 양말을 두 겹으로 신기도 했었다. 제사를 모실 때 중간에 한번 쉬는 시간이 있다. 그 때는 제군들이 모두 마루에 나와서 5분 정도 시간을 보낸다. 우리 집은 방문 말고 마루 앞에도 문이 있었다. 그 문지방의 꼭대기는 175센티미터 정도 된다. 삼촌은 머리가 거기에 닿았는데, 나는 닿지 않았다. 그래서 멀리 말미산이 제대로 보이지 않았다. 언제 커서 거기까지 이를까 손꼽아 기다렸다. 제사가 일 년에도 몇 차례 있었으니 그 때마다 그런 생각을 했다. 그런 의식을 하고 한 3년이 지나 고3 어느 때인가 거기에 도달하게 되었다. 그 때 자란 키 177센티미터가 지금까지 유지되고 있다.

장난기가 있는 작은 어머님이 항상 말씀하셨다. 다른 사람에 비하여 내가 머리가 못생겨서 위가 튀어나온 형상이라서 2센티는 공짜로 먹었다고... 그래서 현이의 키는 175라고 부르는 것이 맞다고 하셨다. 고구마처럼 생긴 나의 머리 모양은 좋지 않지만, 키의 크기에는 도움이 되니 고맙다.

키가 다 자란 다음, 할머니는 틈만 나면 말씀하셨다. "나를 닮아서 아들 손주들 모두 키가 크다. 너희 할아버지 닮았으면 어쩔 뻔 했느냐", 할머니가 시집 오셔서 우리 집안에 달리 기여한 것도 많지만, 큰 키를 유전적으로 물려주신 것이 가장 큰 공헌이라고 나는 생각한다. 자존심이 강한 할아버지도 이 대목에서는 항상 잠잠하셨던 것을 보면 나와 동감이었던 것 같다.

한자를 빨리 알고 싶었다. 초등 3학년 정도의 일이다. 우리 집은 신문을 받아보았다. 그 때만 하더라도 한자중심이었는데 신문은 온통 한자로 기사가 적혀 있었다. 한자를 하루에도 몇 자씩 배울 때였다. 한 번은 이 신문을 작은 아버지가 보고 계셨다. 작은 아버지는 고려대 법대를 나오시고 ROTC 1기를 하신 분이라서 우리 학동들에게는 선망의 대상이었고, 그래서 모두 작은 아버지로 부터 인정을 받고 싶었다. 나는 한자 공부가 많이 된 티를 내려고 작은 아버지 곁에 가서 "작은 아버지, 이 광고의 한자는 이렇게 읽지요" 하고 했더니, 작은 아버지가 "아이구, 우리 현이가 어떻게 이 어려운 한자를 다 읽을 줄 아나"고 하시면서 칭찬을 해주셨다. 며칠 뒤에도 또 그렇게 해서 칭찬을 받았다. 나는 우쭐해졌다.

어린 마음이었다. 나는 작은 아버지가 모르실 것으로 알았다. 나는 그 신문에 크게 나온 한자 안에 작게 적힌 한글을 보고 커닝(Cunning)을 해서 말씀을 드린 것이다. 작은 아버지가 나의 기를 살려주기 위해 칭찬을 해주신 것을 몇 년이 지나 중학교 3학년 경에서야 깨닫게 되었다. 실제로는 내가 그 한자의 발음을 모르고 적힌 한글을 읽는다는 것을 작은 아버지는 아셨을 것이다.

그럼에도 불구하고 작은 아버지는 나를 핀잔주지 않고 칭찬을 그렇게 하신 것이다. 부끄러운 일이다. 하지만 어릴 때는 능히 그럴 수 있는 일이 아닐까? 좋아하는 작은 아버지로부터 인정을 받기 위하여 나는 한자공부를 더 열심히 했다.

이러한 몇 가지 유년시절의 에피소드를 종합해보니, 성장과정중 집안 어른들은 알게 모르게 커가는 나의 기를 살려주시고 또 올곧은 기운을 북돋아 주셨던 것이다. 그 덕분에 집안이 갑자기 경제적으로 어려운 상황에 놓였어도 나는 기죽지 않고 학업에 전념하게 되었고, 시골에서 대학진학을 하는 성과를 이루게 되었다. 오늘의 내가 있기까지 나의 힘만으로 된 것은 아니니 가족들과 주위에 감사하는 마음이 저절로 생기게 된다.

나에게 이렇게 아름다운 추억을 선사하신 조부모님, 아버님, 작은어머님은 작고를 하셨지만, 어머님과 작은아버님만 생존해 계신다. 사랑방에서 익살스런 농담을 주고 받던 조부님과 나, 우리 키를 재어주시던 아버지, 조금 더 키를 크게 할려고 애끼발을 했던 우리 둘 형제들, 문지방에 머리가 닿는지 자꾸만 확인했던 나, 신문의 한자를 살짝

커닝하는 나와 이를 모른 채 해주신 작은아버지의 모습, 이 모든 것이 이국땅 도쿄에서도 이렇게 생생하게 파노라마처럼 지나간다.

유년시절의 추억들은 모두 이렇게 아름다운 것인가? 생을 다하는 날까지 함께 가져가고 싶은 추억들이다.

유년시절의 아름다운 장면으로 우리가 되돌아갈 수는 없다. 그렇지만 우리 머릿속의 기억이라는 것으로 환원되어 이렇게 남아 있으니 얼마나 소중하고 또 고마운 일인가. 그런데 그 기억도 경험하지 않으면 기억될 소재가 없는 것이니 나이 들어서 회상할 추억거리도 없는 것이 된다. 그래서 선현들께서 많이 경험하라고 가르쳤나 보다.

나는 이렇게 말하고 싶다. "나이 들어서 소중한 추억을 많이 가지려면 많이 경험해야 한다. 어른들은 아이들에게 많이 경험하게 해주라고~." (2019.9.15.)

2. 우리 집의 양계

내가 중학교 1학년 경이다. 아버지가 어느 날 대구로 가서서 병아리 100여 마리를 사 오셨다. 노란색이 나는 새끼 병아리들이었는데 보기에 무척 예뻤다. 아버지는 헛간에서 노란 병아리들을 돌보는데 정성을 다하셨다. 그런데 100마리 모두가 며칠 만에 죽어버렸다. 아버지는 낙담하지 않으셨다. 추운 겨울날 곰곰이 책을 보면서 연구하셨다. 여기 저기 전화를 하시는 모습도 보였다.

아버지는 다시 대구로 나가서서 병아리 100여 마리를 또 사 오셨다. 이번에는 병아리들이 무탈하게 매일 무럭무럭 잘 자라주었다. 학교에서 돌아오면 헛간을 개조해 만든 창고에 가서 병아리가 이제 어엿한 닭으로 변해가는 모습을 보는 것이 즐거움이었다.

바닷가에서 자란 내가 닭을 처음 본 것은 염장 큰집에서였다. 여러 마리의 닭들이 마당에서 놀고 있었다. 소쿠리에 가보면 계란이 두세 개 들어 있기도 했다. 횃대라는 것을 두어서 닭이 그 위에 올라가서 자기도 했었다. 이렇게 큰 집에서 가끔 지나가듯 스쳐보았던 방목하던 닭들과 완전히 다른 모습의 양계라는 대량생산의 형태를 경험하게 되었다.

몇 개월이 지나자 병아리는 닭 벼슬이 생기고 몸집이 커지며, 점차 어미 닭의 모습을 갖추어갔다. 얼마 더 지나자 조숙한 닭이 조그만 달걀을 낳았다. 내가 가장 먼저 그 닭이 낳은 계란을 보았다. 보고를 하자 가족들이 모두 뛰쳐나와 박수를 치면서 좋아했다.

아버지는 케이지라고 불린 닭장을 사 와서 닭을 모두 케이지에 넣었다. 조금 있으니까 한 마리씩 계란을 생산해내기 시작했다. 하루에 10개씩 20개씩 산출이 늘어가면서 대량생산이 되었다.

어머니는 시장에 계란을 가지고 가서 파셨다. 소문이 나서 우리집에 계란을 사러 오는 사람들도 있었다. 어떤 계란은 보통 계란의 두 배는 되었다. 이 계란은 특란이라고 하여 값을 더 받았다.

아버지는 어느 날, 밤에도 불을 켜야 산출이 많다고 하면서 닭장에 전기시설을 하셨다. 병이 돌지 않도록 소독같은 것도 맡아서 하셨다. 우리 남매들은 케이지 앞에 놓인 모이판에 사료와 물을 담아주는 일을 했다. 형과 나는 닭의 배설물을 1주일에 한 번씩 치우는 일을 맡아했다.

내가 맡았던 일 중에서 하기 싫어했던 것은 영해로 가서 닭 사료를 사오는 일이었다. 영해에서 통학차에 사료를 싣고 축산항의 버스정류장에 내려서 이것을 다시 리어카에 싣고 와야 했다. 사춘기라서 그랬던지 여학생들을 의식해서인지, 이 일을 하기 싫어서 아버지한 테서 야단을 맞기도 했다.

이렇게 하여 우리 집은 닭을 300마리 가까이 키우게 되었다. 황금 알을 낳는 거위라고 했던가… 우리 집 닭들이 매일 낳아주는 계란은 우리 남매들 영해까지의 통학비와 용돈으로 사용되었다.

아버지가 어떻게 생전 해보지 않았던 양계를 해보기로 생각하셨을까? 아버지의 페인트 일은 주로 여름과 겨울에 집중되었다. 그래서 수입이 일정하지 않았다. 아이들이 한 명씩 중학교에 진학하자, 매일 매일의 교통비와 잡비라도 마련하려고 시작한 것이 아닐까? 아버지의 양계는 한 번의 실패는 있었지만 성공적이었고, 내가 중고등학교를 다니던 약 6년 동안 300마리 양계는 우리 집의 생계에 큰 효자노릇을 하였다.

아버지의 본업은 여름에 집중되는 페인트일이었다. 가을철인 9월, 10월, 11월 3개월 동안의 오징어 건조에다가 일 년 지속되는 양계가 더해져 우리집 대식구들은 굶지 않을 수 있었다.

양계는 가족들의 협업으로 이루어졌다. 우리 5남매들은 이런 협업을 통하여 가족의 소중함을 알게 되었다. 계란을 하나씩 하나씩 팔아서 생기는 한푼 두푼 돈의 귀함, 근로의 신성함을 내가 알게 된 것도 양계를 통해서 얻었던 큰 수확의 하나였다.

세월은 많이도 흘렀다. 이미 40~45년 전의 일이다. 바로 낳은 달걀을 손에 넣었을 때 전달되는 그 따뜻하고 포근한 감촉이 지금도 나의 손 끝에 남아있는 듯하다. (2019.9.20.)

3. 우리 집의 신기한 물건들

〈손톱 처리용 화장품 세트〉

비행기를 타고 승무원들이 면세품을 판매할 때면 항상 생각나는 것이 있다.

고등학생이던 형과 나의 손톱은 항상 반짝반짝 윤기가 났다. 지금 표현으로는 손 관리를 하는 것이었다. 형과 내가 집안의 농장을 뒤지다가 화장품 세트가 발견이 되었는데, 용도는 여러 가지였지만 우리가 사용할 수 있는 것은 손톱을 깨끗이 하는 일밖에 없었다. 우리가 고등학교를 다닐 때인 1970년대에 어찌 이런 물건이 시골에 있었을까?

일본에서 오래 사시다가 귀국했던 조부님은 1965년 도쿄올림픽에 초대되어 다시 도일을 하게 되었다. 돌아오는 귀국길에 항공기 승무원이 화장품을 팔기 위하여 조부님의 옆에 와서 손을 주시면 도와

주겠다고 했단다. 조부님은 손톱이 너무 못 생겨서 손을 내밀지 못하고, 그것을 사셨다는 것이다. 이것을 우리 집에 사용할 사람도 없고 하니 농장에 넣어두었고 세월이 흐른 다음 우리 형제들이 이것을 발견, 사용하게 된 것이다. 지금 생각하면 화장품 키트이다.

〈200여 개의 개인용 상〉

어릴 때 힘들었던 일 중의 하나가 200여 개 되는 상을 정리하는 일이었다. 우리 집 2층 창고 방에는 작은 상이 있었다. 사람들이 큰 행사가 있을 때에는 찾아와서 이 상을 빌려가곤 했다. 부피가 많이 나가는 것이니 형과 나는 이것을 내려주고 올려놓고 하는 일을 도맡아서 했다. 시골에서 잔치를 할 때 마당에서 사람들을 초대하여 음식을 대접하는데 상이 있어야 할 것인데, 모든 사람들의 집에서 이러한 상을 대규모로 준비할 수는 없다. 우리 집에서는 행사도 많고 하니까 이런 상을 준비하여 우리 집 행사에도 사용하고 동네 사람들에게도 빌려주었을 것이다. 그렇지만, 내가 기억하는 한 그 많은 상들이 우리 집 행사에 사용된 적은 없었다. 아마도, 그 당시에는 살림이 좋고, 동네에서 큰 집이었기 때문에 자진하여 이런 대규모의 상을 준비하였다가 동네에서 공동으로 사용하도록 배려한 모양이라고 짐작한다.

내가 초등학교 4학년 경 종이에 풀을 먹여서 우리나라 지도를 만드는 작업을 했다. 산맥이 있는 곳은 높게 평야는 낮게 처리해야 하는 작업이었다. 이를 위해서는 받침이 있어야 했다. 아버지가 상을 하나 주시면서 이 위에다가 작품을 해보라고 하셨다. 상의 하나는 내가 그렇게 처리했다, 상 하나를 빌려줄 때 아주 작은 돈을 받기도 했다. 관리하기가 어렵고 그 뒤로는 4인 교자상들이 나타나면서 1인상은 용처를 잃어버렸다. 언제 어떻게 없어졌는지 모르게 추억이 담긴 상도 모두 사라지고 이제는 없다.

〈야구 세트〉

나에게는 잊지 못할 추억이 있다. 야구와 관련된다. 우리 집은 동해안에 있는 관계로 일본 방송이 들렸다. 아버지는 고라쿠엥 고시엔 야구경기를 즐겨 들으셨다. 일본에 사실 때 즐기시던 습관 때문이었을 것이다. 그 덕분에 나는 야구라는 경기를 일찍부터 알았다. 그 때는 고등학교 야구가 아주 인기가 있을 때였다.

초등학교 5학년 때의 일이었다. 우리 집에는 미니 야구 세트가 갖추어져 있었다. 피처, 캐처, 야수 이렇게 3개의 장갑과 야구방망이였다. 아버지, 삼촌과 공을 던지고 받고 하던 놀이를 했다. 친구들이 야구 개임을 하러 놀러왔다. 마당이 제법 넓어서 야구놀이를 하기에 충분했다. 누군가가 타자석에서 친 공이 하늘 높이 올랐다. 내가 받으려고 클럽을 낀 손을 들었는데, 그만 잘못하여 눈에 맞고 말았다. 눈에 멍이 들어 며칠간 고생을 했다.

지금도 친구들이 그 이야기를 한다. 그래서 그런지 나는 초등학교 때부터 야구에 관심을 두고, 영덕에서 벌어지는 경북초등학교 야구대회에 구경을 가곤 했다. 야구세트가 집에 오랫동안 있었는데, 언제 없어졌는지 사라지고 말았다. 들은 바로는 서울에서 중학교를 다니는 삼촌이 원해서 일본 도쿄에서 돌아오실 때 막내아들을 위해서 조부님이 사 오신 것이라고 했다.

〈멜빵 있는 가방〉

친구들이 나를 찾아오는 이유가 하나 더 있었다. 바로 멜빵 있는 가방 때문이었다. 우리는 초등 1학년 때부터 멜빵 있는 가죽으로 된 가방을 메고 다녔다. 학생들은 대부분 책보라는 것을 사용하던 때이다. 사실 천으로 된 책보가 더 소용이 된다. 그렇지만, 동심에는 책보보다는 가죽으로 된 사각형의 가방을 등 뒤에 메는 것이 훨씬 근사해보인다. 친구 종수는 집이 같은 방향인데, 이 가방을 자기가 메겠다고 한다. 그래서 나는 그의 책보를 허리춤에 메고, 그는 나의 가방을 등에 지고 걸어왔다. 친절하게 우리 집까지 가져다 주었다. 그 당시 아이들이 이런 멜빵이 있는 가죽가방을 메는 것은 아주 드문 일이었다.

우리 집이 사업에 실패하여 어려울 때인데, 어디서 돈이 나왔는지 이런 고급 제품인 문명의 이기를 누릴 기회를 우리 형제들은 가졌었다. 아마도 조부님의 손자 교육의 일환인데, "우리 손주들 내가 비록 사업에 실패했어도 너희들은 기죽지 말라"는 생각으로 사 주셨던 것 같다.

〈철판으로 된 책받침과 글쓰기용 모래판〉

공부하던 학용품으로 철판으로 된 책받침과 글쓰기용 모래판이 기억에 남는다. 조부님은 자동차 사업을 일본에서 하셔서인지, 무언가 연구하여 개발하는 일에 몰두하곤 하였다. 그래서 방 하나에는 다양한 연장들이 있었다.

내가 초등학교 4학년 경으로 기억되는데 나의 글쓰기를 보시더니 글씨가 노트에 희미하게 적힌다고 하셨다. 좋은 방법이 있다고 하시면서, 얇은 철판을 노트의 크기에 맞추어서 만들어 주셨다. 이것을 노트의 종이 아래에 넣고 글을 쓰니 글씨가 선명하게 나타났다. 이렇게 훌륭한 책받침이 더 있을까? 철판의 강도는 무엇보다 높으니, 연필로 작성한 글씨가 아주 선명하게 나타났다.

조부님은 우리들의 글쓰기와 한자공부에 유난히 힘을 기울이고 관심을 보이셨다. 글씨를 익히기 위해서는 자꾸 써야 했다. 종이 위에 적어야 하는데, 종이도 귀할 때였다. 조부님은 한 번은 작은 상자를 만드신 후 우리에게 시켰다. 집 앞의 바닷가에 가서 모래를 담아오라고 한 것이다. 우리 집 앞의 모래사장의 모래는 아주 부드러웠다.

조부님은 상자 안의 모래를 손으로 평평하게 만드신 다음 글을 적어보라고 하셨다. 우리는 손가락으로 글을 적었다. 그러면 조부님은 손으로 다시 지우고 다시 글을 쓰라고 하셨다. 이렇게 하여 종이가 하나도 들지 않는 재생 가능한 노트가 생긴 것이다. 주위 자연을 이용한 훌륭한 발명품이었다. 우리는 학교를 마치고 오면 모래판 위에 글씨를 쓰면서 놀았다. 그 덕분에 누구보다도 글을 빨리 깨우치고 좋은 필체를 가지게 되었나 보다.

〈조선 솥〉

우리 집 부엌에는 큰 조선 솥이 놓여 있었다. 식구들이 많을 때에는 여기에 밥을 했다. 집에서 가장 중요한 물건이었다. 먹고 사는 것이 가장 중요한 것이었으니까 밥을 만들어내는 조선 솥 만큼 소중한 것도 없었다. 조선 솥을 중심으로 생활이 이루어지니 그 솥은 많은 추억을 우리에게 남겨주었다.

겨울철 눈이 많이 쌓여 며칠을 꼼짝하지 못할 때 크게 소용된 것이 바로 숭늉국이다. 맑은 물을 만드는 것이 아니라, 쌀을 많이 넣고 마치 국처럼 만들어 먹는 것이다. 아침부터 집안은 부산했다. 할머님이 지휘를 하시면 어느새인가 반찬으로 숭늉국이 나온다. 이 숭늉국에 밥을 말아먹으면 한 끼 거뜬하게 먹을 수 있었다.

조선 솥에 밥을 하고 나면 우리 집은 초긴장이었다. 부엌에는 항상 할머니 어머니 그리고 위덕이 누나 세 명이 안절부절못했다. 밥을 어떻게 해서 드려야 하는지 초긴장 상태가 된다. 이유인즉 집에 두 남자 어른이 계시는데, 한 분은 된밥을 좋아하고, 다른 한 분은 진밥을 좋아하셨다. 그런데 한 솥에서 밥을 하니 진밥과 된밥 두 가지를 만들어낼 재간이 없는 것이다. 우리 집의 어른들은 불가능을 요구하는 격이었다. 하다보면 된밥이 되기도 하고 진밥이 되기도 한다. 진밥이 되면 조부님이 잔소리를 하셨다. 된밥이 되면 위가 약한 아버지가 짜증을 내셨다. 그러니 식사 때마다 밥을 준비하는 여성들이 초비상이었다. 진밥이 되어도 제일 윗부분을 살짝살짝 펴서 한 공기를 채워 조부님께 갖다드렸다. 세상은 많이도 변했다. 지금은 가장이라고 진밥, 된밥 잔소리를 할 처지가 아니니까, 옛날 옛날 이야기가 되었다.

나쁜 기억도 있다. 잊지 못할 추억이다. 한번은 학교를 파하고 오니 집의 가재도구 여기저기에 노란 딱지가 붙어 있었다. 조선 솥에도 붙어 있었다. 어른들의 말씀이 우리가 빚을 갚지 못해서 경매가 들어와서 이렇게 재산이 압류가 되었다는 것이다. 부랴부랴 고모님이 채무를 처리해주셔서 압류에서 해제되기는 하였지만, 밥솥에 노란 딱지가 붙는 것이 희한한 경험이었다.

〈리어카〉

위에서 말한 것들은 초등학교 때에 존재하다가 언제부터인가 슬그머니 자취를 감춘 것들이다. 그럼에도 불구하고 아주 오랫동안 최근까지도 우리 집에서 큰 역할을 한 물건은 바로 리어카이다. 양쪽에 바퀴가 달려 물건을 싣고 이동이 가능한 것으로 어느 집에건 있던 것이다.

리어카는 참으로 팔방미인이었다. 가장 어릴 때의 기억은 윤상과의 추억이다. 윤상은 염장 큰집과 우리 집을 오가면서 머슴을 하던 분이다. 정확한 이름은 모른다. 어른들이 윤상, 윤상이라고 하니, 나도 버릇없이 그저 윤상이라고 불렀다. 그가 노년에 동네 광산에 광산지기가 된 모양이었다.

한번은 기별이 와서 솔잎 모은 것을 땔감으로 가져가라는 것이었다. 삼촌이 고등학생을 막 마치고 군대 가기 전이었으니, 내가 중학교 1학년 정도였던 모양이다. 겨울에 땔감이 귀할 때였다. 삼촌과 우리 둘 형제는 리어카를 끌고 염장을 지나 옛 천부광업주식회사의 광산터로 올라갔다. 넓은 터가 보였고, 윤상이 솔잎을 두 리어카 분을 해 둔 것이었다. 한 리어카에 가득 싣고 집으로 왔다.

이외에도 리어카는 우리 집의 주업이었던 페이트 일과 오징어 건조에 크게 소용이 되었다. 아버지의 페인트 일에는 장비의 이동이 필요했다. 배에 먹일 페인트를 여러 통 담아야 했고, 각종 솔이 필요했다. 솔이 마르지 않도록 이를 담을 물통도 필요했다. 이를 리어카에 실어서 이동해야 했다. 나와 형이 도맡아서 했다. 오징어 건조에도 리어카는 필수였다. 판장에서 오징어 배를 따서 내장을 처리하고 오징어 몸체만을 싣고 집으로 와서 마당에 오징어를 줄에 늘어야 했다. 그 이동 수단으로는 리어카 밖에 없었다. 아버지는 끌고, 우리 형제는 뒤에서 밀었다. 닭을 키울 때에도 닭 사료를 사오거나 닭의 배설물을 치울 때에도 리어카가 소용이 되었다.

리어카는 또 하나의 중요한 일에 동원이 되었다. 우리 집이 소유하던 웅덩이 터가 있었는데, 축산항의 죽도산 아래는 원래 뻘이었다고 한다. 바닷물이 지나던 곳이다. 그런데 강물줄기를 다른 곳으로 빼어내면서 여기가 육지로 연결이 되었다. 그 흔적이 남아있는 것이 바로 웅덩이 터이다. 우리가 소유하는 웅덩이터는 그 당시 아직도 중간에 물이 남아 있었다. 높은 대지에는 채소를 길렀다.

언젠가 아버지는 이 웅덩이 터를 모두 평지로 만드실 작정을 하시고, 연탄재를 모아서 넣자고 하셨다. 우리 형제와 아버지는 집집마다 나오는 하얀 연탄을 실어다가 웅덩이 터에 넣었다. 이 때 동원된 이동수단도 바로 리어카였다. 이런 객토 작업을 3~4년 하고 난 다음, 웅덩이 터는 사라지고 완전한 형태의 필지가 되었다. 나중에 제값을 받고 팔아서 내가 집을 장만하는 데에 사용했으니 크게 소용이 된 리어카였다.

4. 웅덩이 터

이름부터가 이해하기 어렵다. 우리 식구들만 알고 부르는 단어
이다. 정확하게 말하자면, 경북 영덕군 축산항 죽도산의 아래에 있는
300평 정도의 물기가 남아있던 땅을 말한다. 지금은 더 이상 웅덩이
가 아니기 때문에 '웅덩이'의 형체를 알 수 없다.

어느 때부터인가 웅덩이 터라는 것이 나의 인식 안에 들어왔다.
초등학교 시절 친구들과 연을 날리거나 배추 뿌리를 캐먹으려면 이리
로 가야 했다. 택용이 집의 마당을 지나야 했다. 남의 마당을 지나니
출입구가 없는데다 높은 흙이 있는 부분이 있고 낮은 부분도 있었다.
낮은 부분은 물기가 있는 땅이었다.

조심해서 이 위로 우리는 올라가야 했다. 그 위에는 배추뿌리가 남
아 있었는데 이를 캐먹으면서, 친구들과 시간을 보냈다. 물기가 있는
부분에 얼음이 얼면 학동들은 그 얼음 위에서 스케이트를 타고 놀았다.

아버지는 어느 겨울날 우리 형제를 불러서 연탄재를 모으러 가자고 하셨다. 집집마다 돌아다니며 모은 연탄재를 리어카에 담아서 웅덩이 터의 얕은 곳에 부어 넣었다. 몇 년에 걸쳐서 이런 일을 했다. 아버지는 사람을 시켜서 흙을 사와서 연탄 위에 덮었다. 이렇게 하니 이제 웅덩이 터는 주변의 땅과 같이 평평해졌고, 웅덩이의 흔적을 찾아볼 수 없는 제대로 된 한 필지의 땅이 되었다.

어머니는 이 땅을 충분히 활용하고자 했다. 여기에 각종 야채를 심어서 식구들 반찬으로 쓰고, 남으면 장에 가져다 파시기도 했다. 거기에 상추를 기르셨는데, 상추수확이 좋아서 어머니를 기쁘게 해주었다. 가지도 심었던 야채의 하나였다. 한번은 배추를 심었는데, 우리 배추는 김장배추처럼 포기가 지지 않고 옆으로 퍼지는 배추가 되어 이상하게 생각하기도 했다.

웅덩이 터에서 산출이 가장 성공적으로 된 채소는 애호박이었다. 아버지는 애호박 씨 스무 개 정도를 심으셨다. 애호박이 조금씩 시간이 지나니 새싹이 돋아나고 성장했다. 나는 학교를 마치고 오면 이놈이 커나가는 것을 보는 것이 재미있었다. 조금 지나니까 길쭉하게 생긴 호박이 줄기 마디마디 사이에 열리기 시작했다. 조금 커지자 몇 개씩 따서 시장에 내다 팔았다.

그런데 놀라운 것은 따고 난 다음에도 계속하여 호박이 열리는 것이었다. 하나의 호박 줄기에서도 10여 개의 호박은 따낸 것 같다. 이를 가져다가 어머니가 호박장을 끓여주시는데 그렇게 맛있을 수가 없었다. 지금도 나는 된장국을 만들 때 애호박을 찾는다. 이 애호박은 대궁에 바로 호박이 열리는 것이 일반 호박과 다른 점이다.

조부님은 우리가 살던 집, 웅덩이 터 그리고 항구입구에 또 필지를 가지고 계셨다. 포항조선소에 신조를 건조하던 것이 제대로 되지 않아, 빚을 지고 말았다. 몇 년 동안 법원에서 노란 딱지가 날아들었지만, 조부님은 애써 외면하셨다. 급기야 채권자들은 강제집행에 들어왔고, 집의 가재도구와 이 3필지가 모두 경매의 대상이 되었다. 일가친척들이 모두 모여서 대책을 논의했지만, 방법은 없었다. 할머니와 어머니는 "이 많은 식구 집도 절도 없이 어디 가서 살 거냐"고 걱정이 태산 같았다.

아버지는 자존심을 죽이고 상경하여 고모부와 고모에게 부탁을 하기로 했다. 결국 고모가 채무를 변제하여 문제를 해결했다. 그래서 웅덩이땅의 실제 소유자는 고모가 되어야 했다. 그렇지만, 고모님은 항구 앞의 한 필지만 당신의 것으로 하고 나머지는 모두 그대로 두었다. 집안이 오갈 때 없는 방랑자 신세가 되었을 것인데, 그나마 웅덩이 터가 있어서 최악의 상태를 면하게 해주었다. 완전한 필지로 대접을 받지 못하던 웅덩이 터가 큰 효자노릇을 한 것이다.

세월이 많이 흘러 내가 배를 타면서 제법 수입이 있을 때였다. 아버지는 나를 부르더니 웅덩이 터에 출입구를 내어야겠다고 하면서 마침 주인이 판다고 하니 사달라고 하셨다. 그래서 100만원을 주고 몇 평을 샀다. 그래서 이제는 웅덩이 터가 출입구까지 갖추어, 더 이상 택용이 집 마당을 지나갈 필요는 없게 되었다. 이제는 어엿한 한 필지가 된 것이었다.

경락이 된 다음 명의는 조부님에게서 장손인 형 이름으로 넘어왔다. 그 후 아버지는 내가 배를 타면서 모은 돈으로 집안에 많은 기여를 했다고 하시며, 웅덩이 터를 나의 명의로 하라고 하셨다.

내가 결혼을 하면서 대전에 집을 장만하기 위하여 웅덩이 터를 매각하게 되었다. 어머니는 많이 섭섭해 하셨다. "아가야, 내가 심심하면 나가서 일하던 터인데… 없어지면 어떡하노". 죄송한 마음이 앞섰다. 마지막 남은 집안의 재산인데, 판다고 하니 어머님은 많이 섭섭하셨을 것이다. 그렇지만 그 매각한 돈은 내가 살고 있는 고양시의 아파트의 종자돈이 되었다. 후대의 자손들의 삶에 기초가 되는 집 장만에 쓰인 것이니 본래의 웅덩이 터가 가지던 효용보다 더 큰일을 했다고 생각한다.

고향을 방문하여 그 쪽을 지날 때에는 옛날 생각에 잠기곤 한다. 무엇보다 추운 겨울날 아버지, 형과 나 그리고 여동생 둘까지 모두 나와 연탄재를 모으던 일, 어머니가 들락날락하시면서 수확의 기쁨을 누리던 곳, 시장에서 야채를 팔아서 얼마 돈을 가지고 돌아오실 때 밝았던 어머니의 표정, 길을 내기 위하여 몇 년을 궁리하시던 아버지의 진지한 모습들이 주마등처럼 지나간다.

비록 웅덩이 터는 더 이상 우리 집의 소유가 아니다. 그렇지만, 웅덩이 터는 물건으로서 소유자인 우리 집안에 아주 큰 기여를 하고 우리 손을 떠나갔다. 가족 간의 아름다운 추억을 나와 우리 남매들에게 깊이 남겨준 것이야말로 웅덩이 터가 우리에게 남긴 가장 큰 기여라고 할 것이다.

5. 어떤 환갑잔치

지금이야 100세 시대를 넘보는 세상이 되었다. 하루가 지나면 우리 생이 하루가 늘어나는 시대라고 하니, 현재의 평균수명이 90세라고 하면 나는 30년을 더 살 수 있을 것이니 120세가 기대수명이 된다. 그렇다면 60세에 한번 맞이한 갑자를 다시 한 번 경험할 수 있게 된다. 믿기지 않지만 가능성이 높다고 한다.

수백 년 전 조선시대에만 해도 평균수명이 50세 전후라는 통계자료를 보았다. 그러니, 60세 환갑을 맞이하면 큰 잔치를 할 만했다. 가족과 이웃들에게 그리고 조상님들에게 환갑까지 살게 해준 것에 감사드리는 행사를 했다. 이를 환갑잔치라고 불렀다.

나도 올해 환갑을 맞이했다. 요즘은 환갑은 청춘이라서 옛날과 같은 의미는 없기 때문에 주위의 많은 분들이 특별한 잔치를 하지 않는다. 그렇지만, 이렇게 저렇게 환갑임을 알고 제자들, 가족들 가까운 지인들과 식사를 같이 했다.

윗대 어른들의 환갑잔치는 어땠을까? 회상을 해보았다. 문득 두 가지 극과 극인 환갑잔치가 떠오른다. 하나는 외조부님의 환갑잔치였다. 그야말로 시골에서 화려함의 극치라고 할까. 여름 방학 중이었다. 어머니와 형과 같이 영덕을 거쳐서 달산 인곡 양지마을로 갔다. 환갑잔치 전날에 갔다.

우리들은 어려서 큰일을 하지는 않았다. 형과 나는 감사의 인사를 드리는 노란 봉투에 작은 돈을 넣는 일을 담당했다. 어머님과 외숙모님 사촌 누나들이 바삐 일을 했다. 일가친척들이 총동원되어 손님맞이를 했다. 아직도 생생하게 기억에 남는 것은 돼지고기를 집 앞의 우물에 달아서 깊이 넣어둔 장면이다. 냉장고가 없던 시절이라서 가장 차가운 온도를 유지하는 곳은 깊은 우물이었다. 우물에 자른 큰 고깃덩어리를 몇 개 달아서 내려두었었다. 자연냉장고를 이용한 선조들의 지혜가 돋보였다. 흰 옷을 입은 어른들이 각자 작은 상을 하나씩 받아 식사를 했다. 하루 종일 그런 분들이 다녀가셨다. 축하차 방문한 일가들이 많아서 잘 곳이 없어서 우리들은 친척집으로 분산해서 잠을 잤다. 외조부님이 한학자로서 명성도 있고 한약방을 경영해서 살림도 넉넉하였고, 장손이라서 많은 하객들이 다녀간 것이다.

나중에서야 알았다. 조부님의 환갑잔치를 자식들이 해드리지 못했다는 것을. 아버지의 환갑이 되었다. 1980년대 중반이었다. 아버지의 환갑에 대비하여 자식들이 행사비를 차곡차곡 모았다. 그러고서는 형이 아버지에게 환갑잔치 말씀을 드렸다. 아버지는 영 내키지 않으시는 눈치였다. 이유인즉 할아버지 환갑잔치를 해드리지 못했는데, 무슨 염치로 자식이 환갑잔치를 하느냐는 것이었다.

슬픈 집안의 역사를 되짚지 않을 수가 없었다. 조부님은 20살에 아버지를 가지셨으니 1960년대 중반이 조부님의 환갑이었을 것이다. 이 때는 우리 집은 대경호 좌초사고 이후로 집안이 완전히 부도가 나서 빚쟁이에 시달리고 하루하루 끼니가 어려울 당시였다. 어떻게 환갑잔치를 감히 생각했겠는가? 남의 빚을 갚지 않고 환갑잔치라는 것은 어불성설이었다. 숨죽이고 있을 때였기 때문에 자식들이 환갑잔치를 하자는 말씀도 드리지 못할 형편이었을 것이다. 조부님은 한없이 쓸쓸한 환갑을 보내셨다. 화려한 40대와 50대가 있었지만 환갑을 전후해서 너무나 힘든 나날을 보낸 조부님이셨다. 외조부님의 환갑잔치는 화려함의 극치였다면 조부님의 그것은 아예 존재하지도 않았으니 극과 극을 달린다.

그렇다고 하여 아버지의 환갑잔치까지 하지 못하는 것은 지나치다고 우리가 나서서 아버지를 설득시켰다. 아버지는 마지못해서 환갑잔치에 응하여 서울로 올라오셔서 삼촌, 고모, 외삼촌 등 친척들과 함께 모처럼 활짝 웃는 모습으로 사진을 찍었고 그 사진이 아직도 남아 있다.

제자들이 찾아왔을 때 나는 적극적으로 환갑모임을 하자고 했다. 이런 기회를 통하여 제자들이 다시 한 번 모일 수도 있다. 서로 인사를 못한 사이라도 스승을 위한 큰 축하자리에서는 마음이 여유가 있어지니까, 소원했던 관계를 풀 수도 있는 것이다. 그리고 나의 아버지의 환갑잔치와 같이 자식들이 추억할 사진이라도 남겨둘 수 있다.

환갑은 제자들이 고려대 교우회관의 자리를 빌려서 행사를 했는데, 40여 명의 제자가 모였다. 세 명이 음악공연까지 해주었다. 나도 무언가 기여를 하고 싶어서 수필집《바다와 나》의 요지를 강연해주었다.

아버지와 장모님의 환갑잔치에는 상을 차리고 '회갑연'이라는 플래카드의 아래 엄숙한 표정의 가족사진을 찍은 바 있다. 그런 모임을 하기에는 세대차가 너무 나는 것 같아서, 그렇게는 하지 않았다. 재치 있는 큰 아이의 덕분에 어느 정도 윗대에서의 행사와 유사한 흉내를 내게 되었다. 큰 아이가 조그만 종이 앞면에 "김인현 교수", 뒷면에 "환갑을 축하합니다" 이렇게 적어서 10여 장을 가지고 왔다. 처가 식구들과의 식사모임에서 사진을 찍을 때 가족 모두가 이 스티커를 들었다. 장모님도, 큰 처형네 형님도, 우리 아이들도 모두 즐거운 표정을 지었다. 엄숙한 표정의 생일상보다, 더 젊고 역동적인 환갑상을 받은 것이 되었다. 웃으면서 행사를 마쳤다.

지난 번 영덕 축산에 들렀을 때 어머니가, "얘야, 네가 올해 환갑이다. 내가 돈을 낮게 보낼 터이니 나를 기억할 수 있을 정도로 좋은 것을 하나 장만해라. 내가 천년 만년을 사는 것도 아니다. 너한테 선물을 하나 해주고 싶다"고 하셨다. 나는 못들은 척했다. 오래 살지 못한다는 말씀을 인정하고 싶지 않아서였다. 큰 아이의 통장으로 거금

100만원이 들어왔다는 것이다. 어머니로서는 1천만 원에 해당하는 큰돈이다. 자식들이 보내주는 용돈을 오랫동안 모은 것이리라. 감사의 전화를 드렸다.

"어머니, 그렇게 큰돈을 왜 보내셨는지요?" 올해 88세이신 어머니는 답하셨다. "내가 너 70될 때까지 살지 못하지 않느냐". 그래서 이번에 자식 환갑 축하금으로 그돈을 보냈다는 것이다.

어머니로부터 이렇게 큰 목돈을 선물로 받은 적이 없다. 어머니는 항상 어려운 상태로 여유가 없으셨으니까. 어머니로서는 나에게 큰 선물을 하신 것이다. 오랫동안 모으신 용돈으로 말이다. 나는 이 돈을 돌려드려야 하나 일시 생각을 했다. 그렇지만 곧 어머니의 뜻을 따르도록 마음을 먹었다. 항상 어머니가 내 곁에 계시는 듯이 기억이 나도록 시계를 하나 장만하여 왼팔에 끼고 다닐 생각을 했다.

외조부님처럼 외부에 손님을 청하지는 않지만 가족과 지인들과 함께 한 기억에 남을 환갑잔치였다. 더구나 어머니가 평생을 거쳐 나에게 주신 가장 큰 선물이 큰 의미로 남아있다. 어머니도 나도 생존하여 모자간에 환갑생일 축하를 주고 받을 수 있다는 것이 행복인 것이다. 8월말에 2박 3일 휴가를 내어 고향 축산에 가서 어머님과 동네 할머니 그리고 일가 몇 분을 모시고 환갑 식사를 사드려야겠다. 어머님이 좋아하실 것이다.

(2019.8.5.)

6. 떡 도둑놈의 추억

나에게는 '떡 도둑놈'이라는 스토리가 있는 별명이 있다. 막내 삼촌 친구들 10명 정도의 사이에서만 불리는 나의 비밀스런 별명이다.

내가 초등학교 3~4학년 때의 일이다. 당시에는 간식이라고는 별것이 없었다. 여름에는 보리를 도정하고 남은 가루(등겨)를 가지고 떡을 해먹곤 했다. 가루를 버무려서 꽉 잡으면 손가락 자국이 난 형태가 되는데 밥을 할 때 이것을 위에 얹어 두면 갈색이 나는 떡이 되었다. 일명 개떡이라고도 했다. 우리 집의 개떡은 좀 딱딱한데, 이웃집 상호네 집의 개떡은 무엇이 들어갔는지 색깔도 우리 집 것보다 밝고, 무엇보다 부풀어 올라있어서 식감이 좋았다. 언젠가 몇 개 얻어먹은 나는 그때부터 상호네 개떡을 좋아하게 되었다.

막내 삼촌과 상호네 형인 장호형은 소꿉 친구였다. 상호네 집은 축산항 천방의 마지막 바닷가에 면하여 여름에는 바닷바람에 시원하였다. 동네사람들은 여름에는 모두 천방에 나와서 더위를 피했다. 나도 틈만 나면 천방에 나가서 바다도 보면서 더위를 피했다. 상호네집은 담장이 없이 천방과 연결되어 있었다.

상호네 어머니는 인심이 좋아서 나만 보면 개떡을 주시곤 했다. 우리 집의 것보다 훨씬 맛있는 개떡이 그날도 먹고 싶었는데… 마침 상호네 집을 보니 처마 안쪽에 소쿠리에 개떡이 많이 담겨져 있었다. 먹고 싶었는데 아무도 보이지 않으니… 그냥 먹어도 된다고 생각했었을 터이다.

어린 나는 키가 모자라자 재봉틀에 사용하는 의자를 가져다 놓고 올라가서 소쿠리에 손을 넣었다. 그 순간 의자에 올라간 나의 몸의 균형이 깨어지면서 소쿠리째로 마당으로 넘어지고 말았다. 쿠당탕하는 소리에 사람들이 모두 놀라서 뛰쳐나왔다. 삼촌을 포함하여 삼촌 친구들 7~8명이 모두 이 광경을 목격하게 된 것이다. 소쿠리가 있고 여기저기 흩어진 개떡들, 그리고 의자, 넘어져 아파하는 나의 모습, 이런 것을 종합하니, "도의원댁 둘째 손자가 떡을 훔쳐 먹다가 넘어졌구나" 이렇게 쉽게 이해가 되었다. 삼촌 친구들이 엄청 크게 웃었다.

그 다음부터 나를 보기만 하면 그 형님들께서 "떡 도둑놈, 떡 도둑놈" 하셨다. 이 별명은 내가 중학교, 고등학교를 다닐 때도 그렇게 불렸다. 왜냐하면 삼촌 친구들이 우리 집에 놀러올 때가 많아서 나와 접촉이 있었기 때문이다. 삼촌 친구들은 웃으면서 항상 "떡 도둑놈, 떡 사줄까" 하고 놀릴 때도 있었다.

일곱 살이나 많은 삼촌이 출가를 하고 서울에서 생활을 하면서 삼촌친구들과 접촉할 기회가 적어지니 이 별명도 듣는 횟수가 줄어들었다. 나도 많이 성장하게 되자 더욱이 삼촌친구들을 뵐 수가 없다. 그래서 급기야 최근 수십 년은 이 별명을 들은 적이 없다.

어제 삼촌 친구 중에서 나와 가장 가까이 지내는 형님을 만나서 고향 어릴 적 이야기가 나왔는데, 어릴 때 간식이야기가 나오고, 개떡 이야기에까지 이르렀다. 그 형님이 씩 웃으면서 내가 개떡을 훔쳐 먹다 들킨 사연을 이야기했다. 옆에 동석한 분도 재미있어 했다.

그래서 "형, 떡 도둑놈이라고 한번만 더 불러주시면 안 되나요?"

그 형은 답했다. "음, 이제는 안 되지… 김 교수 사회적인 명예가 있는데", 하면서 웃으신다.

떡 도둑놈… 삼촌 친구들과 나만이 아는 비밀스런 별명이다. 부정적인 뜻을 담았다기보다는 장난꾸러기 아이의 애칭이다. 부잣집 손자가 배가 고프지는 않았을 터인데, 남의 집 떡을 훔쳐 먹었다는 조금은 반전된 느낌. 식성이 좋은 꼬마 아이의 본능이 낳은 저돌적인 행동의 결과가 낳은 별명. 하여간 떡이 담긴 소쿠리를 안고 넘어져 있는 그 모습을 생각하니 웃음이 절로 난다.

이 별명을 떠올리는 순간 1960년대 중반 내가 열 살 전후였던 시절의 축산항 천방 주위에서 있었던 여름추억들이 파노라마처럼 지나간다. 인심 좋던 상호네 어머니, 천방에 놓인 살평상 위에 여러 사람이 앉아서 옥수수를 가져와 나누어 먹던 일, 애호박을 따서 밀가루에 버무려 밀로치를 만들어 따뜻하게 먹던 일, 천방아래 축산천과 바닷물이 만나는 곳에서 아이들과 먹감던 일, 수영을 잘 못하는 내가 축산천에 허우적거릴 때 상호 어머니가 세 번이나 건져주셨던 일, 놀래미 낚시를 하던 일과 같은 아름다웠던 추억들이 아련하다.

세월은 이제 많이 흘렀다. 이미 50년 전의 일인가 보다. 막내 삼촌도 작고를 하셨고, 삼촌친구들도 3~4명 정도만 가끔씩 연락이 된다. 형님들이 나를 보아도 옛날처럼 재미있어 하는 눈빛으로 보지 않고 이제는 "김 교수님", "김 교수님" 하면서 약간은 어렵게 대하시니 옛날만큼 재미가 없다.

나는 떡을 무척 좋아한다. 그래서 집에서는 떡쟁이라고 부른다. 결혼식이나 상가에 가서 나오는 떡은 꼭 몇 조각씩 먹고 나온다. 어릴 때 이런 추억이 내가 떡을 좋아하게 한 이유인지도 모르겠다.

(2018.7.21.)

7. 자유로를 달리는 늦은 밤
퇴근길이 즐거운 이유

누구에게나 어머니는 계신다. 나에게도 어머니가 계시듯이 아버지에게도 어머니가 계셨다. 나는 고향에서 고등학교를 다녔고 선박에 승선생활을 10년 가량하면서 휴가 기간을 고향집에서 보냈다. 그래서 아버지, 어머니 뿐만 아니라 할머니와 같이 생활한 햇수가 다른 사람들에 비하여 긴 편이다.

나도 나이가 들어 50이 훌쩍 넘고 나의 아이들이 장성하다보니 역지사지(易地思之)의 입장에서 어머니에게 내가 많은 불효를 하였구나 반성하게 되었다. 그래서 작년 휴가에는 집에 가서 처음으로 집 밖으로는 나가지 않고 어머니와 하루 종일 시간을 같이 하면서 어머니의 말씀을 집중해서 듣고 맞장구도 쳐드리면서 대화에 몰입했다. 맛있는 음식도 사드렸다. 따뜻하게 지내시라고 기름 보일러에 필요한 기름도 가득 채워드렸다. 집을 떠나면서 처음으로 나 자신이 어머니에게 잘 해드리고 왔구나 하는 만족감을 가지게 되었다. 어머니는 자식을 보면 언제나 반가워하시니 자식이 달라진 점은 찾지 못하셨을 것이다.

작년 수필집을 완성하기 위하여 자연스럽게 집안 어른들과의 추억을 더듬게 된 점이 내가 변한 계기가 되었다. 아버지가 할머니를 극진하게 모셨던 점이 부각되었다. 문득 아버지는 어떻게 할머니를 그렇게 효성스럽게 잘 모셨을까? 나도 배워야겠다고 다짐을 하게 되었다. 이를 계기로 이제 진심으로 어머니를 극진하게 모시게 된 것이다. 너무나 늦은 작정이지만 어머님이 구존해 계시니 얼마나 다행한 일인지 모른다.

나는 아버지가 할머니께서 하시는 말씀에 대꾸를 하거나 안 된다고 부정하거나 짜증을 내거나 하신 것을 본 적이 없다. 할머니가 아프다고 하시면 언제나 직접 약국에 가서 약을 사다드렸다. 할머니가 아버지에게 뭐라고 충고를 하시면 아버지는 예하고 받아들이셨다. 아침 저녁으로 편하신지 방이 춥지는 않은지 할머니의 안위를 항상 확인하셨다.

이것은 할머니가 팔순노인이 되어서 아버지가 그렇게 하시길 시작하신 것은 아니다. 내가 기억을 하는 초등학교 때부터도 아버지는 언제나 할머니를 그렇게 모셨다. 내가 열 살 때에는 아버지가 40이고 할머니는 50대 후반이실 때이다.

나는 부끄럽게도 아버지가 할머니에게 하신 것과 같이 어머니를 그렇게 모시지 못했다. 어머니는 집안 자체에서 권위나 위엄을 갖는 분이 아니고 그냥 평범한 가정주부의 존재였다. 이것은 대가족제도 하에서 할아버지와 할머니가 계시니 며느리의 지위는 낮을 수 밖에 없는 구조였고 먹고 살기 바쁜 당시의 살림살이 때문이기도 했다. 나는 어머니에게 화를 내기도 하고 목소리를 크게 하기도 했다. 음식을 더 먹으라고 주시면 아니라고 짜증을 내곤 하였다.

　이러한 나의 어머니에 대한 태도는 나이가 들어도 없어지지 않았다. 결혼을 하고 성인이 되어 1년에 한두 번 고향집에 가서도 어머니는 뒷전이고 친구들 만나러 다니기에 바빴다. 어머니는 오랜만에 만나는 아들에게 집안의 대소사를 말씀하시고 공감을 얻으려고 하셨지만, 나는 그 말씀에 귀 기울이지 않고 건성으로 시간을 보내다가 새벽녘에 "어무이, 갑니더. 잘 계시이소" 하고 무뚝뚝하게 훌쩍 서울로 떠나버렸다.

　차를 몰고 서울로 가는 길에는 항상 그러지 말아야지 하고 반성을 하지만, 다음 번에도 이러한 불효는 계속되었다. 그렇지만 나의 이러한 불량한 태도에 아랑곳하지 않고 어머니는 나를 품어주시고 자랑스럽게 생각하셨다. 아버지가 돌아가시고 어머니가 혼자 시골집에 계시게 되자, 장남인 형은 매일 아침 7시경 어머니에게 출근 전 안부전화를 드린다. 그렇지만 나는 고작 일주일에 한번, 그것도 일요일에 전화드리는 것을 잊어버리고 월요일이 되어서야 전화안부를 묻곤 한다. 그것마저 하지 않아서 어머니가 오히려 소식이 궁금하여 전화를 거꾸로 하실 때도 있다.

　부모를 공경하는 마음은 단순히 부자 혹은 모자간이라는 사실 자체에서부터 나와야 하지만, 부모에 대한 고마움이 마음속에게 우러나올 때 더 공경하는 마음이 표출될 것으로 본다. 나는 아버지가 할머니에게 보이시는 공경하는 마음은 앞선 세대의 유교적인 전통을 고려하더라도 특이할 정도로 깊은 것이었다고 생각하고 있다. 그래서 할머니는 아버지에게 과연 어떤 존재였던가 하는 궁금증이 생겼다. 공경하는 마음을 갖게 된 배경에는 무엇이 있을 것 같은데, 미처 여쭈어볼 틈도 없이 두 분이 모두 세상을 떠나셨다.

아버지는 태어나서 줄곧 할머니와 항상 생활을 같이 해왔다. 20대 초반까지는 일본에서, 해방 후 귀국해서는 축산항의 집에서 할머니가 92세로 세상을 떠나실 때까지 한 집에서 같이 기거했다. 아버지가 할머니를 공경하는 마음은 유년시절인 일본에서 체득하신 것이 아닌가 싶다. 큰아버지와 아버지가 모두 일본 고베(神戸)에서 한국인들이 들어가기 어려운 좋은 초등학교와 중학교를 다니셨다고 하는데, 할머니가 자식교육에 지극한 정성을 보여주셨기 때문에 아버지가 고마운 마음을 특별히 가지신 것이 아닌가 싶다.

할머니는 젊어서부터 저혈압으로 고생을 하셨는데 헤모글로빈이 부족하여 약을 항상 드시었고, 어지럽다고 하셔서 누워계실 때가 많았다. 그래서 특별히 몸이 약한 어머니를 극진히 보호하려는 마음이 아버지에게 생기신 것이 아닌가 싶기도 하다.

장래가 촉망되던 집안의 기둥인 장남을 6·25때 행방불명으로 잃어버리고 나서 할머니는 화병이 나서 담배를 시작할 정도가 되셨다. 어쩔 수 없이 장남처럼 되어버린 차남인 아버지가 할머니의 아픈 마음을 달래드리려고 두 아들 몫을 하시느라 지극한 마음이 되셨는지도 모른다.

경상도 집안에서 많이 나타나듯이 아버지와 할아버지의 관계는 그렇게 원만하지 않았다. 아버지는 엄격하신 할아버지를 어려워하셨다. 아버지는 어려운 존재이므로 부드럽고 온화한 성품인 어머니이신 할머니를 더 의지하고 공경하게 되었는지 모른다.

마지막으로 집안내력이 작용했는지 모른다. 축산항의 입구 도치머리에는 일명 효자각이 있다. 19세기 초엽에 아들(炳衡)과 그 자식(聖均)이 모두 효성이 지극하였는데, 철종 임금이 이들 두 부자의 효행을 기리기 위하여 1857년 정효각(旌孝閣)이라는 비각을 하사했다. 한 사람의 효행을 기리는 효자각은 많은데 아버지와 아들의 대를 이은 효성을 기리는 비각이 두 개가 있는 정효각은 우리나라에도 드물다고 한다. 우리 집안은 이를 최고의 자랑거리로 생각한다. 아버지도 이런 집안의 효행이라는 전통의 피를 이어받으신 것이 아니실까?

그러나 궁금증은 여전히 남는다. 보통보다 더 부모를 공경하는 마음은 자식이 스스로 마음에서 우러나와야 한다. 그러기 위해서는 결국 모자간에 특별한 사연이 있을 것으로 추론된다. 그 특별한 사연이란 자식을 위한 어머니의 희생과 헌신일 것이다. 아버지와 할머니 사이의 그 특별한 사연이 무언지 알아볼 수 있는 기회는 모두 사라졌다. 두 분이 모두 세상을 떠나셔서 나의 곁에 계시지 않기 때문이다.

현 시점에서 중요한 것은 내가 홀로 계시는 어머니를 아버지가 할머니를 모셨듯이 잘 모셔야 한다는 점이다. 나에게도 어머니를 보통보다 더 공경해드려야 할 특별한 사연은 쌓일 정도이다. 공경하는 마음이 젊을 때부터 없었던 것은 아니지만 밖으로 표출될 때에는 그렇지 못하였던 것이다. 이제 효자인척 하는 방법을 하나씩 배워가는 중이다.

어제 퇴근 직전인 열한 시쯤에 전화가 한 통 왔다. 이 한밤중에 전화를 받는 내가 더 놀랐는데 전화 속의 목소리는 바로 어머니이셨다. 고향신문에 나에 대한 좋은 기사가 났다고 동네 회관의 할머니 할아버지들이 어머니에게 한 턱을 내라고 하신단다. "지난 번 보내준 너의 학교의 롤케이크 빵을 사보내 달라"는 말씀이셨다. "예, 내일 택배로 보내드리겠습니다"고 답을 드렸는데도, "내가 귀가 나빠서 잘 안 들린다"고 말씀을 하신다. 나는 다섯 번을 반복해서 "예, 빵 사서 보내드릴게요", 했는데도 "빵 사서 보내라"고 여러 차례 어머니도 반복하신다. 보청기의 성능이 많이 떨어진 모양이다. 몇 년 전과 같으면 나는 벌써 전화 목소리를 크게 하고 짜증을 냈을 것이지만, 차분하게 한 번 더 말씀을 드리고 "내일 다시 전화드립니다" 하고 전화수화기를 내렸다.

퇴근하는 차에서 생각하게 되었다. 나도 조금 나아졌구나. 불경스럽지 않고 공경하게 어른을 모시는 방법을 하나씩 알아가는구나 싶었다. 아버지가 할머니를 극진하게 모시던 기억이 오버랩 되었다. 밤 열한 시가 넘은 자유로를 달리는 오늘의 퇴근길 40분은 평소보다 더 만족스럽다. 연구논문이 마무리된 기쁨에 효자가 된 듯한 만족감이 함께 했기 때문이다.

《토벽》 2018년호, 2018.7.11.)

8. 온기(溫氣)를 그리워하다

　며칠 전부터 추위 걱정이다. 내가 현재 장기 기거하는 일본은 우리나라와 달리 온돌구조가 아니라 마루바닥 그대로이다. 추워서 한기가 몇 번 들었다. 견디다 못해 수위 아저씨에게 물어보니 에어컨에 히터 기능도 같이 있다고 한다. 그는 나의 방에 따라 와서 시연을 해주었다. 버튼을 누르니 천장에 달린 에어컨에서 더운 온기가 나왔다. 그러니까 천장에 달린 것은 에어컨이 아니라 냉온기인 셈이다.

　온풍기를 좀 털었다가 끄게 되면 금방 방이 차가워진다. 뭐가 이런 가 싶어서 보니 창문이 홑겹이다. 우리나라 아파트와 같이 베란다도 있고 방문이 있어서 즉, 이중창이어야 한기가 차단이 될 터인데 창문하나로 찬 공기와 접하니 추울 수 밖에 없다. 일본은 지진 등 천재지변이 많아서 빨리 탈출하기 위하여 모두 홑겹으로 집을 지었다고 한다.

할 수 없이 옷을 많이 입고 자려고 했다. 추리닝 바지도 두 겹을 입었고, 양말도 신은 채였으며 점퍼도 입고 잤다. 그랬더니 오늘은 잠을 좀 깊이 잤다. 내가 있는 방이 북향인가 싶어서 살펴보니 맞다. 젠장… 내가 그렇게 싫어하는 북향이다. 결혼하고 대전에 지은 집이 북향이라서 겨울마다 너무 추워서 혼이 났다. 3시가 좀 넘으면 해가 30분 가량 비치고 넘어가버린다. 앞에 높은 건물이 있어서 2시간 정도 막혀서 태양의 온기를 받지를 못한다. 웬수같은 앞집 건물이다.

몇 달 동안 의식하지 않고 지냈지만, 겨울에 접어드니 햇볕의 온기는 참으로 고맙고 기다려진다. 글을 적는 이 순간 창문을 통해 햇볕이 들어온다. 어제는 왼쪽 얼굴이 뜨거울 정도로 강하고 따뜻한 햇볕을 10분 정도 그대로 받았다. 보통 같으면 선크림이라도 발라서 그 햇빛을 피했을 것이다.

지금은 그렇지 않다. "태양아! 재발 짧은 30분 간만이라도 나의 방을 따뜻하게 데워주기 바란다"는 마음이 간절하다.

문득, 따뜻한 온기가 있던 유년시절이 생각났다.

우리 집은 대밭산 밑이라고 해서 초등학교에서 걸어서 15분 정도 되는 거리에 있다. 학교에서 가장 멀었다. 12월에 접어들어 12월 25일경의 방학에 이르기까지 학교에 등교하기가 나에게는 그렇게 힘든 여정이었다. 예닐곱 살, 그리고 여덟 살 꼬마들이 모여서 학교로 떠난다. 우리 동네 골목은 대밭산(죽도산)이 막고 있어서 동쪽에서 뜨는 햇볕의 혜택을 보지 못한다.

8시반 경이 되어 우리가 학교로 갈 시점에 아침 해가 대밭산 위로 떠오른다. 학동들은 양지바른 곳에 모여서 햇볕을 받고 5분쯤 있다가 가기를 서너 번은 했다. 누가 대장이 있어서 인도를 했는지 기억이 없다. 모두 동갑내기 한두 살 차이인데, 60~58년생이 그 골목에는 족히 20명은 되었다. 어른들이 우리를 학교에 데려다 주는 것도 아니고, 차가 와서 태워가는 것도 아니다. 우리끼리 모여서 손을 잡고 가다가 강창부 씨네 창고 근처에서 대밭산을 향하여 좀 서 있으면 햇볕을 받았다. 그리고 몸을 녹힌 다음 다시 학교로 향했다.

이렇게 하기를 두 번 하고서야 학교에 도착했다. 15분이면 가는 길을 겨울에는 30분이 걸렸다. 학교에 가면 선생님이 피워놓은 솔방울을 태우던 난로가 있어서 추위를 녹일 수 있었다. 그 덕분에 수업 중에는 따뜻하게 공부할 수 있었다. 집으로 돌아올 때에는 낮이라서 기온이 올라서 덜 추웠다. 그리고 하늘에 높이 솟은 태양이 우리를 바로 비추어주어서 도움을 받았다.

집에 돌아오면 할머니가 "우리 강생이 손 시렵다"고 하시면서 이불이 펴진 아랫목에 나의 손을 넣어주셨다. 나의 손을 잡고 아랫목까지 끌고 가는 동안 할머니의 따뜻한 손에 의해 나의 차가웠던 손은 금방 따뜻해졌다.

시골집도 오늘날 도시와 같이 중앙난방식이 아니었기 때문에 구석구석이 따뜻할 수가 없다. 군불이라고 아침저녁으로 불을 아궁이에 지펴서 겨울을 나게 된다. 시골집도 우풍이 세다. 그래서 아랫목에 이불을 펴둔 곳만이 따뜻하고 화롯불로 온기를 지핀다. 아랫목은 언제나 우리 손주들 차지였다. 밖에 놀다가 들어오면 모두 할머니가 계시는 사랑방의 아랫목 이불 안으로 들어갔다. 은은한 온기가 있는 아랫목의 이불 안에 우리의 손과 발이 주인이 되었다.

사랑방의 아랫목은 할머니의 손주사랑 하는 마음이 담겨 있어서 우리를 더 따뜻하게 해주었다. 우리 할머니는 손가락이 길어서 우리 손을 잡으시면 우리 손을 다 덮고도 남으셨다. 그 정이 넘치는 긴 손가락으로 우리 작은 손을 덮어서 온기를 주셨다. 마치 겨울철 태양이 온기를 우리에게 주듯이… 물론 큰 방에는 어머니가 계셔서 마찬가지로 우리를 반겨주시고 온기를 주셨다.

한 겨울에 접어들어 눈이 많이 내려서 반찬을 구하기가 어려울 때에는 우리 집의 명품인 숭늉이 나왔다. 우리 집의 숭늉은 국처럼 만들어 밥을 말아서 먹는 형식의 것이었다. 할머니의 지휘하에 어머니 일하는 누나들이 조선 솥에 쌀밥을 한 다음 물을 붙고 주걱으로 잘 저어주면 쌀밥이 흐늘흐늘해지고 물기가 많아지도록 만든다. 이것을 열두세 명의 대식구가 한 그릇씩 가지고 국처럼 먹었다. 숭늉의 온도는 은근히 따뜻한 정도였는데 구수한 맛이 일품이었다.

할아버지 할머니 방에 놓여있는 화롯불도 은근하지만 오래가는 온기가 있는 기구였다. 언 손을 녹이기에 적당한 온기였다. 화롯불을 사이에 두고 할아버지는 밤을 구워주면서 재미있는 얘기를 들려주시곤 했다. 할아버지가 사주신 멜빵 있는 가방도 기억에 남는다. 멜빵 있는 가방은 손을 자유롭게 해주어서 겨울철 손이 덜 시럽게 해주었다. 어머니는 버버리 장갑을 뜨개질을 하여 만들어 주셔서 우리가 이를 끼고 다녔다. 손가락이 따로 떨어지지 않아서 좀 불편했는데 그래도 따뜻한 체온을 유지해주니 좋았다.

　한 겨울은 가족들의 사랑 속에 온기를 받으면서 지냈다. 이제는 그런 사랑을 받을 수도 없다. 어머니 한 분만 생존해계신다. 어머니에게 내가 그런 온기로 효도를 드려야 할 차례이다. 전화도 잘 드리지 않으니… 그래서 내리사랑은 있어도 치사랑은 없다고 하는 모양이다.

　겨울로 들어가는 초엽에 아름다웠던 축산항 대밭산 밑의 우리 집 가족들의 생활상과 학동들의 등굣길이 주마등처럼… 그렇지만 생생하게 스쳐 지나간다. 나이가 들면서 추억을 먹고 산다고 한 말이 꼭 맞는 말인 것 같다.

　나에게 유년시절의 추억은 아름다움으로 가득하다. 아름다운 추억은 사람을 긍정적으로 밝게 만든다. 나는 복이 많은 사람이다.

(2019.11.29.)

9. 편지

60년을 살았으니 다양한 형태의 편지를 받고 또 보냈을 것이다. 편지란 상대방에게 하고 싶은 말을 적어서 보내는 것을 말한다. 이제는 주변 사람들과 편지를 주고받는 일이 드물다보니 다소 삭막한 기분이 된다. 우편물은 있어도 편지는 없는 것이 오늘날 일상이다.

그리움에 안부를 전할 목적에 편지를 보냈다. 나는 편지를 주고받는 과정을 통하여 크게 성장하였다. 중학교와 고등학교를 시골에서 다닌 나는 작은 어머니와의 편지를 통하여 자극을 받고 장래를 준비했다. 가세가 기울어진 집안에 시집을 오신 작은 어머니는 이 집안을 다시 일으켜야겠다는 신념을 가지게 되셨다고 한다. 조카가 다섯이었지만, 둘째인 나를 좋아하셨다. 중학교 3학년 경부터 나는 작은 어머니와 편지를 주고받았다.

내가 집안 소식과 학업계획을 말씀드리면 작은 어머니는 내게 시골에 있어도 기죽지 말 것과 대학진학을 위한 준비 등 진학상담을 해주셨다. 고등학교를 대구로 나가지 못하였고 고1때 성적이 떨어지자, 작은 어머님이 겨울방학 때 서울로 올라오라는 편지를 보내셨고, 나는 심기일전하여 서울에서 학원에 다니면서 성장의 계기를 마련했다. 한국해양대학에 진학해서 기숙사 생활을 하면서도 편지를 계속 주고받았다. 10년 간의 선원 생활을 하면서도 작은 어머니와의 편지는 계속되었다.

초등학교 4학년 때 작은 어머니를 처음으로 뵈었는데, 선뜻 붉은색의 모나미 만년필을 나한테 주셨다. 장차의 편지 교환을 염두에 두신 것인지 모르겠다. 지금도 기억에 남는 것은 조부님의 용돈 문제이다. 어려운 조부님에게 한 달에 5만원을 용채로 드리라고 하여 그렇게 처리한 기억이 난다(용돈의 높임말이 용채라는 것도 편지글을 통해서 알았다).

이렇듯 집안의 대소사도 작은 어머님과의 편지로 해결되곤 했다. 작은 어머님은 대구출신으로 풍족한 집안에서 자라셨다. 연세대 가정학과를 졸업하여 고려대 법대를 졸업한 작은 아버지와 만나셨다. 작은 어머니에게 보낸 편지에는 작은 아버지의 편지까지 두 통이 동봉되어 와서 읽을거리가 많았다. 나는 한 통을 보내는데 돌아오는 것은 두 통의 편지이니 나로서는 황송한 편지 주고받기였다.

세상을 앞서가신 넓은 안목을 가지셨던 두 분은 축산항과 영해라는 좁은 테두리에 갇혀 있던 조카를 서울로 인도해주셨다. 작은 어머니의 필체는 둥글고 동글동글하다. 작은 아버지는 명필이다. 아직 글씨체가 잡히지 않았던 나는 두 분의 글씨를 흉내내어 따라 적기도 해 보았다. 아마도 서로 주고받은 편지는 100여 통을 넘을 것이다. 작은 어머니는 편지를 모아두셨다가 내가 결혼 할 때 편지를 모두 집사람에게 건네주셨다. 나의 성장이 모두 이 편지글에 담겨있을 것이다.

할머니를 대신해 할아버지께 보낼 편지를 대신 쓴 것도 잊지 못할 어릴 적 추억이다. 할아버지가 대구로 일을 보러 가셔서 1개월이 지나도 돌아오시지 않았는데 그 이유는 몰랐다. 할머니는 글을 쓰시는 것이 서툴렀다. 그래서 나한테 말씀하시는 것을 적으라고 하였다. 어찌나 길게 시간이 걸렸는지 모른다. 할머니는 담배를 한 모금 피우시고 한마디 하시고, 또 멈추었다가 또 한 말씀을 하셨다. 왜 이렇게 말씀하시기가 어려우셨을까? 할아버지가 대구에서 다른 살림을 차리셨을까 걱정하신 탓에 할머니는 조심스레 한 글자 한 글자 말씀하신 것이다. 할머니 편지가 효험이 있었던지 할아버지는 곧 귀가하셨다.

조부님이 세상을 떠나시고 유품을 정리하면서 희한한 편지를 보았다. 달산에 계시는 나의 외조부님이 사돈 되시는 조부님에게 보내는 인사편지였다. 모두 한문으로 되어 있어서 읽을 수 없었다. 그런데 특이하게도 길이 50센티미터 폭 10센티미터 되는 문종이로 만든 한지로 된 봉투에 역시 한지로 된 편지글이 들어 있었다. 1955년 아버지와 어머니는 결혼을 하셨는데, 1950년대의 사돈 간에 주고받은 편지이다. 우표가 붙어 있지는 않았다. 아마도 딸을 잘 부탁한다는 취지의 내용을 음식과 함께 명절에 인편으로 보낸 것으로 보인다.

그 유품 중에 또 다른 편지가 한 통 있었다. 보내지 못한 편지인지 아니면 복사본인지 모르겠는데 일본의 지인에게 보내시는 편지글이었다. 당신에게 과년한 딸아이가 있는데 시집을 보내야겠으니 신랑감을 소개해 달라는 내용이었다. 1950년대에 적으신 편지이다.

나의 고모님은 그렇게 미인일 수가 없다. 흰 피부와 큰 눈에 키도 크시고… 영덕중학교를 졸업하고 고모님은 대구에 고등학교로 진학하고 싶었지만, 조부님은 딸은 외지로 보내지 않으셨다. 집에서 계셨는데 갓 스물이 넘어서니 조부님이 조바심이 나셔서 이런 편지글을 지인에게 보내셨나 생각되었다. 고모님은 어떻게 되셨냐고요? 배필은 따로 있는 법! 나의 고모님은 남정 쟁바우의 김상삼 고모부님께 시집을 가서 아들하나에 딸 셋을 낳으셨다. 고모부는 성균관대학을 졸업하셨고, 감사원에 고급공무원으로 오래 근무하셨다.

편지는 기다리는 마음, 그리는 마음을 가지게 해주었다. 우체국에 가서 우체통에 편지를 보내면 답장이 오기를 하루하루 기다리게 된다. 그러면서 그 당사자가 무엇을 하는지, 왜 답이 오지 않는지 무엇을 하는지, 편지의 내용은 무얼까 궁금해 했다. 그렇게 하면서 서로간의 정이 두터워지게 되는 효과가 있었다. 편지는 말로 하는 것이 아니라 글로 적는 것이기 때문에 좋은 필체를 가지는 것도 중요했다.

나도 좋은 필체를 가지려고 노력했다. 그 당시 우리들은 대개는 윗사람들의 편지에서 글씨체를 흉내 내면서 자신의 필체를 만들어나갔다. 나도 작은 아버지의 필체를 닮으려고 노력했다. 30대 초반에 힘차고 균형잡힌 글씨체, 특히 한자를 익히게 되었다. 지금은 그렇지 않지만 그 당시 좋은 필체를 가지면 인기가 많았다. 한 계단 높게 평가되었다. 친구들을 위해 연애편지 대필을 해주기도 했다. 필체가 좋은 사람은 이리저리 많이 불려다녔다. 필경사라는 직업이 있을 정도였으니까 말이다.

지금은 어떨까? 자신이 하고 싶은 말은 카톡이나 이메일로 즉각즉각 보낸다. 너무나 가볍다. 편지글을 적을 때에는 가필을 했다가 정서를 하는 과정을 거친다. 생각을 깊이하고 수정할 기회가 있다. 지금은 여러 사람과 소통을 해야 하니, 막 글을 적어서 보내버린다. 짧게 적다보니 상대방에게 질문을 하는 것인지 나의 입장을 말하는 것인지 오해도 많이 생긴다.

상대방에게 하는 질문이면서도 의문부호가 하나 없는 경우가 많다. 자동 저장기능이 있으니 복사본을 남겨두지도 않는다. 글로서 마음을 전하는 것이 아니라 이모티콘으로 마음을 전한다. ^^라는 표시가 없으면 상대방이 100% 긍정의 의미가 아니라고 또 생각되어진다. 글씨로 적힌 내용을 바탕으로 이해하는 소통의 방법이 이제 크게 달라지면서 편지 시절이 다시 그리워진다.

문명의 이기의 발달에 따라 연습에 연습을 거듭하여 만든 멋진 필체를 선보일 기회가 없어진 것은 나로서는 안타깝다. 대개 미인이나 미남은 필체가 좋지 않다. 그렇지 못한 사람들은 필체로서 그를 만회하는 것이 그 시절 인생전략이었다. 그래서 좋은 필체를 가지려고 무한정 노력했다. 그런데 이런 필체는 워드 자판으로 모두 동일시되어 처리되니, 도대체 우리는 무엇으로 경쟁할 수 있는가?

정을 듬뿍 담은 편지글이 너무나 그리운 요즈음이다. 우편물로 무엇이 왔다면 모두 행사 안내이다. 친구나 지인들이 정성을 담아 보내는 편지는 받은 지 이미 10년은 넘은 것 같다. 내년에는 내가 멋진 필체로 지인들에게 안부를 묻는 편지를 보내보고자 한다.

(2019.12.24.)

11. 나의 특별활동 –
웅변과 붓글씨 그리고 수필

지금으로 말하자면 특별활동이었다. 도시에서는 학부모들이 초등학생 아이들에게 웅변과 붓글씨 활동을 시켰을 것이다. 지금은 모든 아이들이 이런 기회를 가지겠지만, 1960년대 축산항과 같은 시골에서 이런 배움의 기회를 가진다는 것은 귀하고 또한 영광된 것이었다. 사설교육은 없던 당시여서 초등학교가 각종 교육의 장으로 모든 기능을 했다.

초등 4학년 때부터 나는 웅변을 했다. 1년에 네 번 정도는 했다. 6·25와 8·15때는 반드시 했다. 선생님이 대표로 나를 지목하면 나는 원고를 작성하여 웅변대회에 나가야 했다. 대개 원고는 아버지가 작성해주셨다. 시간이 5분 내로 정해져 있었는데, 내가 체험한 것이 아니고 내가 적은 원고가 아니었기 때문에 외우는 작업이 너무 힘이 들었다.

수백 명의 학생들이 보는 앞에서 원고 내용을 잊어버리지 않을까 그것이 가장 두려웠다. 그리고 시간도 맞추어서 해야 했다. 거울 앞에서 손동작을 취하고 반복해서 연습을 했다. 아마도 수십 번을 더 했을 것이다. 정작 웅변대회가 있던 당일에는 목이 쉬어서 제대로 목소리가 나지 않을 정도였다.

웅변대회는 4학년에서부터 6학년까지 반에서 대표선수가 나와서 경쟁을 하는데, 6명은 족히 되었던 것 같다. 우리 학교는 작은 규모라서 한 학년이 두 개 반이었다. 원고를 잊어버리지 않고 잘 마무리를 했다. 6학년까지 열 번 이상 교내 웅변대회에 나갔지만 한번도 원고를 잊지는 않았다. 5학년 6학년에는 내가 거의 최우수상을 받았다. 졸업식 때 답사도 내가 했는데, 내용이 쉽지가 않아서였는지 아버지가 도와주시지 못했다. 아버지가 막내 삼촌 친구인 용태 형에게 부탁해서 원고를 마련할 수 있었다.

중학교 때에는 전혀 웅변대회에 나가지 않았다. 영해중학교에 입학하면서는 자발적으로 웅변대회에 나가야 했지만, 그럴만한 용기가 나지 않았기 때문이기도 했다. 남들 앞에 서는 것이 두려운 그런 사춘기를 보냈기 때문이다. 영해라는 큰 곳으로 나가니 교우관계를 포함해 모든 것이 조심스러웠다. 또한 당시 가세가 기울어 어려운 환경 속에서 지낸 탓에 스스로 위축된 상태이기도 했다.

초등시절 3년간 약 10회에 걸친 웅변대회 참여는 나에게 큰 자산이 된 것 같다. 웅변을 하기 위해서는 끈질기게 원고를 외우고 연습을 해야 한다. 우리 집사람이 말하는 "뒤끝 작열"이라는 별명이 나에게 붙어 있듯이 나는 한 가지 문제를 반복하여 지속적으로 연구하여 더 나은 결과를 끌어내는 것을 잘한다. 어린 시절 웅변을 하며 체득한 근성이 아닐까? 강의에도 도움이 된다.

웅변은 청중과 내가 얼마나 소통하는가에 포인트가 있다. 외부 특강 시에는 항상 청중의 눈높이를 맞추려고 노력한다. 공감을 불러오는 요소가 무언지를 파악한 후 원고를 작성해 나간다. 이것도 초등학교 때 웅변에서 배운 것이리라.

웅변과 더불어 3학년 때부터 시작하여 6학년 때까지 이어진 것이 있다. 바로 서예활동이다. 제주도 출신이신 윤 선생님께서 지도해주셨다. 수업시간에 서예를 했는데 선생님이 나를 부르고 서예를 같이 하자고 해서 준비를 했다. 영덕군에서 실시하는 서예대회에 나가야 한다고 하시면서 특별활동을 했다. 선생님의 글씨는 반듯하면서도 힘이 넘쳤다.

선생님은 붓 잡는 자세, 힘을 주는 동작 등을 가르쳐 주었다. 방과 후 집에 와서도 친구와 같이 붓글씨 연습을 했다. 벼루와 먹과 붓을 갖추고 있는 집이 몇 집 없었기 때문에 친구들이 같이 왔다. 우리 집은 마루가 넓어서 서예에 사용되는 신문지 등을 펼쳐두기에 좋았다. 흰 종이 위에 여러 차례 연습을 했다.

정작 영덕에서 열린 서예경진대회에 출전해 글씨를 예쁘게 써서 제출을 했지만 안타깝게도 3년 동안 한 번도 입선을 하진 못했다. 특히 6학년 때에는 선생님도 글씨가 많이 나아지셨다고 하면서 입선을 기대했는데 그렇지 못했다. 그러니까 붓글씨 대회에 학교대표로 3번이나 나갔지만 한 번도 입선을 하지 못한 것이다. 큰 실망이 되었다.

나중에 알고 보니 도곡의 무안 박씨네 그 형이 글씨가 좋아서 상을 계속 받았던 것을 알게 되었다. 내가 노력이 부족하거나 글씨가 좋지 않았다기보다, 영덕 지방은 양반 가문들이 많아서 아이들이 어려서부터 붓글씨 연습을 했기 때문에 더 좋은 글씨를 만들어낼 수 있었고, 그 점에서 내가 부족했던 것으로 판단했다. 그렇지만 세 번이나 학교 대표로 나가서 한 번도 입상을 하지 못했다는 것은 나를 주눅들게 했다. 무언가 큰 세상이 있나 싶었다.

　축산항 초등의 1등은 아무것도 아니구나 하는 생각이 들었다. 나는 초등학교 5학년 때 4~6학년이 같이 보는 국어수학 공통 시험에서 국어 100점 수학 95점으로 전교 1등을 한 다음부터 자신감이 붙어 있었다. 그렇지만 이런 일들을 겪으며 더 큰 세상이 있음을 깨닫는 가운데에 보다 넓은 영해라는 곳에서 중학교 생활을 하게 됐다.

　중학시절에는 특별한 과외활동을 하지 못했다. 6개반이 있었는데, 1학년 때에는 특설반에서 친구들과 경쟁했다. 황병득, 박재모, 정이윤과 같은 학생들이 너무 잘해서 이들을 따라 잡기가 쉽지 않아 학교 공부를 열심히 했다. 특히 국사와 세계사가 재미있어서 학교 공부에 열중했다.

　고등학교에 진학을 했는데, 어떤 형들이 와서 문학활동을 같이 하자고 했다. 아마도 국어성적이 좋은 학생들을 방태표 선생님이 추천을 하셨나 보았다. 고등학교 1학년 때였을 것이다. 문집을 만든다고 시를 한 편 적어서 내라고 하는데, 정말 글쓰기가 어려웠다. 출품을 하긴 했는데 글이 너무 시원치 않다는 연락을 받았다. 고민 고민해서 수정을 한 다음 보냈는데 〈추양〉이라는 영해고등 문학지에 나의 글이 실린 것으로 안다. 글 쓰는 것이 생각보다 힘들고 대학 진학도 신경써야 하니, 한 학기 활동을 하다가 탈퇴했다.

나는 현재 〈토벽〉이라는 고향 분들의 동인지에서 활동하고 있는데, 신입회원으로 김도현 형과 박현기 형이 입회했다. 나의 앨범에 있던 사진의 내용을 몰랐었는데, 그 형들의 얼굴들이라서 대화를 하던 중에 그 모임의 이름이 〈추양〉이었다는 것도 알게 되었다. 학창시절의 유일한 특별활동을 다시 떠올리게 된 나는 참으로 반가웠다.

비록 6개월에 지나지 않았지만, 영해고등학교에서 그래도 문학에 대한 관심과 소질이 보여졌길래 〈추양〉의 회원으로 추천이 되었을 것이다.

오늘날 내가 이렇게 수필이라도 쓸 수 있는 것은 모두 고등학교 때부터 가졌던 문학에 대한 관심과 소질 덕분이구나 생각된다.

(2019.12.23.)

11. 짜장면

우리는 5남매이다. 형은 나보다 2살 위이다. 아래로는 두 살 차이로 여동생이 둘이 있고 막내 남동생이 있다. 형과는 많이 티격태격했다. 나이는 두 살 차이이지만, 내가 일곱 살에 학교를 들어서 1년 차이인 데다가 나는 조부님 방에 기거를 해서 조부님의 세력의 영향으로 형을 무시하는 경향이 있었다. 어릴 때는 대개 그러했다. 특히 먹을 것이 부족할 때에는 서로 많이 먹으려고 싸웠다. 그렇지만 내가 형이나 동생들에게 기여한 바도 있다. 확실하게 기억나는 것이 바로 짜장면이다.

성장해서 영덕의 다른 동네에서 자란 친구들의 이야기를 들어보니 축산항 만큼 발전된 곳도 없었다. 1960년대 무렵임에도 불구하고 전화가 있었고 전기도 있었다. 그리고 영화관도 있었다. 이 정도면 면 단위에서 최고급 동네가 아니었나 싶다. 이발소도 세 곳이나 있었고 더구나 오늘의 주제인 짜장면을 제공하는 중국집도 두 곳이나 있었다. 이 모든 것이 어항이기 때문에 수산업이 발달해서 그러한 것 같다. 어선들이 바다에 나가서 고기를 잡아오면 위판이 되고 현금이 풍성하게 돌았기 때문이다.

당시 짜장면은 특식 중의 특식이었다. 특식이 된 이유는 비싸서 자주 못 먹었기 때문인지 아니면 어린아이가 되어서 혼자 갈 수 없어서 그랬는지 모르겠다. 그렇지만 1년에 한 번 먹는 것이 여름의 짜장면이었다. 할아버지는 손자손녀들 중에서 우등생이 한 명이라도 나오면 짜장면을 사주신다고 공언을 하셨다. 그래서 우리는 귀한 짜장면을 먹기 위하여 공부를 더 열심히 했다. 내가 1학년 여름부터 시작된 이 행사는 10년 정도 지속되었다.

나는 1학년에서부터 6학년까지 한 번도 우등상을 놓친 적이 없다. 한 반에서 6등 정도까지 우등상을 주었다. 여름방학이 시작되는 날 통지표를 받아들고 어머니에게 먼저 통지표를 보여주면 어머니는 칭찬을 해주셨다. 그 다음 사랑방의 할아버지 방에 가서 통지표를 보여드리면 "우리 손주, 우등상 받았구나. 할베가 짜장면 또 사줘야 되겠다"고 하시면서 좋아하셨다.

그러고는 다른 아이들의 성적은 물어보시지도 않고, 형과 여동생 둘 그리고 나를 데리고 가서 짜장면을 사주셨다. 검은색의 국수 같은 것인데, 양념이 들어간 양배추와 소고기가 너무 맛있었다. 형편이 어려워서 이 때 먹고는 일 년을 기다려야 했다. 왜 그런지 모르지만 겨울에는 이런 행사가 없었다.

나는 줄곧 우등상을 받아와서 할아버지가 말씀하신 조건을 충족시켰다. 형이나 여동생들도 몇 번씩 우등상을 받아왔다. 그렇다고 하여 할아버지가 여러 번 사주시지는 않으셨다. 가끔 한번이었다. 나 같으면 손주 세 명이 우등상을 받았으면 세 번 사주셨을 것 같은데, 내가 초등을 다닐 때에는 할아버지도 사업의 실패로 아주 어려우실 때였다.

짜장면 집에 가면 밀가루 반죽 뭉치를 반복하여 빼면 결국 가느다란 면발이 만들어지는데, 그 장면을 보는 것이 재미있었다. 큰 뭉치가 저렇게 작은 면발로 나누어지는 것이 큰 기술로 느껴졌다.

짜장면 먹는 행사는 우리가 커서 중학교에 들어가서는 기억나지 않는다. 아마도 중학교에는 우등상 제도가 없었기 때문이었다. 막내도 줄곧 우등상을 받아왔지만 고등학교를 다니는 학생들에게 짜장면이 그리 재미있는 음식놀이가 아니라서 그런지 행사를 하지 못한 것으로 보인다.

이런 추억 덕택으로 나는 옛날식 짜장면을 좋아한다. 서울역 4층에 있는 음식점의 짜장면은 옛날식이다. 한 번 먹어보니 맛이 있어서 서울역에서 기차를 이용할 때에는 나는 그곳에서 꼭 짜장면을 한 그릇 먹고 집으로 돌아가곤 한다.

여름에 있었던 수박서리는 해마다 있지는 않았지만, 짜장면에 이어서 좋은 추억을 남겨주었다. 짜장면 파티는 여름방학이 시작된 바로 다음 날 행사였다. 보름 정도 지나서 한 여름 더위도 절정에 이를 때가 되면, 할아버지는 우리들에게 수박서리를 해주셨다. '서리'라는 단어는 두 가지 의미가 있다. 주인이 모르게 재물을 슬쩍 가져가는 것을 말하기도 하고, 원두막에서 수박 등을 사먹는 것을 말하기도 한다. 여기서는 후자의 의미이다.

이 행사에는 어머니도 동참하는 경우가 많았다. 멀리 염장 너머까지 걸어가야 했기 때문이다. 동생들은 어려서 어머니의 손이 필요했다. 우리들은 앞서거니 뒤서거니 약 30분 이상을 걸어서 수박밭에 도착하면 높이가 1미터 남짓 되는 원두막에 도착한다. 조부님은 잘 익은 수박 몇 덩이를 사주셨다. 주인장은 삼각형 모양을 만들어 수박의 내용을 살피도록 해준다. 이를 확인한 다음 수박을 열게 되면 잘 익은 수박이 드러나고 우리는 누구라고 할 것도 없이 달려들어 수박을 감쪽같이 해치웠다.

짜장면은 나에게 우등상에 대한 기념품이었다. 조부님과 우리 손주들이 기쁨을 함께 할 수 있었던 좋은 이벤트였던 것이다. 지금 와서 생각하니 내가 배를 타면서 재력이 있을 때에도 조부님께 짜장면을 사드리지 못했다. 그랬었다면 나의 수필이 더 풍족해졌을 터인데 아쉽기도 하다.

12. 나의 유년시절의 장난기

어릴 때는 장난기가 많았나 보다. 호기심이 많아서 그랬을 수도 있고, 어릴 때부터 조부모님과 같이 기거하다 보니 아이가 마치 어른이 된 듯한 착각에 빠졌을 수도 있다.

조부님의 사랑방에는 항상 어른들이 넘쳤다. 저녁 식사를 마치면 10명 정도 되시는 고정 손님들이 사랑방에 모여서 시간을 보냈다. 나는 물 심부름을 하느라 사랑방 어른들의 대화에 항상 자리를 같이 했다. 어느 날 조부님은 나에게 오늘 공부한 것을 가져오라고 하셨다. 노트에 국어 단어 익히는 시간에 '이쪽 저쪽'이라는 단어를 적었는데, 글자를 적는 칸을 많이 벗어났다. 초등 1학년 때에 고사리 손으로 '쪽'자를 적기가 쉽지 않았다. 조부님은 이 주어진 칸 안에 글자를 다 집어넣어야지 이렇게 밖으로 나오게 적으면 어떻게 하느냐고 하셨다.

그리고서는 "이 글자의 길이가 축산 우리집에서 염장까지나 되겠다"고 핀잔을 주셨다. 나는 "축산에서 염장까지는 5리가 되는데.... 글자 크기가 5센티도 되지 않습니다"고 하니, 조부님이 다시 "5리가 맞다"고 하셨다. 나는 "그러면 자를 가지고 와서 글자의 크기를 재어보겠습니다"고 답했다. 그리고는 안방에 가서 자를 가져와서 재어보고 "할배요, 글자의 크기가 3센티미터입니더"라고 말하니 조부님과 손님들이 모두 재미있어 하시면서 크게 웃으셨다.

K씨라는 분이 계셨다. 동네에서는 유지였다. 그래서 조부모님의 대화에서 K씨의 이야기가 많이 나왔다. 학교를 오고가면 그 집을 지나치게 된다. 어른이 한 분 계시는데 궁금했다. 그 집에 어른은 그 한 분인데, 그 분이 K씨인지… 아니면 그 아들인지 궁금했다. 조부모님의 대화로 보아서는 나이가 많으실 것 같은데, 40대 정도로 젊었기 때문이었다.

그래서 내가 그 분에게 물었다. "당신이 K씨인교, 아니면 K씨 아들인교". 그랬더니 그 분이 웃으시면서 "내가 K이다. 이놈아"고 하시는 것이다. 며칠 뒤 조부님이 나를 불러서, "어른들의 이름을 부를 때에는 공손하게 무슨 무슨 씨라고 해야지, 너 어제 K씨한테 어른 이름을 막불렀다고 하던데 그렇게 하면 안 된다"고 하시는 것이었다. K씨가 둘째 손주가 그런 일이 있었다고 이야기를 했다고 한다. K씨와 같은 어른에게 '당신'이라는 용어를 쓴 것은 잘못이다. 당시 나는 어른들과 기거하면서 '당신'이라는 단어의 사용을 많이 듣다보니, 용례를 몰랐던 것이다.

그 뒤로 K씨는 나를 재미있게 보신 것 같다. 또 학교를 다녀오는데, K씨의 창고에서 어른 몇 명이 일을 하면서 엿을 먹고 있었다. 나는 엿이 먹고 싶었다. 장난을 치려고 K씨가 엿을 주지 않고 나를 외면하고 대화를 하면서 나를 힐끔힐끔 쳐다보았다. 나는 "당신들만 입인교" 하고 도망쳤다. 또 이 이야기를 K씨가 조부님에게 하신 모양이다. "인사를 드리고, 나도 입인데 엿 좀 주십시오" 하고 말하지 왜 그랬느냐고 웃으시면서 조부님이 말씀하셨다. 나는 "K씨가 나를 보고도 엿을 주지 않아서요"라고 답했다. 초등학교 3학년경의 일이다.

조금 더 성장해서 초등학교 6학년 경의 일이다. 역시 학교를 마치고 집으로 오는 길이었다. 당시는 솥이 귀했고, 솥을 많이 사용해서 구멍이 나는 경우가 있었다. 이를 솥장수들이 구멍을 막아주었다. 아저씨는 반복하여 "솥 때우소, 냄비 때우소"를 반복하면서 호객행위를 한다. 자주 마주쳤다. 무슨 이유에서 그런 장난기가 발동했던지, 솥과 냄비를 진 아저씨가 지나가면서 "솥 때우소, 냄비 때우소"를 외치자, 나는 그만 "당신 궁둥이 때우소"하고 줄행랑을 쳤다. 뒤도 돌아보지 않고 도망을 쳐서 아저씨에게 잡히지는 않았다. 아마 잡혔으면 궁둥이를 빨갛게 맞았을 것이다.

이런 장난기가 없어진 것은 중학교 때의 장난친 일 때문이다. 여름인데 살평상에 앉아있는데, 이웃집 술을 많이 드시는 아저씨가 또 만취하여 지나가면서 뭐라고 하자. 내가 지나가는 그의 뒤에다가 "술 조지기(술 주정꾼의 사투리)"라고 불렀다. 그 아저씨가 그 때는 뭐라고 하지 않고 지나갔는데, 조금 뒤 집에 그분이 찾아왔다. 어머니에게 아들을 내어 놓으라고 했다. 어른을 놀렸다는 것이다. 어머니는 우리 아이가 오후에 집에 있었지 밖으로 나간 적이 없다고 답하면서 실갱이가 벌어졌다. 소란을 듣고 조부님이 어머니와 나를 불렀다. 그런 일이 있었느냐고 해서, 나는 사실대로 말씀을 드렸다. 조부님은 나와 어머니에게 사실이라면 그 분에게 가서 사과를 하고 오라고 했다. 어머니와 나는 그 아저씨 집에 찾아가서 사과를 하고 왔다. 내가 잘못해서 어머니까지 체면이 깎이게 된 것이었다. 이 일을 계기로 내가 장난이 심해서 어머니까지 피해를 보는구나 생각이 들어서 언행에 조심하게 되었다. 고등학교에 진학하고서는 공부에 전념하고 성장하면서 조금 더 어른스러워져 갔다.

재미있다는 표정으로 나를 쳐다보시던 조부님과 K씨의 인자한 모습, 얻어 먹고 싶었던 흰색깔의 엿, 줄행랑을 치던 우리 동네 골목길, 모두 어제 일과 같이 생생하게 나의 앞을 지나간다. 이런 유년시절의 장난기들은 나의 유년시절 영덕을 누구보다도 더 풍성하게 한다. 그래서 나는 고향 영덕을 더 사랑하게 되나보다.

(2020.1.1.)

13. 안어른들의 정성

새벽 5시면 아직 어두울 때이다. 부엌은 이미 바쁘게 움직인다. 집 안에서 가장어른이신 조부님이 다음 날 대구를 다녀오신다고 할머님이 이미 어머님에게 통보를 하신 상태이다. 어머님은 조선 솥에 불을 넣고 밥을 한다. 할머니도 이런 저런 의견을 주신다. 조부님과 같은 방을 사용하였던 나는 출장준비를 하시는 조부님과 같이 기상을 한다. 부엌에 나와서 밥상에 무슨 반찬이 놓이는지 살펴본다. 흰 이밥 한 공기에 계란 하나 그리고 김 몇 조약에 미역국이다. 사랑방으로 밥상이 옮겨진다. 계란 노른자가 흰쌀밥 위에 놓여진다. 김은 검은색이다. 작은 밥상 위에 흰색, 노란색 그리고 검은색의 조화가 선명하다. 조부님이 식사를 하시고 남은 것이 있으면 나의 차지였다. 없는 살림살이었기 때문에 이밥이나 계란 김은 그 당시 귀한 것이었는데, 계란이 없는 경우에는 이웃집에서 빌려오기도(사투리로 "채온다") 했다.

출타하시는 조부님의 옷을 꼼꼼히 살펴보시고 바느질하시던 할머니가 생각난다. 양복에 단추가 제대로 달렸는지, 한복의 경우 동전이 제대로 달렸는지 바꾸었는지, 이런 것을 살피셨다. 할머니는 조부님이 입으실 옷이 세탁과 다름질이 마무리되어 항상 깨끗한 의복으로 출타가 가능하도록 옷을 만들어 주셨다. 조부님은 외지로 출타하실 때에는 꼭 양복을 입으시고 넥타이를 매셨다. 동네에 나가실 때에는 한복을 입으시는 경우가 많았다.

정성을 드린 아침 밥상과 옷차림 준비는 멀리 출타하는 바깥어른이 볼일 잘 보고 무사히 귀가하도록 안어른들이 정성을 다하는 과정이었다. 조부님은 옷을 항상 정갈하게 입고 다니셨는데, 동네 사람들도 조부님의 이런 모습이 인상에 남는지, "오토바이 타시고 옷을 항상 깨끗하게 입고 다니신 분"으로 기억한다. 할머니와 어머니의 정성이 들어간 결과인 것이다.

한국 해양대학에 시험을 보러갔다. 쉽게 갈 수 없는 대학이라서 긴장이 되기는 나도 그렇지만 집안의 어른들도 그러했다. 아랫대에서는 처음으로 대학에 시도하는 것이었다. 작은 아버님이 1959년에 고려대에 들어갔으니, 약 20년 만에 집안에서 대학시험을 보는 것이었다. 그 당시만 해도 집안에서 대학에 들어가기만 해도 경사가 나는 시절이었다. 나의 방에 어머니가 아침 일찍 오셨다. 안에 입으라고 내복을 내밀었다. 추운 겨울이었기 때문에 내복이 필요했다. 그런데 입고 나니 등이 너무 차가웠다. 뭐냐고 물으니, 어머니는 "그냥 잠자코 있어라"고 하셨다. 등에 무언가 붙어있는 것 같은 이물감을 느꼈다. 부산에 가서 자기 전에 벗어보니 손바닥 크기만한 천을 내복 등 부근에 바늘로 짚어두신 것이었다. 아마도 부적같은 것인가 보다 생각했다. 나는 그런 것을 믿지는 않았다. 처음부터 내가 알면 안 한다고 하실까 싶어서 "잠자코 있어라"고 어머니가 말씀하신 모양이다. 어머니의 정성 덕분에 해양대학 시험에 합격을 했다.

어머니가 영덕 중고등학교 들어가는 골안의 길바닥 옆길에서 미숫가루를 합체해주시던 일을 잊을 수가 없다. 해양대학 4학년이었던 나는 영덕외가의 결혼식에 축하차 왔다. 어머니도 오셨다. 미숫가루는 찹쌀로 한 것과 보리로 한 것 두 가지가 있는데, 찹쌀을 넣은 것이 더 목 넘김이 좋다. 내가 학교에서 먹고 싶어서 어머니에게 찹쌀 미숫가루를 해달라고 했다. 너무 급작스럽게 부탁을 해서 어머니는 허둥지둥하셨고, 나는 차 시간이 있어서 조바심이 났다. 어머니는 여기에 무언가 하나를 더 사와서 찹쌀 미숫가루에 섞는 작업을 하셨다. 어디 가게에 들어갈 시간적 여유도 없이 길바닥에 앉아서 그 고귀한 일을 하시는 것이었다. 흰 제복을 입은 나는 지나가는 사람들도 있어서 창피스럽기도 했지만, 어머니는 주위시선을 아랑곳하지 않으셨다. 이 땅의 어머니들은 모두가 그렇듯이 자식을 위한 일이라면 무엇이든 해주셨던 우리 어머님이시다.

할머니는 출타에 즈음하여 귀가 시에도 예의범절이 어떠해야 함을 나에게 가르쳐주셨다. 조부님과 아버지를 빗대어서 말씀하셨다. 첫째는 조부님이 출장을 다녀오면 바로 집으로 오시지 않고 친구집이나 놀이방 등에서 놀다가 저녁에 집으로 오신다는 것이다. 출타를 마치면 집으로 와서 인사를 하고 가야 식구들이 궁금해 하지 않는다는 것이 할머니의 지론이셨다. 나에게도 항상 사람은 들어가고 나감이 분명해야 하고 주위에 인사를 잘 해야 한다고 가르치셨다. 인사의 중요성을 일찍부터 알게 되었다. 다른 하나는 아버지가 출장을 다녀오면 과자나 선물을 사가지고 오지 않는다는 것이었다. 조부님은 손자들 먹으라고 무엇을 항상 사오셨다. 그런데 아버지는 그렇지 않으시다는 것이다. 할머니는 나에게 어디 인사를 갈 때에는 꼭 뭐라도 조그만 것이라도 사가지고 가야 된다고 하셨다. 염장의 친척집에 갈 때도 꼭 그렇게 하라고 시키셨고 직접 준비해서 주시기도 했다. 사람이 수인사에 빠지면 안 된다는 것이다. 이와 같은 훌륭한 교훈을 어릴 때부터 할머니에게서 배운 것이다.

집에는 바깥어른과 안어른이 있다. 우리 집안의 안어른들은 남편과 자식들의 바깥에서의 활동을 전폭적으로 지원하는 역할을 했다. 은은한 정성이다. 경상도라서 그런지 우리 집안의 바깥어른들은 부인이나, 어머니에게 "감사합니다. 사랑합니다" 그런 표현을 잘 하지 않으셨다. 나도 그런 분위기에서 자라났다. 지금 같으면 매번 감사합니다 하고 감사의 표현을 할 터인데… 그런 조모님, 어머니의 정성과 가정교육이 있었기에 한 집안이 성하게 대를 이어가고, 우리 5남매가 사회생활을 모나지 않게 하고 있는 것이리라. 우리 집의 안어른들께 언제나 감사의 마음을 가지게 된다.

(2020.2.24.)

14. 안어른들의 간절한 소망

할머니가 항상 입버릇처럼 하시는 우리들에 대한 소망이 몇 가지 있었다. 하나는 노래를 잘 하는 것이다. 아버지는 음치였다. 한 번은 아버지 친구분들이 집에서 계모임을 하는데 할머니가 나오시더니, "이 사람들아, 우리 애비 노래 한 번 시켜봐라. 노래 참 잘한다"는 것이었다. 나는 아버지가 노래를 하시는 것을 한 번도 보지 못했다. 음치였기 때문이다. 고모님도 음치였으니, 우리 집안은 음치집안인 것 같다. 어머니가 아들의 노래실력은 너무나 잘 아실 것이다. 분위기를 재미있게 하려고 할머니가 그렇게 말씀하신 것이었다.

나도 음치였다. 초등 4학년 〈오빠 생각〉의 노래를 하는데, 반주를 맞추지 못하여 선생님이 풍금을 4번이나 쳐주었지만 결국 제대로 초성을 내지 못했다. 아이들이 계속 웃자 나는 창피해서 그만 울어버리고 말았다. 이 사건 이후로 나는 음치로 알려지게 되었고 노래에 일종의 트라우마를 가지게 되었다. 이를 알고 할머니는 "부전자전이다. 남자는 뭐든지 다 잘해야 한다"고 하셨다.

중학교 고등학교를 거치면서도 노래를 못 해서 모임에 소극적이었고, 내가 노래를 할 차례가 오면 화장실에 간다고 슬쩍 자리를 비웠다. 그런데 구세주가 나타났다. 노래방이다. 자막에 글씨가 나오고 반주가 나오니 연습을 할 수 있었다. 다행히 노래를 잘 하는 집사람을 만났다. 집사람의 도움으로 노래방에서 연습에 연습을 거듭했다. 좁은 음폭을 가진 나는 저음에 맞추어 세 곡 정도는 잘하는 노래가 생겨났다. 차중락의 〈낙엽따라 가버린 사랑〉이 대표적이다. 가사를 안 보고도 잘 할 수 있는 정도가 되었다. 이제는 할머니에게 "둘째 손주가 아버지하고는 달리 노래도 잘 합니다"하고 말씀드릴 수 있다. 문명의 이기인 노래방 덕분이다.

도시에 집을 가지는 것이 할머니의 또 하나의 소망이셨다. "그 많은 재산을 가지고 있을 때 아이들을 위하여 서울이나 대구에 집을 하나 사 두었으면 얼마나 좋았겠느냐?" 하는 말씀을 여러 차례 하셨다. 나로서도 이해가 되지 않는 부분이다. 사업이 잘 될 때에 조부님이 왜 서울 등에 부동산을 사지 않으셨는지? 아마도 1950년대와 1960년대에는 부동산의 가격이 워낙 낮아서 투자로서 가치가 없었을 수도 있을 것이다. 할머니는 부동산 투자의 목적으로서가 아니라, 자손들이 서울에서 많이 살게 되었는데, 집이 서울에도 있으면 좋지 않겠느냐는 취지에서 하신 말씀이다. 내가 알기로는 조부님이 외지에 부동산을 사 두신 것은 없다. 그만큼 수산업이란 기복이 심한 사업임을 모르셨기 때문으로 보인다. 요즘 말하는 포토폴리오를 모르셨다는 의미이다. 우리 5남매는 모두 서울에 살고 있는 집은 있으니 할머니의 소원은 어느 정도 풀린 셈이다.

할머니의 또 다른 소망은 "우리 아이들은 모종에 빠지지 말아야 한다"는 것이었다. 아버지 형제분들도 모종에 빠지지 않았다고 하시면서 자랑스러워하셨다. 우리 5남매도 잘 자라고 있으니 모두 틀림없이 모종에 빠지지 않을 것이라고 우리에게 자신감을 심어주셨다. 아버지 4형제는 키도 크고 인물도 모두 좋으셨다. 외동딸인 고모님은 더 말할 나위없는 미인이셨고 시집도 잘 가셨다. 큰 아버지가 6.25때 행방불명이 된 것을 제외하고는… 할머니가 말씀하시는 모종이란 모내기를 할 때 "모판에 있는 벼심기용 모"를 말한다. 모판에는 벼심기를 위한 모들이 수천 개가 있다. 그런데 좋지 않은 것은 농부가 솎아 내게 된다. 그러므로 좋지 않아서 솎아냄을 당하지 않아야 한다는 가르침이다.

자신만이 옳고 한없이 높다는 생각에 사로잡혀, 자기 주장만 하고, 남을 깔보게 되면 주위사람으로부터 눈총을 받고 따돌림을 받게 되니, 이런 사람은 모종에서 빠지게 된다는 것이다. 이런 사람이 되어서는 안 된다는 말씀이셨다. 할머니는 사람들과 살아가는 최소한의 행동양식을 우리에게 이렇게 누누이 강조하신 것이다. 내가 지금까지 대학에서 교수직을 유지하고 있고 동창회나 학회의 회장을 여러 개 지낸 것을 보면 객관적으로 모종에 들었다고 볼 수 있다. 이 점에서도 할머니의 소망대로 된 것이라서 안도가 된다.

어머니는 1954년 시집을 오셔서 영덕 축산항 죽도산 밑 664번지에서 66년을 한 집에서 사셨다. 한 번도 그 집을 떠난 적이 없다. 변화 없는 생활에도 잘 견디고 사셨다. 30~40년 시부모를 모셨고, 많을 때에는 열두 명의 대식구가 있었다. 여러 회한이 있을 터이지만, 의외로 어머니는 평범한 소망을 가지고 계셨다. 어머니의 소망은 자식들이 평생 출퇴근이 있는 직장을 갖는 것과 술을 마시는 것이었다.

우리 집의 가업은 수산업이었다. 수산업은 원시적인 경영이라서 특별하게 사무실이 있는 것도 아니었다. 그저 넓은 집에서 잠자는 방이 곧 사무실이었다. 조부님과 아버지 그리고 진외조부님이 사무를 집에서 보셨다. 아버지가 나중에는 페인트 일을 하셨지만, 집 마당에 리어카니, 페인트 칠하는 솔, 페인트 통이 놓여 있었다. 집이 곧 아버지의 평생 직장이고 사무실이었던 셈이었다. 그러다보니 남편은 출근이 없이 매일 집에 있다. 아침, 점심, 저녁을 매끼 차려야 했다.

이에 비하여 외갓집은 대부분 교직에 종사하셨다. 그래서 출퇴근이 있는 삶이었다. 어머니는 이런 친정의 남자들의 생활과 시집의 생활이 차이가 많이 났다. 시집 오셔서 처음에는 적응이 힘드셨을 것이다. 중년이 되시면서 서울 등의 직장생활이 대세가 되면서 더욱 이런 직장생활을 아쉬워하셨을 것이다. 그보다 더 근본적인 것은 가업인 수산업이 기복이 너무 심하여 살림을 하기에 너무 고생을 하신 나머지, 수산업과 같은 투기사업을 하면 집안이 안정이 되지 않으니 직장을 다니는 것이 좋겠다고 생각하신 것일 것이다. 그래서 나한테 "남자가 출퇴근이 있는 직장을 다녀야 한다. 그래야 좋다"고 누누이 말씀하셨다. 어머니의 그런 바람은 더 이상 바람도 아니다. 요즘에야 특별하게 약사 등 자영업을 하지 않는 이상, 모두 직장을 가지게 되니, 이런 바람은 자연스럽게 해결되었다.

내가 20대 젊었을 때에는 바다로 나가버렸으니… 자식이라고 해도 1년에 한번 볼까 말까 했는데, 이는 너무나도 출퇴근이 분명한 직장을 가진 셈이었다. 출근에서 퇴근까지가 1년이 걸리는 직장을 가졌으니… 선장을 그만두고 대학원을 다니고 박사가 되고 교직에 몸담게 되었다. 출퇴근이 분명한 튼튼한 직장이니 어머니의 오랜 소망은 내가 실현시켜 드리고도 남음이 있다.

어머니는 오히려 아들이 배를 타러 다니는 것이 걱정이 되셨는지 점을 보러가셨다고 한다. 점 보아주는 분이 지구의 위에 사람이 있는 그림을 꺼내고는 "집의 아들은 평생을 외국으로 돌아다닐 사람"이라고 했다고 한다. 어머니는 이제는 험한 배는 그만 타고 육상에서 자리를 잡으라는 것으로 소망이 바뀌었다. 어머니는 이제 내가 교수라는 직업을 가진 점에 만족을 하신다. 또 가업이었던 수산업과 같이 기복이 심한 사업은 하지 않고 매달 봉급에 의존하는 직장을 가졌으니 어머니의 최대의 소망을 내가 확실하게 풀어드린 셈이다.

어머니가 또 나에게 꼭 하기를 원했던 것은 "남자가 술을 좀 마셔야 한다"는 것이었다. 아버지는 체질적으로 술을 못 드신다. 술을 드시면 얼굴에 열이 올라서 입에도 술을 대시지 못하셨다. 그래서 아버지는 항상 맑은 정신에 재미가 없다고 어머니는 말씀을 하셨다. 술을 한잔 하면 남자가 좀 흐트러지기도 해야 재미가 있다고… 이것은 어머니가 애주가이셨던 외할아버지의 영향을 많이 받으신 것 같다.

이런 어머니의 권고에 따라 고1때부터 나는 친구들과 어울려 술을 좀 마시기 시작했다. 그렇지만 나도 술맛을 아직 모른다. 그래서 스스로 술을 마시고 싶어서 마시는 경우는 없다. 어쨌든 아버지와 달리 체질적으로 술을 못 마시지는 않는다. 사람들과 어울리면 분위기에 맞추어 소주 3잔까지는 기꺼이 하기 때문에 술도 어머니가 원하는 정도는 마신다. 어머니가 "남자는 술을 좀 마셔야 한다"고 하셨던 취지는 사람이 너무 딱딱하게 정확하지만 말고 사람들과 어울려 술 한 잔 정도는 하면서 부드러워지라는 취지였을 것이다.

즉, 이 말씀의 방점은 술에 있는 것이 아니라 부드러운 남자에 있다. 술을 한 잔 할 수 있는 사람이 된 것은 맞는데, 정말 대화를 잘하는 부드러운 남자인지는 아직 미지수이니, 더 노력해야 할 부분이라고 생각된다. 영원히 내가 실천해야 할 어머니의 가르침이다.

우리 집 안어른들의 소망은 모두 소박한 것이었고 또 실천적인 것이었다. 당신들이 처한 살림이라는 환경에서 부족한 점 아쉬운 점들을 자손들에게 희망한 것이었다. 이런 소망들은 자손들이 장차 긴 인생을 살아가면서 도움이 되는 가정교육의 일부로서 기능했던 것들이다. 우리 세대들은 모두 이런 가정교육을 받으면서 자라났다. 어머니와 할머니들의 역할이라는 것이 참으로 컸다는 것을 알 수 있다. 어디서 그런 지혜를 가지셨는지 신기할 정도이다. 이런 어머니와 할머니의 가르침은 대를 이어서 지속되어야 하는데, 주위를 돌아보면 이런 가정교육들이 점차 사라지는 것 같아서 안타깝다.

(2020.3.4.)

제2장

바다와 나

〈저자가 승선 근무했던 산코기센의 선박〉

1. 동해안 반찬예찬

반찬이란 밥을 먹을 때 식욕을 돋구어주는 것이다. 지금이야 반찬이 차고 넘친다. 그렇지만 1970년대에는 반찬이 많지 않았다.

제일 쉽게 할 수 있는 것이 김치국밥이었다. 입은 많은데 배를 채우려는 목적으로는 국밥만큼 좋은 것도 없었다. 밥을 조금 넣고 국수를 풀고 여기에 간을 하기 위하여 김치를 넣고 푹 끓인다. 물을 더 많이 넣게 되면 한입이 먹을 분량이 더 나왔다. 이렇게 하면 밥 한 그릇으로 한 사람의 식사로 그칠 것을 세 사람의 배를 채울 수 있었다. 우리 어머니들의 궁한데 통하는 지혜였다.

반찬으로 가장 값진 것은 집에서 키우는 몇 마리 닭이 산출한 계란이었다. 닭이 매일 매일 계란을 산출하는 것은 아니었다. 세 마리가 있어도 하루에 계란이 1개 혹은 2개일 때도 있었다. 할아버지가 외지로 출장을 가실 때에 할머니는 이 계란을 꺼내오셨다. 흰색의 쌀밥에 노란 색의 계란이 밥상 위에서 조화를 잘 이루었었다.

이 때 곁들여지는 것이 돌김이었다. 돌김은 우리 집에서도 만들었다. 바로 10미터만 나가면 바닷가의 바위이고 바위에는 돌김이 자란다. 이것을 긁어 와서 돌조각을 없애고 발 위에 늘어서 말리면 된다. 여기에 기름을 묻히면 식용이 된다. 지금은 김을 바로 먹지만 그 때는 약간 구워서 먹었다. 구우면 더 구수한 맛이 난다. 직사각형의 김을 가위로 16등분을 하여 밥에 싸서 먹으면 맛이 이만 저만이 아니었다.

반찬은 계절에 따라 달랐다. 계란은 사시사철 가능했다. 김과 숭늉은 겨울철 음식이다. 미역은 5월에 나지만 사시사철 미역국을 먹을 수 있었다. 여름철 음식으로 잊을 수 없는 맛을 가진 것은 꽁치식혜이다. 식혜라는 용어가 동해안에는 젓갈을 의미한다. 서울에서는 단술을 식혜라고 한다. 꽁치식혜를 담가 두면 꽁치가 익게 되면서 꽁치 살이 약간 흐물흐물해진다. 어머니는 꽁치식혜가 담긴 장독을 열고 꽁치 몸체를 한 마리 꺼내어 그릇에 담아서 밥솥에 넣고 밥을 같이 한다. 그러면 꽁치 몸체가 더 녹은 상태가 되어 나온다. 여름철 저녁밥을 먹을 때 호박잎에 보리밥을 넣고 꽁치 식혜를 조금 넣은 다음 먹으면 별미가 따로 없다.

겨울철 음식으로 드물지만 최고인기 생선은 물곰이었다. 서울에서는 곰치라고 불린다. 흐늘흐늘 너무 줏대 없이 생겨서 정말 볼품이 없다. 그렇지만 우리가 먹기에는, 특히 전날 밤 술을 한 잔한 친구끼리 해장으로 먹기에는 물곰국보다 더 좋은 것은 없다. 살결이 그렇게 부드럽다. 껍질은 흐늘흐늘하여 잘 끊어지지 않는데 한꺼번에 20센티미터 정도의 물곰 껍질을 같이 먹을 수 밖에 없다.

　가을철에 나는 오징어는 참으로 다양하게 음식을 해 먹을 수 있다. 그 점에서 오징어와 닭은 닮았다. 서울 사람들은 마른 오징어를 먹기 좋아한다. 최근에는 피데기가 인기가 높다. 그런데, 산지에서 이보다 격이 높게 오징어 먹는 방법이 있다. 오징어는 생물을 잡아오면 먹통을 빼고 나서 배를 가르지 않고 그대로 삶아서 칼로 5등분을 하고 먹으면 좋다. 오징어 속에서 맛이 들고 색깔이 좋은 내장이 흘러나와서 일품이 된다. 오징어 내장은 두 가지가 있다. 토돌토돌 알이 들은 주머니가 있고, 애와 같은 것이 있다. 이 두 가지를 넣고 국을 끓이면 참 맛이 있다. 현지에서만 먹을 수 있는데다 오징어는 살이 단단해서 생물이 오래되어도 회를 쳐서 먹을 수 있는 장점이 있는 생선이다.

　겨울철에 봄까지 나는 대게는 반찬이 아니다. 밥을 먹기 위한 보조식품이 아니다. 밥을 먹은 다음 혹은 전에 먹는 것이다. 왜냐하면 대게는 한 마리를 헐게 되면 양이 많아서 배 불리 먹기 때문이다. 대게는 전 국민적인 사랑을 받아왔다. 대게 다리를 열게 되면 나오는 흰 속살은 언제 먹어도 식감이 좋다. 대게의 백미는 대체로 몸통에서 나오는 장이다. 여기에 밥을 비벼서 먹으면 그 맛이란 무엇과도 비교할 수 없다.

　최근 우리 집안에서 내려오는 〈양천세헌록〉을 번역했다. 축산항 염장에서 당시 사시던 안동김씨 선조 한 분이 이웃 고을 수령으로 당시 서울에 거주했던 지인인 이장우 영덕 현감에게 인사차 명란을 보냈다.

현감의 답장이 재미있다. "보내주신 명란은 너무 맛있어서 명란이 밥을 불러 밥을 더 많이 먹게 된다"는 답을 보냈다. 1839년의 일이다. 이렇게 동해안의 바다 산출물인 명란, 김 그리고 대게는 역사서에 남을 정도로 일찍부터 그 맛이 유명했다.

이렇게 풍족했던 수산물을 이용한 반찬들은 우리에게 그리움을 선사한다. 동해안에서 최근 어족자원이 줄어들어 생산량이 떨어진 것도 문제이지만, 어머니와 할머니들이 가졌던 음식 만드는 솜씨들이 딸이나 며느리들에게 전수되지 않아 더 큰 걱정이다. 동해안의 음식 문화가 잘 계승되었으면 한다.

2. 동해안 수입원으로서의
김, 미역 그리고 성게 알

동해안의 어촌에서 어민들이 살아가는 방법은 다양하다. 어선을 소유하는 선주들은 바다의 고기를 잡아 수입을 올린다. 그 선박에 승선하는 선원들은 근로의 대가로 봉급을 받는다. 오징어 건조와 같이 건조작업을 통하여 수입을 얻기도 한다. 이외에도 고기가 아닌 바다에서 산출되는 다른 해초류 등으로 고정된 수입을 얻는 방법도 있다. 김과 미역 그리고 성게 알의 상품화가 그 좋은 예이다.

겨울이 되면 동네 아낙들은 바닷가 바위로 나간다. 바위에 가면 검은색 김이 자라나 있다. 이것을 철로 된 도구로 긁어낸다. 몇 시간이 걸려 이 바위 저 바위를 이동하면서 상당한 량의 김을 모은다. 집에 와서 물 위에 놓은 발의 위에 김을 담그고 돌을 걸러낸다. 그런 다음 발 위에 사각형 상자를 두고 김을 가늘게 펴서 놓는다. 이렇게 며칠이 지나면 상품으로 유통되는 김이 만들어진다. 김은 파래와 구별하는 것이 중요하다. 파래를 넣게 되면 김의 상품성이 떨어지게 된다. 1970년대 그 당시 김은 아주 고급식품으로서 소금을 친 김과 이밥(쌀밥)을 먹을 수 있다면 호강을 하는 식사가 되었다. 2017년 우리나라는 김 수출 5억 달러를 달성하였다. 물론 양식 김이 가능해지면서부터 이런 김 수출이 가능해졌다. 이런 전통의 돌김 생산이 그 밑거름이 되었을 것이다.

미역은 동해안 영덕 지방의 특산품 중의 하나이다. 고향의 어머니는 5월이 되면 생일 국을 끓여 먹으라고 하면서 돌미역 한 오리를 꼭 우리 집으로 보내주신다. 돌미역은 마음대로 채취를 하지 못한다. 어촌계가 짬이라는 것에 대한 소유권을 가지는데, 해마다 입찰을 하여 사업자가 짬을 임대하게 되면 그 사람만이 바위에 붙은 미역을 채취할 권리를 가진다. 짬에 있는 미역은 따뜻한 봄날인 4월에 채취하게 된다. 채취권자가 사람을 동원해서 물아래 바위에 자란 미역을 따서 작은 배에 가득 싣고 오게 된다.

동네 아낙들은 발에 미역을 말리는 작업에 동원된다. 대나무로 만든 발에다가 1미터 길이에 폭 40센티미터 크기의 미역 오리를 만든다. 며칠 지나면 완전히 건조되어 상품화된다. 돌미역은 산모의 산후조리에 좋다고 널리 알려져 있다. 이외에도 높은 파도가 치게 되면 미역이 자연히 바위에서 떨어져 모래사장에 밀려오는 경우도 있다. 이것은 무주물이므로 먼저 보는 자가 임자가 된다.

그래서 바닷가에서는 새벽같이 일어나 모래사장에 뭔가 떠내려온 것이 없는지 살피게 된다. 이런 자연산 돌미역에 양식미역이 도전장을 내민 지도 오래되었다. 사람에 따라서 양식미역을 좋아하는 이도 있고 돌미역을 좋아하는 이도 있다. 동해안에서는 돌미역이 선호되어 양식미역보다 더 비싸다.

초등학교에 다닐 때 친구집에 가면 해녀가 잡아온 성게를 칼로 중간을 잘라서 노란 알을 꺼내는 작업 광경을 흔히 볼 수 있었다. 어디서 성게를 그렇게 많이 잡아오는지 큰 통에 가득 채워져 있다. 다음 과정에서는 술 냄새가 났었는데, 지금 생각하니 오랜 기간 보관을 위하여 약품처리를 한 것으로 판단된다. 며칠 뒤 가보면 큰 통이 보이지 않는데 일본으로 보냈다고 했다. 친구네 집은 성게 알을 상품화하여 일본에 수출하는 일을 하는 것을 알게 되었다. 워낙 고가의 귀한 것이라서 한 점 얻어먹기도 어려웠다.

한 번씩 바닷가에서 성게를 잡아먹게 되면 달큰한 것이 참 맛이 있었다. 성년이 되어 일식당에 가면 식사에 조금 나오는 성게를 먹을 때마다 고향의 그 친구네가 생각나곤 했다. 그런데 몇해 전 고향 집에 갔더니 성게가 엄청 많이 난다는 것이었다. 수출이 안 되어 해녀들이 잡아온 성게를 직접 까서 작은 통에 넣어서 판다는 것이었다. 그래서 어느 날 해녀들이 성게 작업을 하는 장소를 직접 찾아가 보았다. 성게 알이 가득한 작은 통이 2만원밖에 하지 않는다. 성인 밥그릇으로 두 개를 가득 채울 분량이다. 한 통을 사서 집에 와서 미역국에 넣어서 먹기도 하고, 밥에 비벼먹기도 했다. 참 맛이 있었다. 우리 국내 소비자들이 식탁에서 쉽게 성게 알을 맛볼 수 있다는 점은 다행이지만, 한편으로 성게 알 수출이 어렵게 된 점은 아쉽기도 하다. 이제는 여름에 고향에 가서 성게 알을 몇 통씩 집으로 사오는 것이 즐거움이 되었다.

　세월이 흘러가면 나이가 들고 가족이나 지인들이 세상을 떠나게 되고, 그렇게 되면 후배들이 그 자리를 차지하게 된다. 그렇지만 동해 바닷가에서는 김, 미역 그리고 성게 알이 세월의 흐름에 상관없이 여전히 산출되어 주민들에게는 수확의 기쁨을, 국민들에게는 영양을 제공하여 준다.

(월간《현대해양》 2019. 3. 18.)

3. 동해안 생선에 대한 품평

동해안에서 잡히는 가장 대표적인 어종은 꽁치와 오징어였다.

꽁치는 유자망을 이용하여 잡는다. 바다 아래로 수 미터 내려둔 그물에 꽁치가 지나가다가 걸리게 된다. 이렇게 유자망에 걸린 꽁치를 그물채로 배에 싣고 항구로 돌아온다. 꽁치 잡은 그물을 어판장에 내려서 선원들이 털듯이 꽁치를 벗겨 낸다. 이렇게 잡는 방법 때문에 수족관에서 산 꽁치는 볼 수가 없다.

막 잡은 꽁치를 회쳐서 먹으면 너무나 부드러운 맛에 반하게 된다. 살이 너무 부드럽기 때문에 잡은 지 몇 시간이 지나면 회로는 먹지 못하게 된다. 바닷가에 사는 사람들만이 누릴 수 있는 특혜이다. 소금을 쳐서 구워 먹어도 맛있다. 칼로 마구 쳐서 볼을 만들어 각종 야채를 많이 넣어서 먹는 꽁치국도 일품이다. 꽁치 과메기도 널리 알려진 꽁치 먹는 방법이다. 꽁치를 길이 방향으로 반으로 나누어서 그늘진 곳에 두게 되면 피덕피덕한 것이 된다. 이를 미역에 곁들여서 먹으면 맛이 있다. 기름끼가 너무 많아서 싫어하는 사람들은 꽁치를 볕에 말린 다음, 고춧가루를 뿌려서 쪄먹어도 담백하고 좋다.

꽁치 먹는 백미는 꽁치 식혜(젓갈)일 것이다. 생물인 꽁치를 사서 장독 안에 넣어서 1년 정도 지나면 꽁치가 삭혀진다. 통상 꽁치의 액 젓만 시판되지만, 동해안에서는 삭혀지는 과정에 있는 꽁치의 몸체를 반찬으로 먹게 되는데, 이것이 꽁치음식 중의 단연 최고이다. 최근에는 꽁치식혜를 집에서 담그는 방법을 아낙들이 몰라서 대가 끊어질 지경이라서 걱정이 되기도 한다. 나도 이 꽁치식혜를 먹어보지 못한 지 오래되었다.

꽁치는 봄에서 가을에 걸쳐서 쭉 많이 나서, 계절적으로 겨울을 제외하고는 다 맛볼 수 있는 생선이었다. 이에 반하여 오징어는 물때가 있어서 9월에서 12월까지 4개월만 난다. 오징어는 채낚기를 이용하여 잡는다. 배 위에 밝은 불을 켜는 전구가 수십 개 달려 있다. 오징어가 밝은 불을 보고 달려들면 이 때 낚시줄을 내려서 걸려 올라온 오징어를 잡게 된다. 바늘에 걸려서 올라온 것이기 때문에 살려서 항구로 들어올 수 있다. 그래서 수족관에서도 산 오징어를 사 먹을 수 있다. 오징어는 말려서 오랫동안 보관하여 구수하게 먹게 된다. 오징어를 회로 먹기도 하는데 도시에 사는 분들이 매우 좋아한다. 그렇지만 동해안에서는 좀 질기기 때문에 회로서는 높게 평가되지 않는다.

오징어 안의 내장을 국을 끓여서 먹으면 맛있다. 오징어 속을 해체하지 않고 시커먼 먹물만 조심스럽게 빼어낸 다음 삶은 후 칼로 몸체를 10등분 정도 하면 그 안에 내장의 다양한 맛들이 함께 어울어진다. 3일 정도 말린 피데기를 구워서 먹으면 덜 질겨서 먹기는 좋다. 그렇지만 다 마른 상태가 아니기 때문에 고유의 구수한 맛이 없는 점이 단점이다.

오징어 다리는 아이들 도시락 반찬으로 많이 사용되었다. 아이들 도시락 반찬이 없던 시절이라서, 어머니들이 오징어 건조를 하면서 10개 다리 중 1~2개를 뜯어내어서 아이들 도시락 반찬을 해주었다. 마른 오징어 다리가 8개가 있는 경우는 이런 연유 때문일 수도 있었다.

꽁치와 오징어는 흔한 생선이다. 이보다 낮은 등급이었지만 이들보다 더 고급으로 승격된 생선도 있다. 조선시대 선조 임금과 일화가 있는 도루묵이다. 겨울에 많이 나는데 생선이 너무 담백해서 별 맛이 없었다. 선원들이 횟감으로 어쩔 수 없이 먹었던 생선인데, 이제는 담백함이 장점이 되었다. 된장을 넣고 끓이면 그렇게 맛있을 수가 없다. 알이 가득 찬 도루묵이라면 뽀독뽀독 씹어 먹는 맛도 있다. 실제로 먹어보면 알이 없는 도루묵 찌개가 더 맛있다. 그래서 영덕 식당에 가면 반드시 물어본다. "알이 있는 것과 알이 없는 것 어느 것을 원하시는지요"라고 말이다.

영덕대게는 11월과 4월에 걸쳐서 영덕 앞바다에서 난다. 영덕은 군소재지이고 내륙지방이라서 영덕에서 직접 대게를 잡는 것이 아니다. 축산항, 강구항에서 나는 대게를 영덕대게라고 부른다. 축산항의 차유라는 곳이 원래 원조이다. 축산항에 대나무로 덮힌 산인 죽도산(竹島山)이 있다. 여기에서 나는 게인데 다리가 대나무처럼 길다고 하여 이름이 대게가 되었다.

조선초 유학자 권근 선생의 〈양촌록〉에 대게에 대한 기록이 나온다. 대게는 삶아서 먹는 방법이 유일하다. 가위로 다리와 몸통을 잘라서 속살을 먹는다. 도시 사람들이 선물을 받으면 몰라서 버리기도 하는데, 몸통을 맛있게 먹는 것이 게장이 대게먹기의 핵심이다. 검은색이 도는 대게 내장에 몸통의 살을 함께 넣고 게 몸통의 크기에 찰 만큼의 밥을 넣는다. 다섯 숟가락 정도가 되는데 여기에 참기름을 조금 넣고 비벼서 먹으면 맛이 기가 막힌다. 이것을 먹지 않고서는 영덕대게 먹었다고 할 수 없다.

가게에서 주인장이 대게장을 해준다고 하더라도 본인이 직접 이렇게 먹는 것이 낫다. 왜냐하면 주인장은 여러 사람이 같이 먹도록 하기 위하여 밥을 너무 많이 넣는데 게장의 양은 정해져 있으니 맛이 떨어지기 때문이다.

이외에도 대구가 귀한 생선이었다. 하나도 버릴 것이 없다. 대구는 국을 끓이면 맛이 최고이다. 살이 부드럽고 담백하다. 아가미는 아가미 식혜로, 대구의 알은 알 식혜로 만들었다. 동해안 겨울 생선 중 가장 비싼 귀한 생선이었다. 가끔씩 아주 가끔씩 겨울철에 방어가 정치망 어장에 들었는데, 너무 비싸고 귀하여 우리는 먹지도 못했다. 최근에는 양식이 가능하여 방어는 친근한 생선이 되었다.

2년에 한번 정도 돌고래가 잡히기도 했는데 꼽새기라고 불렀다.

꼽새기가 어판장에 나타나면 구경꾼들이 많이 모였다. 위판이 되고나면 곧 좌판에서 쫄깃한 고래고기를 맛볼 수 있었다. 특이한 생선으로 물곰이 있다. 생김이 아주 작은 곰처럼 시커멓게 그렇게 생겼다. 부산 지방에서는 물곰치라고 부른다. 고기가 너무나 부드러워, 흐늘흐늘하다는 표현이 정확하다. 아침 해장국으로 기가 막힌다. 아주 담백하여 다른 것도 필요없이 시원한 무에 고춧가루를 조금 넣어먹으면 그렇게 시원할 수 없다. 얼마나 인기가 좋은지 한 마리에 20만원 거뜬하다. 겨울에만 난다.

동해안의 어족 자체가 줄어들기도 하거니와 지구 온난화에 따른 해수온도의 변화로 생태계가 달라져서 대풍이었던 꽁치와 오징어도 보기 어렵게 되었다. 이런 우리 고유의 생선들을 우리 국민들의 식탁에 어떻게 조달할지가 큰 숙제가 되었다.

(월간《현대해양》2019. 2. 8.)

4. 오징어 건조에 대한 단상

1월이면 오징어 건조가 끝이 날 무렵이다. 그런데 금년에는 1월에 오징어가 대풍이라는 기사가 났다. 오징어만큼 우리 국민들에게 친근한 생선도 없다. 오징어는 맥주의 안주나 식탁의 젓갈로도 인기가 높다.

9월 추석 무렵부터 12월 초까지 약 3개월 정도 잡히는 오징어는 동해안 주민 모두에게 기쁨을 선사한다. 오징어 채낚기 선주는 선원들이 오징어를 잡아오면 판매를 하여 수입을 얻는다. 선원들은 채낚기 결과물의 일정 몫을 선주에게 주고 남는 오징어를 팔아서 수입을 얻게 된다. 채낚기는 아주 밝은 불을 켜서 오징어를 뱃전에 모은 다음 낚시 바늘을 이용해서 오징어를 잡는 어업방식이다. 그런데 배의 위치에 따라 오징어가 많이 잡히기도 하고 덜 잡히기도 한다.

선장은 가장 좋은 자리를 차지하면서도 자신이 가져가는 몫도 많았다. 반면 직위가 최하위인 화장은 선수에 자리하여 오징어 낚기도 신통치 않았다. 이들이 잡는 오징어는 모두 어판장에서 위판이 된다.

선주도 아니고 어선원도 아닌 사람들은 소위 오징어 건조라는 것을 했다. 오징어 건조는 주민들이 오징어 생물을 사서 1주일 정도 건조를 하였다가 몇 달 저장한 다음 생물가격보다 3~4배 높은 가격으로 상인들에게 매각하는 전 과정을 말한다. 만약 100만원으로 오징어를 사서 건조를 했다면 다음 해 2~3월 경에는 3~400만원으로 매각을 하게 되므로 큰 이윤이 나는 것이었다. 그래서 돈이 돈을 버는 것이라서, 오징어를 살 자금을 마련하는 것이 중요했는데 이는 아버지들의 몫이었다. 여름을 거치면서 우리들의 아버지는 자금을 마련하려고 암중모색을 하였다.

출어한 어선이 오징어를 잡아오면 어판장에서 매매가 이루어진다. 가정에서 오징어 건조를 하는 경우 통상 5발, 1만 마리를 사게 된다. 오징어를 헤아리는 단위가 독특한데, 한 발은 100축, 한 두름(마른 오징어는 축이라고 함)은 20마리를 말한다. 아버지와 어머니는 오징어 배를 따는 사람들을 사서 오징어 배 안의 속을 걷어낸 다음, 항구내의 바닷물을 퍼 올려 깨끗이 씻어낸다. 손질이 된 오징어는 리어카에 가득 실리어 몇 차례 집으로 이동된다.

무겁기 때문에 학동(學童)들이 동원된다. 집의 마당에는 오징어 건조를 위하여 여러 열로 막대기가 꽂혀 있고 나무막대기 중간 중간으로 새끼줄을 쳐두었다. 통상 상하 4줄 정도 된다. 이것은 할아버지의 몫이다. 오징어가 집 마당에 도착하면 온 식구가 달라붙어 오징어를 새끼줄에 건다. 능숙한 솜씨로 2시간 남짓 1천 마리를 새끼줄에 걸게 된다. 오전 한나절이 훌쩍 지나가는데 점심을 먹고 나서 오징어가 물이 빠지면 다리를 잘 벌린 상태로 하기 위해 작은 막대기를 몸체의 다리 부분에 끼워준다.

하루가 지나면 오징어의 물기가 바람에 의하여 말려진다. 오징어를 모두 거두어 집안으로 가져온다. 온 식구가 붙어서 오징어의 모양을 만들어 준다. 사람의 손이 많이 가므로 이 작업은 아이들이 학교에서 돌아오는 밤에 주로 이루어진다. 오징어 머리 쪽에 발의 뒤축을 대고 힘을 준 다음 오징어 몸통의 양 끝을 잡고 당긴다. 그러면 삼각형 오징어 모양이 보기 좋게 만들어진다. 모양을 잡은 오징어를 다시 줄에다 걸어준다. 이렇게 하여 다시 이틀 정도 볕에 말리면 오징어는 상품이 될 정도로 마른다.

이제는 오징어를 거두어서 20마리씩 축을 지운다. 18마리를 귀를 맞대어 차곡차곡 쌓은 다음, 크고 모양이 좋은 놈을 축의 가장 위에 한 마리 두고, 아래에도 동일하게 실한 놈을 두게 된다. 오징어의 다리는 10개인데 그 중에 양쪽의 두 개의 다리가 길다. 이 다리를 몸통으로 돌리면서 축을 지우게 된다. 축을 지우는 작업은 오징어 건조의 하이라이트이다. 예쁘게 축을 잘 지어야 했기 때문에 경험이 많으신 아버지와 어머니의 몫이었고, 학동들은 축을 지우는 작업에는 손을 대지 못하게 했다.

이렇게 축이 된 오징어는 집의 구석진 곳에 쌓여 보관되게 된다.

추운 겨울을 지낸 오징어는 시간이 지나면서 하얀 분이 피게 되는데, 최상품의 건조된 오징어가 만들어진다. 오징어 건조 중 피해야 할 가장 중요한 일은 오징어가 건조중 비를 맞지 않게 하는 것이다. 비를 맞은 오징어는 하얀 분이 피지 않게 되고, 맛이 또한 없다. 그래서 비가 온다고 하면 온 가족은 물론이고 이웃도 모두 달려들어 오징어 대피 작업에 총동원된다.

마른 오징어가 먹기에 딱딱하다고 하여 반(半)건조된 피데기라는 것을 상품화하여 팔고 있지만, 위에서 말하는 숙성하는 단계를 거치지 않았기 때문에 분이 피어있지 않아서 구수한 맛이 떨어지는 단점이 있다.

마른 오징어도 1월~3월을 지나면 수요공급의 법칙에 따라 비축된 오징어가 줄어들므로 점차 가격이 올라간다. 4월경에 팔게 되면 오징어 값을 더 받을 수 있다. 그런데 2월에 아이들 등록금을 내어야 하기 때문에 값을 적게 받으면서도 어쩔 수 없이 오징어를 상인들에게 팔게 되는 경우가 대부분이었다. 오징어 건조의 부산물로 오징어 다리가 있다. 문어는 다리가 8개, 오징어는 10개이다. 그런데 한 축에 한두 마리 정도에는 다리가 9개인 오징어가 들어간 경우도 있었다. 이는 아이들의 도시락 반찬에 다리 하나가 슬쩍 사용되었기 때문이다. 이 정도는 소비자들도 애교로 보아줄 수 있을 것이다.

이와 같은 오징어 건조는 강구항에서 축산항을 거쳐서 후포항에 이르기까지 자동차로 1시간 가량 걸리는 동해안 해안가에서 연례행사로 이루어졌다. 자금만 있으면 비교적 손쉽게 수입을 얻을 수 있었으니 동해안 거의 모든 집의 수입원이 되었다. 동해안 어촌의 오징어 건조는 농촌의 소 키우기와 마찬가지로 가족 모두의 정성이 들어가는 협업의 하나였다.

동해안에는 아버지가 직장이 따로 없었다. 그래서 수산업을 이용해 생계를 유지해야 했다. 가족의 협업으로 오징어 건조를 하여 남긴 수입으로 생활비와 아이들 등록금에 사용하였다. 밤을 새우면서 오징어 손질을 할 때에는 어른들은 재미있는 얘기를 들려주면서 아이들 잠을 깨워주었다. 온 가족 모두의 협업으로 이루어지는 오징어 건조 과정을 거치면서 가족들 간의 사랑과 우애는 더 깊어갔다.

(2018. 9. 13.)

5. 동해안 정치망 어장의 묘미와 한계

동해안 어민들이 수산업을 하는 방법은 다양하다. 저인망 등 트롤은 어선이 이동하면서 바다 속의 고기를 잡는 것이지만, 고정된 어망에서 고기를 잡는 방법도 있다. 소위 정치망(定置網) 어장이다. 마을 앞 바다에 군청에서 허가를 얻어 일정한 구획에 그물을 깔아서 지나가는 고기들을 포획하는 방법이다. 매일매일 선원들이 어장에 나가서 그물에 걸린 고기를 건져오는 것을 동해안에서는 "어장에서 물을 본다"라고 부른다.

한 어촌계에 다섯 개 정도의 어장이 설치되는데, 공동으로 투자를 하여 주인이 여러 명이다. 어장 선주들이 생계를 이어갈 정도의 어획량은 되지만 큰 돈을 벌지는 못한다.

그런데 떼돈을 버는, 즉 돈벼락을 맞는 경우도 가끔은 있다. 방어가 들어올 때와 돌고래가 잡힐 때이다. 방어는 고급어종으로 고급횟감으로 사용되는데, 한 마리에 지금 돈으로 10만원은 족히 되었다. 방어떼가 지나가면서 어장에 들게 되면 한 번에 100마리 혹은 200마리가 들게 된다. 하루아침에 어획고가 1000만원 2000만원이 되니 떼돈을 버는 것이다.

더 큰 횡재는 어장 그물에 돌고래가 들어오는 것이다. 돌고래는 동해안에서는 꼽새기라고 불리는데, 돌고래는 국제조약에 의하여 포획이 금지되어 있다. 그런데 그물에 들어와서 죽은 돌고래는 판매가 가능하다. 다만, 관할 검사의 이러한 사실에 대한 허락을 받아야 한다. 그래서 동해안에서는 검사를 '고래검사'라고 부르면서 검사님을 존경하면서 극진히 모신다. 검사의 서명이 없으면 고래에 대한 판매가 불가하기 때문이다. 한 마리에 3천만 원에서 5천만 원 하는데, 어장으로서는 큰 경사가 난 것이다. 10년에 한 번 있을까 말까하는 횡재를 어장주인이 하게 되는 것이다. 돌고래가 한 마리 어판장에 들어오면 온 동네에 큰 구경거리가 생기게 되었다.

이번 여름에 고향에서 전화가 왔다. 후배들의 말에 의하면 참치가 그렇게 많이 어장 그물에 든다는 것이다. 나는 옛날 방어와 고래의 예가 생각이 나서 "축하한다. 부자되었구나" 했더니, 후배는 "아닙니다. 선배님", "모두 바다에 버리거나 사료로 사용합니다. 너무 아깝습니다. 해결해 주십시오" 하고 말한다. 참치는 경북 동해안에서 잡히는 어종이 아니다. 그런데 수온이 올라가면서 남쪽에서 잡히던 참치가 경북 동해안에서도 잡히게 된 것이다.

여기에는 문제가 있는데 조약에 의하여 우리나라가 잡는 참치의 수량이 정해져 있다는 것이다. 그렇기 때문에 어장에 들어온 참치의 판매는 금지된 사항이다. 이렇다 보니 바다에 다시 버리거나 사료로 사용할 수 밖에 없다. 종종 사매를 하거나 어민들이 식용으로 먹기도 한다. 이번 여름 자고 일어났더니 참치가 한 마리 마당에 누워 있어서 즐거웠다는 친구의 전언도 있었다.

참치 역시 고급어종으로 참치 회는 우리나라 국민들이 모두 좋아하는 고급생선이다. 쿼터 때문에 어장에 든 참치를 제값을 받고 위판하지 못하는 어민들의 마음은 너무나 안타깝다. 방어와 마찬가지로 한 마리에 20만 원은 족히 할 터인데, 100마리가 어장에 들어왔다면 2000만원의 수입이 날아가 버리는 것이다.

참치의 국제쿼터 제도는 원양 어선에만 적용되는 것으로 생각했지만 지구의 온난화로 동해안의 어항에까지 영향을 미치는 것이 되었다. 참치 어족 보호도 필요하지만, 잡을 수 있는 쿼터라는 것이 있으니, 동해안에서 잡히는 참치도 가능한 많이 어민들이 위판할 수 있도록 해야겠다.

(2018. 12. 1.)

6. 다양한 용도에 사용된 어선

　　나의 조부님은 일본으로 건너가셔서 20년 동안 일군 운수업을 정리하고 1945년 귀국길에 올랐다. 현금을 가지고 귀국하지 못하니 어선을 한 척 사오셨다. 그리고는 본가에서 10리 떨어진 축산항에서 수산업을 시작하여 성공하여 대형어선 3척(삼화호, 삼중호, 삼광호)을 거느린 선주가 되었다. 이 어선들은 20년 동안 큰 역할을 했다. 우리 집 어선들은 본래의 목적인 고기잡이에만 동원된 것이 아니라, 다양한 용도로 활용되었다는 점은 흥미롭다.

　　6·25 사변이 터지자 경북 영덕도 안전하지 못했다. 조부님과 아버님은 우리 가족들과 선원들의 가족을 모두 태우고 방어진으로 피난을 갔다. 그리고 다시 부산영도로 내려갔다. 방어진과 부산에서 고기

잡이를 계속하였다. 어선은 피난의 도구로서도 아주 효용이 높았다. 육로로 가는 피난길은 사람도 힘이 들 뿐더러 인민군에 잡힐 우려도 컸지만, 바다를 통한 피난은 사람도 편하였고 무엇보다 안전하였다.

피난 중에는 통상 먹고 살기가 그렇게 어려웠다고 하는데, 우리 집은 어선이 있었으니 어획고를 올려 와서 생계가 되었다. 일석이조(一石二鳥)인 셈이었다. 내가 부산 영도에 있는 한국해양대학교 입시 시험을 보러 가서 영도에서 며칠 묵게 되었는데, 조부님이 그 근처를 소상히 잘 아셨다. 나는 당시에 의아해 했는데 모두 피난시절 부산영도에 거주하신 경험 덕분임을 나중에 알게 되었다.

1952년 전선이 안정되어 축산항으로 복귀한 뒤 선출직 선거에 나선 조부님은 어선 3척의 덕을 톡톡히 보셨다. 사촌형님의 어선까지 모두 5척을 동원하여 영덕 해변가의 유권자들을 공략했다는 것이다. 당시는 막걸리 선거여서 술 도가에서 막 나온 막걸리를 배에다 싣고 어촌 동네마다 들러서 유세를 하고 유권자들에게 막걸리를 대접했다고 한다.

배가 아니었다면 교통도 불편한데 차로 이동하거나 발품을 팔아야 했을 것이다. 선박으로 가볍게 이동하면서 물량도 한꺼번에 많이 실어 나를 수 있었으니 선거운동 수단으로는 어선보다 좋은 것은 없었을 것이다. 덕분에 당선이 되셨다.

또 어선은 아랫대에게도 자부심과 긍지를 심어주었다. 특히 해상법을 전공하는 손주에게 큰 도움이 되었다. 해상법은 선박이 연구의 대상이다. 태어나면서부터 어선을 경험하였으니 친숙하고 항상 자신감이 묻어난다. 해운업계에서 존경하는 선배 사장님이 계신다. 우리나라에서 역사가 가장 오랜 상선회사를 운영하고 계신다.

그 역사 이야기가 나왔다. 선배의 아버님도 1945년 해방 전 일본에서 귀국하시면서 시모노세키에서 작은 상선을 사 와서 고향 남해에서 연안운송을 시작했고 이것이 모태가 되어 그 선박회사가 되었다는 것이다. 나도 "1945년 당시, 우리 조부님은 어선을 사 와서 고향 축산항에서 수산업을 시작했습니다"고 했더니 선배님도 반색을 하면서 좋아하셨다.

우리는 이야기를 더 진행시켰다. 분위기를 탄 나는 그 선배님께 "선배님, 선배님은 대형 상선회사 선주의 아드님이시지만, 저도 어선 선주의 손주요 아들입니다. 비록 규모는 차이가 크게 나지만, 선주의 아들인 점은 틀림없으니 저도 선주의 아들로 인정해 주십시오"하고

농담반 진담반으로 제안을 하니, 그 선배님이 "아이구, 좋습니다. 같은 등급으로 처리하겠습니다"하고 크게 웃으셨다.

이 일로 그 선배님과 나는 형제처럼 가깝게 지내게 되었다. 조부님의 어선은 그 선배님이 나에 대하여 동류의식을 느끼게 하는 좋은 수단으로 작용한 것이다.

선대에서 25년 동안 가업으로 영위했던 수산업을 위한 어선들은 나름대로의 역할을 다 하였고, 또 주인이었던 조부님과 아버님은 세상을 떠나셨다. 1950년대에 찍은 삼중호 사진 한 장이 손주인 나의 수중에 남아 있을 뿐이다.

세월의 흐름에 따라 선대의 가업이 수산업이었다는 사실, 그리고 어선에 얽힌 재미있는 이야기도 모두 잊혀져 갈 것이다. 그렇지만 문자로 남기는 글은 영원하니 그나마 다행이라고 아니할 수 없다.

《동아일보》 김인현의 바다, 배 그리고 별 제14화 2019. 4. 19.)

7. 한여름 어선에 페인트칠하던 추억

부엌이 활기가 차 있었다. 어머니가 말씀하셨다.

"얘야, A 선주가 아버지한테 일을 주었단다. 아버지 아침 드시고 조선소로 가신다. 너희들도 준비해라". 아버지는 페인트가 묻은 작업복을 입고 나셨다. 형과 나는 리어카에 페인트 통과 붓을 담아 앞에 가는 아버지를 따라갔다. 연장이 많기 때문에 집에 있던 연장을 조선소로 이동시키는 일을 형과 내가 도와드렸다.

어촌은 한여름이 휴어기이기 때문에 어부들이 모두 쉬는 날이다. 입출항하는 선박들이 없기 때문에 7월 말에서 8월 중순까지는 항구가 그렇게 조용할 수가 없다. 살평상 같은 곳에서 남자들은 바둑이나 장기를 두고, 여자들은 그늘에서 모여앉아 수다를 떤다. 온 동네는 곧 있을 9월 중순부터 시작되는 오징어잡이 및 건조철을 위하여 휴식을 취한다.

그렇지만, 우리 집은 한여름이 가장 바쁘고 또 의미있는 기간이기도 했다. 그것은 아버지가 어쩔 수 없이 택한, 그렇지만 최선의 선택이었던 페인트공이라는 직업을 가졌기 때문이었다. 어선의 선주들은 여름 휴어기에 선박의 수리를 위하여 조선소에 선박을 올리게 된다. 이때 선박의 외판에 페인트 칠을 하여둔다. 페인트를 해두어야 선박의 수명이 길어지기 때문이었다.

대경호 좌초사고가 발생한 다음, 조부님과 아버지는 다시 후포의 동림 수산의 배를 한 척 빌려왔다. 그렇지만 역시 바닷물 속은 알 수 없었다. 그리고 야속하기도 했다. 이집 저집 돌아다니면서 운영자금을 마련해 쌀을 사고, 기름을 사고 선원들을 구하여 어선은 출항했지만, 오늘도 헛방이었고 내일 다시 기대를 걸었지만, 똑같은 날이 반복되었다.

우리 어선이 뱃전까지 물이 차도록 만선할 꿈을 꾸었지만, 온 가족의 기대를 저버리고 우리 배는 빈 배로 돌아왔다. 이러한 일이 몇 달이 반복되자, 빚만 많아진 조부님과 아버지는 수산업에서 손을 들고 말았다.

야반 도주를 생각해보지 않았던 것은 아닐 것이다. 오랜 300년의 영해 축산에서의 집안의 역사, 그리고 지역에 형성된 집안의 이름에 누를 끼쳐서는 안 된다는 판단에 아버지는 극단적인 직업을 택하였다. 그 많은 빚을 갚으면서 열두 명의 가족을 이끌어야 했다. 하루 먹을 쌀이 없을 정도가 되었다. 이것 저것 해보았다.

어떤 외지의 선주의 사무장이 되어 속초에 가서 1년을 보내기도 했다. 마침내 아버지는 선주들을 찾아다니면서 페인트 일을 나에게 달라고 했다. 선주가 선원들이 하는 일을 한다니… 정말 할 수 있을까? 우리가 운영하던 조선소에서 공장장으로 일을 하던 K씨가 적극 나섰다. 선주 여러 명이 아버지의 처지를 딱하게 여겨 일감을 주기 시작했다. 다행이었다. 커 나가는 자식들 입에 풀칠이라도 할 수 있었으니 말이다.

어려운 살림살이다 보니 어떤 선주가 아버지에게 일을 주었다는 사실은 가족 모두에게 너무나 반가운 희소식이었다. 이것은 우리 열두 명 식구의 생명줄이었기 때문이었다. 더구나 3남 2녀와 시부모님을 모시고 있는 가정주부 입장으로서는 너무나 기쁜 소식이 아닐 수 없었을 것이다.

축산수협(현, 영덕 북부수협)에 들어가는 방법도 있었다. 아버지는 택하지 않았다. 박봉으로는 안 된다고 보셨기 때문일까? 한 번도 해보지 않았던 육체노동의 대명사인 페인트 일이었다. 40평생 펜대만 잡던 분이 어떻게 잘할 수 있을까?

그렇지만 아버지는 이 일을 내가 초등학교 5학년부터 시작해서 내가 해양대학을 졸업할 때까지 근 15년 가까이를 하셨다. 한여름에 하는 육체노동은 힘든 일이었을 것이다. 어머니는 "무슨 팔자가 해마다 생일날에는 꼭 이렇게 더운데 일을 해야 되나" 하셨다. 음력 6월 중순이 생신이다 보니 양력으로 8월 초에 생일이 돌아오는데 아버지는 대목 날이라 그 생일날에 페인트 일을 해야만 하는 안타까움을 표시한 말씀이었다.

우리는 다시 집으로 돌아와서 공부를 시작했다. 어머니가 미숫가루 새참을 준비해 주시면 가져다 드렸는데 우리 집 미숫가루 중에 특히 찹쌀로 한 미숫가루는 목 넘김이 좋았다. 우리 학동들은 보리로 된 미숫가루를 먹었지만 어머니는 아버지에게 특별하게 찹쌀로 된 것을 만들어주셨다.

저녁이 되어 일을 마칠 무렵이면 조선소로 가서 리어카를 끌고 집으로 돌아왔다. 해질녘에 일을 마치고 집에 돌아오신 아버지의 엎드린 자세의 등에 어머니는 펌프질을 해서 길어 올린 물을 한 바가지 퍼부어 드리곤 했다. 그럴 때면 아버지는 "어 시원하다"고 하시며 하루의 피로를 잊은 듯 하셨다.

여름철 다른 가족들은 놀 때 우리 가족들이 합심하여 4~5척의 어선에 페인트 칠을 한 돈은 10월의 오징어 건조를 위한 목돈이 되었다. 오징어 건조는 오징어를 사서 말려두기만 해도 다음해 3월에 투자 돈보다 세 배를 버는 것이기 때문에 목돈의 존부는 어촌의 살림살이에서 아주 중요한 것이었다.

1970년대 아버지의 한여름의 페인트일은 이런 경제적인 기능 이외에도 몇 가지 부산물을 나에게 부여해주었다.

어선에는 선박의 이름이 세 군데 나와 있다. 흰 페인트 위에 검은색으로 선박의 이름을 적어야 한다. 아버지는 중요한 일이라고 하시면서 방에 신문지를 깔아두시고는 붓으로 몇 시간이고 연습을 하셨다. 아버지는 일에 정성을 다하시구나 하는 생각을 하게 되었다.

어린 나는 일에 익숙하지 않아 솔에 페인트를 너무 많이 묻혀서 바닥에 흘리는 경우가 많았다. 아버지는 나에게 "훌륭한 목수는 재료를 적게 버리는 사람"이라고 하셨다. 선박에 페인트를 골고루 빠짐없이 칠하면서도 바닥에 흘리는 페인트를 최소화하라고 말씀하시면서, 흘리지 않는 방법을 나에게 일러주셨다. 당시 나는, 아버지는 이러한 부단한 노력으로 장인에 이르렀구나 생각했다.

아버지로부터 참는 법을 배운 것도 바로 이 여름철이었다. 뺑끼애라는 말이 아버지를 놀리는 말이라는 것을 쉽게 알게 되었다. 왜냐하면 어떤 사람들이 아버지의 면전에서 아버지를 부를 때가 아니라 아버지가 지나가는 뒤에서 그렇게 불렀기 때문이다. 이는 페인트공의 일본식 놀림 말이다. 아버지는 놀림을 당하시면서도 참고 묵묵히 자전거의 페달을 밟으면서 앞으로 앞으로 나가셨다.

일본에서 공부를 하신 분이 이 말의 뜻을 모를 리가 없다. 지주에 해당하는 선주가 사업에 실패하고 극단의 직업인 페인트 일을 하는 것을 보니 선원들이 고소하다는 취지에서 그렇게 놀렸을 것이다. 그렇지만 아버지는 못 들은 척하였다. 사업 실패의 대가를 받으신다고 생각을 하셨는지, 그런 사람들과 상대해서 무엇하는가 하는 마음으로 자전거를 타고 뒤도 돌아보지 않고 앞서 나가셨다. 그리고 "두고 보자. 나는 다시 일어나서 자식들 교육을 잘 시켜서 집안을 다시 일으키겠다"는 각오를 다지셨을 것이다. 나는 이런 아버지로부터 참는 법을 배웠다.

마지막 날은 형과 내가 같이 나가서 선박의 구석구석에 솔질을 하여 빈틈없이 페인트를 매겨주었다. 이렇게 하여 어선 한 척의 페인트 일이 완성된다. 꼬박 4~5일이 걸리는 일이다. 배 한 척에 대한 일을 마치면 어머니는 식구들이 모두 수고했다고 하시면서 수박파티를 했다. 곧 이어 선주로부터 수금(收金)이 되는 날은 어머니는 영해 장에 가서 닭을 사 오셔서 보신용으로 닭죽을 끓여주곤 하였다. 우리 5남매가 가장 기다리는 날이었다. 1년에 한 번씩 먹을 수 있는 특식이 제공되는 날이었기 때문이다.

이렇게 4~5척의 배에 대한 페인트 일을 마치고 나면 어느덧 여름도 끝이 나게 되고, 우리 집의 계절은 가을 오징어 철을 향하고 있었다.

(2018.8.10.)

8. 닻(앵커)

선박에 부속하는 물건 중에 닻만큼 신기한 기능을 가진 것도 없다. 크기는 10톤 남짓이다. 이것이 바다에 놓이게 되면 10만톤 배도 제자리에 선다. 닻을 놓게 되면, 닻을 축으로 닻줄을 반경으로 하여 선박이 조류와 바람에 따라 회전한다. 결코 중심된 닻의 범위를 벗어나지 않는다.

닻은 갈쿠리처럼 생긴 날개를 가진다. 이 날개가 바다 속 뻘에 박히면 고정하는 데 큰 힘이 발생하여 닻줄을 통하여 자신보다 수백 배 덩치가 큰 선박을 잡아주게 된다.

선박이 하루에 속력이 얼마나 나는지는 항해하는 선장의 큰 관심 사항이다. 어떤 항해하는 선박의 선장이 청명한 날씨인데 위치를 내어보니 이상하게 배가 얼마 전진하지 못했다. 약 2노트 정도 속력이 떨어졌다. 기관이 이상이 있는지 선창에 물이 들어왔는지 확인을 시켰다. 아무 이상이 없었다. 또 하루를 더 항해했다. 다음날 아차 싶어서 선수(船首)에 나가 보라고 했더니 닻이 풀려 있다는 것이다. 닻의 정지장치가 풀려서 닻이 길이 200미터의 닻줄과 함께 바다에 내려가 있다.

이를 달고 항해를 하니 저항이 생겨서 선박의 속력이 줄어든 것이다. 선장은 회사에 물어보지도 않고 닻을 용접으로 짤라 버렸다. 속이 시원했다. 사후 보고를 했는데 회사에서 야단이 났다. 배에는 모든 것이 2개가 비치되어 있다. 1개의 닻이 없어도 다른 쪽의 닻을 사용하면 된다. 선장은 이렇게 간단하게 생각했다.

그렇지만 닻은 법정 비품이라서 2개를 달지 않고는 출항을 할 수 없다. 닻을 달기 위해 조선소에 들어가서 1주일을 보냈다. 선박에 부착할 닻이 바로 생기는 것은 아니다. 1주일간 영업손실이 발생했다. 선장은 하선 조치를 당하고 징계를 받았다.

이 이야기는 우리 S선단에 큰 교훈으로 전해 내려오는 이야기이다. 물론 학교에서 배우지도 않은 비상 상황이다. 그러면 현장의 선장은 어떻게 처리했어야 하나? 선박을 수심이 100미터 정도 되는 곳으로 항해해서 닻이 육지에 닿게 되면 닻의 힘이 약해져서 선박의 유압장치로 닻을 끌어올릴 수 있다. 한 바다에 내려져 있는 닻 10톤짜리에 200미터 닻줄을 선박의 유압장치로 바로 끌어올릴 수 없다. 이런 교훈적인 이야기를 선배로부터 들었다.

몇 년이 지난 후, 미국 콜럼비아 강의 롱뷰에서 내가 타던 배가 곡물을 실을 때였다. 곡물을 넣어주는 장비의 위치가 고정되어 있었다. 그래서 우리 배를 이동시켜서 여러 선창에 짐을 싣도록 해주어야 했다. 배는 밧줄을 이용해서 부두와 단단히 묶여있다. 하루에도 몇 번씩 배를 잡아준 밧줄을 풀어주고 감아주면서 배를 이동시켜 주었다. 예인선을 우리 배에 붙여서 사용하면 좋았을 것이지만, 비용이 발생되므로 선원들끼리 작업을 했다. 콜럼비아 강에서 내려오는 강물의 유속이 빨랐나보다. 부두와 1~2미터 간격을 두고 배가 앞뒤로 이동해야 하는데, 어느 순간 5미터 10미터 배가 간격이 벌어졌다. 선수와 선미의 유압장치로 밧줄을 감았지만 소용이 없었다.

배는 점차 부두와 멀어져 갔다. 총 책임자였던 나도 당황하기 시작했다. 밧줄은 모두 끊어졌고, 선수에 밧줄 하나만 육지와 연결되어 있다. 배는 강의 한복판으로 나가 좌초될 위기에 처하였다. 절체절명의 위기의 순간이었다. 이 때 경험많은 갑판장이 화급하게 "초사님, 닻을 놓읍시다. 닻을 놓자고요"하고 말했다.

나는 정신을 차렸고, "렛고 앵커(닻을 내려)"를 명했다. 닻을 잡아맨 브레이크 밴드를 푸는 순간 와르르 소리와 함께 닻이 내려갔다. 기적같이 우리 배는 그 자리에 바로 멈추어 서버렸다. 십년감수를 했다. 부두에서 이 광경을 보고 있던 하역인부들이 환호성을 질렀다. 1등 항해사였던 나의 위기 관리 능력이 인정받는 중요한 계기가 되었다. 나는 닻의 효용을 실감하게 되었고 이를 회사에 보고하여 선박에서 널리 활용되도록 했다.

어선에도 상선과 같이 닻이 있음은 물론이다. 그런데, 바다에서 어선이 오징어 채낚기를 할 때 떠 내려가지 않고 특정된 장소에 머물도록 어선의 선수에 낙하산이 펴진 모양과 같은 장비를 내린다. 이 장비는 배가 고정되는 닻과 같은 기능을 하므로 시 앵커(Sea Anchor)로 불린다.

닻의 영어이름은 앵커이다. 닻이 이렇게 중요한 기능을 하다 보니, TV방송에서 뉴스 진행자를 앵커라고 부른다. 바다의 용어를 차용한 것이다. 앵커는 뉴스를 전달하고, 현장의 기자와 전문가를 부르고, 중요도에 따라 방송순서를 정하기도 한다. 모든 것이 앵커를 중심으로 뉴스가 진행된다. 전국의 수많은 시청자들이 그를 통하여 뉴스를 전달받는다. 닻을 놓게 되면 선박은 닻을 중심으로 제자리에 있기도 하고 회전하지만 결코 닻의 범위를 벗어나지 않는다.

수많은 시청자들은 대형선박에 해당하고, 뉴스 진행자는 닻의 역할을 하는 것에 비유될 수 있다. 이렇듯 선박의 앵커는 선박과 화물의 안전에 중요한 기능을 하고 방송에서의 앵커는 전 국민의 알권리를 보장하는 중요한 기능을 하는 소중한 존재이다.

《동아일보》김인현의 바다, 배 그리고 별 / 제17화. 2019. 6. 21.)

9. 바다에서 특진하는 방법

해양대학을 졸업하면 마치 사관학교를 졸업한 생도들이 소위에 임관하듯이 3등 항해사와 3등 기관사가 된다. 2년 동안 승선근무를 마치면 2등 항해사와 2등 기관사로 진급한다. 그런데 나의 동기생 중에 1년 만에 2등 항해사로 초특급 승진한 친구가 있다. 그 비결은 무얼까?

유조선은 한국에 입항하면 남해안 여수 근처로 간다. 선박을 접안하여 하역작업을 할 부두가 나오지 않는데, 미리부터 일찍 가서 기다릴 필요가 없다. 이럴 때 회사에서는 Slow steaming(기관 감속)을 지시한다. 속력을 낮추어서 오라는 뜻이다. 이렇게 되면 연료비가 적게 든다. 12노트(시간당 20km 정도로 항해함)의 속력이 6노트 정도로 떨어진다.

경우에 따라서는 정선을 하게 된다. 이러한 경우 낚시가 가능해진다.

당직이 아닌 선원들은 뱃전에 붙어서 낚시를 즐기게 된다. 간혹 큰 고기들이 잡혀서 무료한 선상생활을 즐겁게 해주기도 한다. 무엇보다 이야기 거리가 생기는 것이 큰 장점이다. 낚시도구의 장만, 이것은 선박의 오락에 해당하는 것이다. 3등 항해사의 담당이다. 3등 항해사가 선박이 항구에 들어오면 낚시집을 찾아가서 낚시도구를 잘 장만해 온다. 한 번도 아니고 꾸준하게 준비를 잘하여 선장은 물론이고 선원들의 마음을 사로잡았다.

그래서 선장이 "이렇게 훌륭한 3등 항해사는 처음이다"는 말까지 그에게 하게 되었다. 2등 항해사 자리가 마침 비게 되었다. 그래서 선장은 "진급을 상신합니다"고 전보를 회사에 보내어 특진이 되었다. 1년 만에 특진이 된 것이다. 낚시도구를 잘 장만해 온 것이 특진의 주된 이유였다. 물론 기본인 항해도 잘 하는 항해사였고 여기에 그의 성실성이 추가되었다는 것이다. 그래서 우리 동기들 사이에서 특진을 하려면 여수를 다니는 유조선을 타야 한다는 우스갯 소리가 생겨났다.

선장들은 당직 시간이 정해져 있지 않다. 이는 선장이 당직을 서지 않아도 된다는 의미도 되고 하루 종일 당직이라는 의미도 된다. 오전 8시부터 12시까지 당직을 서는 3등 항해사의 당직시간에 같이 선교에서 선장이 당직을 서는 것이 통상이다. 선장은 12시까지 당직을 마치고 점심식사 후 1시경부터 3시까지 낮잠을 자거나 다른 취미생활을 즐긴다.

목욕을 좋아하는 분이 있었다. 운동을 한 다음 탕에 들어가서 피로를 푸는 것이다. 출항을 한 다음 목욕을 하려고 자신의 방에 있는 탕에 들어가려고 보니 욕조에 있는 물이 푸른 색깔이었다. 몸을 욕조의 물에 담그니 향긋한 향내까지 났다. 선장은 너무 기분이 좋았다. 항해 내내 이런 호사를 누렸다. 다음 항차에는 탕의 물색깔이 달랐고, 조금 다른 향이 났다. 역시 그는 기분이 좋았다.

이렇게 하여 6개월이 지났는데 마침 선박에서 조리사가 교대하여 하선을 하게 되었다. 선장은 본사에 전보를 보냈다. "본인이 만난 가장 훌륭한 사롱보이(급사)입니다. 조리사의 후임으로 특진을 요청합니다"는 내용이었다. 바로 특진이 되었다는 이야기이다. 나도 그런 사롱보이를 만났었다면 얼마나 좋았을까?

그렇지만 선장으로의 진급은 다르다. 위와 같은 실력 외적인 요소는 절대 고려 대상이 아니다. 꼼꼼하게 다양한 자질을 검증한다. 선장은 선박의 총책임자이기 때문이다. 우선 리더십이 있어야 한다. 선장은 선주의 대리인이라서 선주의 이익을 보호하고 또 20명 선원의 생명과 선박과 화물을 보호할 수 있어야 한다. 마냥 마음만 좋은 사람이라고 해서 되는 것은 아니다. 무언가 한 칼을 보여주어야 한다.

어떤 1등 항해사가 선박의 분위기가 좋지 않은 선박에 해결사로 올라갔다. 원목선인데 목숨수당이 없어서 선원들이 불평이 심했다. 다른 회사에는 있는 것이다. 한국의 송출대리점에 가서 항의를 했다. 왜 다른 선박에는 있는 원목선 목숨수당이 없느냐고…. 본사의 허락을 받아야 한다는 설명이었다. 1등 항해사는 당장 실시해야 한다고 했다.

전체 선원들의 목숨수당 중 자신이 1/2을 낼 터이니 회사에서 1/2을 내어달라고 했다.

회사는 본사의 허락없이 그렇게는 안 된다고 했다. 출항하기 전 1등 항해사는 서류를 기안해서 일본의 본사에 보냈다. 1개월이 지나 본사에서 허락이 나서 목숨수당을 받게 되었다. 소급적용하게 되어 몇 달치 밀린 수당을 두둑히 받게 되었다. 선원들은 그를 고마워했다. 본사와 선박대리점에서는 그 당시 불편은 하였지만, 이런 1등 항해사라면 외국에서 선주의 이익과 함께 선원, 선박 그리고 화물을 잘 보호할 선장으로 보았다는 후문이다. 그래서 그는 선장으로 쉽게 진급이 될 수 있었다.

동료들이 하선 후 다른 선박에 근무하면서 이 선박 저 선박으로 이런 류의 특진에 대한 이야기를 퍼날리게 된다. 세월이 흐르면서 점차 전설적이 되고 바다사회에서 영웅이 만들어진다. 하지만 대개는 과장되기도 해서 가감해서 들어야 한다. 그렇지만, 따분한 바다생활에 웃음거리를 제공하는 효소와 같은 존재들이다. 첫 번째 두 번째는 나도 들은 이야기이지만, 세 번째는 나의 이야기인데 절대 과장되지 않았다.

《동아일보》김인현의 바다, 배 그리고 별 / 제23화. 2019. 11. 15.)

10. 바다의 전설이 된 선장들

선장은 승선 중 정해진 근무시간이 없다. 선박은 위험한 곳이니 24시간을 근무하라는 취지이다. 지휘자로서 선박과 선원을 관리하는 일을 한다. 승선생활은 시간적 여유가 있기 때문에 선장들은 다양한 취미활동을 한다. 《월간 조선》 및 《신동아》와 같은 월간지의 내용을 외우다시피 하는 선장도 있다. 어찌나 탐독하는지, 식사 시간에는 월간지에 나오는 기사 내용을 토시 하나 틀리지 않고 옮겨준다. 그 기억력에 탄복하게 된다. 특정한 사항에 대하여 집요하게 취미생활을 하는 선장도 있다. 세계 각국의 조개를 수집하여 방을 장식하고 이것을 휴가 때마다 집으로 옮긴다. 10여 년 모아서 진기한 수집품이 되어 큰 돈을 모으기도 한다.

가끔은 천재성을 가져 무엇이든 잘하는 선장들이 나타나 후배들을 주눅 들게 하곤 했다. 좋은 예가 있다.

프로야구가 처음 시작되어 선풍적인 인기를 끌 때 부산의 롯데야구단에 대한 연구를 수 년 동안 한 선장이 있었다. 그는 선상에서 원고를 작성하여 《필승 전략 롯데자이언츠》라는 책을 1990년 발간하였다. 그 내용에 감동받은 롯데 야구단에서 그를 구단주로 모시고 갔다.

상선 선장이 야구단 구단주라니… 선장진급 교육 때 누차 강조하는 말이 있다. "선장은 무엇이든지 다 잘해야 한다"고.. 그는 2년 동안 구단주를 하면서 최하위의 롯데를 우승으로 이끌었다. 그런 다음 그는 다시 배로 돌아와 현직 선장들의 꿈인 도선사가 되었고 현재도 활동 중이다

1960년대 한국 해양대에서는 항해학과 50명, 기관학과 50명의 해기사들이 졸업했다. 그렇지만 이들이 승선할 선박은 없었다. 이에 많은 학생들이 전혀 다른 직업에 종사했다. 국비로 키운 학생들이 일자리가 없는 점을 안타까워하던 선장출신 해양대학 교수 한 분이 결단을 내렸다. 교수직을 그만두고 일본에 건너갔다. 스스로 선장이 되어 일본 선박 한 척에 한국선원들을 태우고 소위 선원송출을 하게 되었다. 그런 다음 자신은 한국선원들 송출담당 부장이 되어 한 척 두 척 선원송출 척수를 늘려나갔다.

이렇게 시작된 한국선원들의 송출은 1980년대 5만 명에 이르렀고 연간 매출 5천억 원을 달성하였다. 교수직을 과감하게 던진 선각자 선장이 없었다면 우리나라 해운의 발전은 힘들었을 것이다.

우리나라는 매일 대형유조선 한 척이 원유를 싣고 입항을 한다.

우리나라 산업을 지탱하기 위하여 필요한 원유사용량이 그 만큼 많아진 것이다. 우리나라 원유는 대부분 중동에서 출발한다. 페르시아 만에서 전쟁이 발발했다. 우리 정유사가 용선한 선박의 외국선원들이 페르시아 만 입항을 거부했다.

어느 외국인인들 사지인 전쟁터에 들어가려고 하겠는가? 정유사는 야단이 났다. 이 선박이 우리나라에 원유를 가지고 오지 않으면 경제가 마비되니 큰 일이 발생하는 것이다. 이에 용선을 나간 우리나라 선원이 탄 한국선박을 찾아서 원유수송을 의뢰했다. 이 명령을 받은 선박의 Y선장은 즉각, 선원들을 총 집합시켰다. 일장 명연설을 했다. "죽을 각오로 페르시아 만으로 들어가서 원유를 싣고 오지 않는다면, 우리 조국의 산업시설이 멈추어 선다. 같이 들어가자. 반대하는 사람은 하선하게 하겠다." 아무도 반대하지 않았다. 선장은 무사히 원유를 싣고 한국에 입항하였다. 정유사의 사장이 와서 칭찬을 하자, 그는 당연한 일을 하였다고 답하였다.

상선은 아니지만, 내가 체험한 멋있는 선장이 또 있다. 어선 선장이다. 성실한 사람이라서 선장으로 진급을 시켜 주었다. 얼마 되지 않아 K 선장은 동짓날 만선을 시킨 배를 항구의 방파제에 얹어서 어선이 항내에서 침몰하는 사고가 났다. 선장으로서는 불명예였다. 그로 인하여 원래 선주는 수산업을 접어야 했다. 그는 다른 선주가 운항하는 어선의 선장으로 나갔다. K 선장은일 년에도 몇 차례씩 그 선주의 집을 찾아서 인사를 하고 명절 선물을 했다.

차츰 경력을 쌓아간 그는 점차 만선을 시켜오는 횟수가 늘어났다.

드디어 수덕이 있는 선장으로 알려졌다. 급기야 동해안에서 최고 가는 어선 선장으로 성장하여 그를 선장으로 데려가기 위해서는 수천만 원의 프리미엄이 붙기까지 했다. 자신이 사고를 내어 피해를 준 선주에게 죄송한 마음을 지속적으로 표현하면서 자신이 달고 있던 사고 선장이라는 꼬리표를 떼어내기 위하여 각고의 노력을 한 결과일 것이다. 과거의 불명예를 극복하고 최고의 선장이 된 K선장도 기억에 남을 동해안 어선 선장이다.

이들 이외에도 묵묵히 성실하게 직무에 충실했던 수 많은 선장들이 있었다. 지금도 오대양을 누비는 그들, 이 모든 선장들이 기억에 남을 멋쟁이 선장들이다.

《동아일보》 김인현의 바다, 배 그리고 별 / 제26화. 2020. 1. 7.)

11. 샤클과 로프

샤클(Shackle) 과 로프(Rope)는 선박에서 속구 혹은 선용품으로 불리는 것들이다. 선박 자체의 몸체와 기관실의 엔진과 같이 선박의 일체를 이루지는 않지만 선박의 효용 증대에 사용되는 필수 불가결한 것이다. 선박에는 여러 가지 이러한 선용품 혹은 속구가 있지만, 샤클과 로프와 같이 나의 인생에서 깊은 추억을 남긴 것도 없다.

우리 집은 조부님이 오대구리 어선 3척을 가지고 수산업을 하셨으니, 비교적 큰 규모의 수산업이었다. 고기잡이 어선업을 하기 위해서는 우선은 바다로 나갈 선박인 어선이 필요하고 이를 운항할 사람들이 필요했다. 이외에도 그물이 있어야 했다. 그 그물을 바다에 던지거나 끌어서 고기를 잡기 위해서는 그물을 배와 묶는 밧줄이 필요하고, 또 밧줄과 선박을 연결시키는 샤클이라는 것이 필요했다.

샤클은 주먹만한 크기이지만 찐빵에서의 앙코같은 존재이다. 그물을 바로 선박에 단단하게 연결시킬 수 있는 방법이 없다. 선박에도 어딘가에 단단한 동그란 구멍을 만들어둔다. 그리고 그물의 끝단에도 동그란 공간을 갖는 구멍을 만든다. 이 두 개의 구멍을 어떻게 연결할까? 사람들은 샤클이라는 타원형을 만들고 입구에는 공간을 둔다. 그리고 그 공간에 끼웠다가 뺄 수 있는 핀을 연결해 두었다. 그러면 고정된 선박의 동그란 공간에 샤클을 넣고 또 풀린 샤클의 공간에 그물의 끝단 공간을 넣는다. 다음 샤클의 핀을 넣고 잠그면 완전하고 안전한 연결이 되는 것이다.

나는 동네 형들이 내가 예쁘고 귀여워서 자꾸 찾는 줄 알았다. 그런데 얼마 지나서야 그들의 목적이 따로 있음을 알았다. 한 번은 우리 창고에 같이 들어가자는 것이었다. 따라갔더니 조그만 개구멍이 나 있었다. 작고 동그란 쇠붙이 몇 개를 들고 나왔다. 그리고는 바로 10여 미터 앞에 있는 엿집(우리는 엿방이라고 불렀다)에 가서 엿을 바꾸어 먹었다. 맛이 있었다. 아직 초등학교에도 입학하기 전이었다.

여러 차례 이 짓을 했다. 나는 너무 어려서 내가 하고 있는 짓의 의미를 몰랐다. 엿방에서 샤클이 자주 들어오니 이상해서 알아보니 동네 아이들의 장난임이 탄로가 났다. 이 일을 조부님이 아시게 되었다. 조부님은 우리 모두를 불러서 남의 물건을 훔치면 도둑질이 된다고 하시면서 점잖게 타이르셨다. 비록 내가 조부님의 물건을 훔쳤다고 하더라도 친족 간에는 친족상도례(親族相盜例)라는 제도가 있어서 처벌을 받지 않는다. 조부님께서 사랑하고 아끼는 손주를 처벌대상으로 하지는 않았을 것이지만 말이다.

상선에서도 샤클은 아주 유용하게 사용된다. 그 중에서도 닻줄에 잡힌 샤클이 가장 크고 굵다. 10톤 되는 닻의 운용은 쉽지 않다. 닻이 꼬여서 닻줄을 풀어야 하는데, 방법이 없을까 고민했다. 조이닝(Joining) 샤클이라는 것이 있다. 닻을 연결시키는 닻줄 사이사이에 닻줄 자체를 연결시켜 주는 고리로서 샤클이 들어 있다.

위에서 말한 샤클 하나가 1킬로그램이었다면 이것은 30킬로그램이 넘는 대형이다. 조선소에서 나온 지 오래되어 조이닝 샤클 핀이 고착되어 빠지지 않았다. 이것을 빼야 다른 닻줄을 한 바퀴 틀어서 제자리로 돌릴 수 있다. 기관실의 토치램프를 가지고 와서 열기를 주었다. 겨우 겨우 몇 시간을 거쳐 작업을 하여 조이닝 샤클의 핀을 뽑아서 일을 성공적으로 마칠 수 있었다.

나의 목숨을 내어 놓을 뻔한 샤클도 있었다. 배에는 크레인이라는 것이 있다. 하역기구이다. 굉장히 높은 곳에 와이어가 있어서 와이어를 통하여 화물을 다는 갈고리가 내려오게 된다. 이 갈고리에 각종 화물이 걸리는 것이다. 갈고리를 잘 다루기 위해서는 크레인의 몸통 안의 와이어가 좋아야 한다. 와이어가 꼬여서 갈고리가 제대로 구실을 못했다. 회의결과 와이어 자체를 회전시켜서 꼬인 것을 풀어야 한다는 결론에 이르렀다. 그 높은 곳에 갑판장과 나 그리고 선원 두 명, 총 네 명이 올라갔다. 긴 막대기를 와이어 끝단의 샤클 걸이에 넣고 돌리기를 수십 번 했다. 그런데 갑자기 이것이 우리 손에서 벗어나 튀면서 요동쳤다. 그 고공에서 한 방을 맞았으면 나도 선원들도 사망에 이르렀을 것이다. 다행히 아무도 다치지 않았다. 지금 생각해도 등골이 오싹하다.

로프도 샤클과 같이 선박과 무엇을 연결시켜줄 때 사용하는 밧줄이다. 선박과 선박, 선박과 부두, 선박과 그물을 연결시켜 줄 때는 물론이고, 물에 빠진 사람을 구할 때 선박과 사람을 연결시켜 주는 것도 로프이다. 이러한 좋은 용도 때문에 로프(밧줄)는 생명을 구해주는 은인 같은 따뜻한 어감을 준다.

우리 집에는 세 가지 종류의 방문객이 있었다. 첫째는 조부님을 찾아오는 외지 손님이나 일가친척들이었다. 두 번째는 선원들이었고, 세 번째는 일시적이기는 했지만 채권자들이었다. 집의 분위기가 어둡고 소란스러울 때는 세 번째 경우의 손님들이 찾아올 때였다. 한 번은 선원가족 여러 명이 찾아와서 우리 형제들 방을 차지하고 며칠을 묵은 적이 있다. 어선의 선원이 다리가 잘려버린 사건이 발생했고, 이의 처리를 위하여 선원 가족들이 보상을 위하여 찾아온 것이었다. 불행하게도 고기잡는 그물을 끌어올리는 과정에서 그 선원의 다리가 로프에 걸려버린 것이었다. 안타까운 일이었다.

로프가 가장 요긴하게 사용되는 것은 선박을 부두에 붙일 때이다. 선수에 3줄, 선미에서 3줄 이렇게 잡는다. 선수로부터 헤드 라인, 브레스트 라인, 스프링 라인, 그리고 다시 선미로 향하여 스프링 라인, 브레스트 라인, 스턴 라인, 이렇게 여섯 개를 단단히 잡아두면 선박은 끄덕없이 부두에 붙어있게 된다.

1등 항해사가 앞의 로프에 대한 책임자이다. 그가 손짓을 하면 기계로 밧줄을 감기도 하고 풀기도 한다. 한 번은 스프링 라인이 부두의 완충장치에 끼인 것을 알게 되었다. 그래서 이를 감아올려야 하는데, 잘 보이지 않아서 내가 뱃전 위에 올라가서 완충장치에서 풀리는 것을 보아야 했다. 완충장치는 뱃전의 바로 수직하에 있었다. 장력이 가해지고 거의 틈새로 풀려나올 순간 나는 아차하고 싶었다. 내가 뒤로 뛰어 내리려는 순간, 로프가 튀어 올라왔다. 나는 정신을 잃었다.

얼마나 지났을까. 눈을 떠보니 많은 사람들이 보였다. 일어나 보았다. 가슴을 만져보았다. 통증이 없다. 분명 튀어오른 로프를 맞았는데… 죽었다고 생각했는데. 턱도 이상이 없다. 일어나 보았다. 밧줄 자국이 나의 배 앞의 옷에 흔적으로 남아 있었다. 그 강한 장력을 가진 로프가 나의 배를 가볍게 스치고 지나갔고, 나는 그 힘으로 뒤로 나가 떨어지면서 정신을 잃었지만, 아무런 외상없이 일어났다. 그리고 하던 일을 계속했다. 천우신조가 따로 없었다.

샤클과 로프는 무언가를 연결시켜 주는 역할을 한다. 덩치는 작고 가늘지만 몇십 배나 되는 덩치를 가진 것들을 연결시켜 준다. 이것이 없으면 선박의 운용이 되지 않을 정도이다. 나는 샤클과 로프가 어선과 상선에 요긴하게 사용되는 것을 목격하였다.

그런데 나를 비롯한 영덕사람들은 오래 기억되고 교훈적인 많은 소재들을 가지고 있다. 이런 소재들을 모아서 영덕문화 혹은 영덕학으로 만들어내야 한다. 이 일은 학문으로도 할 수 있고, 수필, 그림, 소설이 할 수 있을 것이다. 나의 고향영덕 관련 수필들도 마치 샤클과 로프가 선박관련 각종 도구들을 하나로 묶어서 선박의 효용을 높이듯이. 고향영덕에 산재한 문화를 하나의 실체로 승화시키는 기능을 할 것이다.

(2019. 12. 1.)

12. 바다의 지혜 3가지

두 살 터울인 형과 나는 우리 어선을 타보기로 했다. 시운전을 하는데 앞바다에 한번 다녀온다는 것이었다. 선원들이 선수(선박의 앞쪽)에 나가 있으라고 했다. 항구를 벗어나자 우리 배는 앞뒤로 흔들리기 시작했고 나는 구토가 났다. 선원이 오더니 배의 뒤편에 있는 선장실로 오라고 해서 갔더니 조금은 나아졌다.

한국해양대학을 졸업하고 상선에서 근무하기 시작했다. 처음 배를 타는 선원들이 올라오자 선수에 나가라고 하였다. 선수는 배의 요동이 가장 심하여 멀미를 가장 많이 느끼는 곳이다. 이열치열인 셈이다. 처음부터 가장 심한 멀미를 경험하게 하여 우리 몸이 이를 받아들여 다음부터는 멀미가 사라지도록 하는 바다의 지혜인 셈이다. 나는 유년시절 일찌감치 멀미퇴치 처방을 받고 소화했기 때문에 해양대학

실습생 중 멀미를 하지 않는 유일한 동기생이 되었고, 동기생들로부터 강인함을 인정받게 되었다.

해양대학 재학중 가장 인상에 남는 것은 적도제(赤道祭)라는 것이다. 적도를 지날 때 바다의 신 포세이돈(로마에서는 넵튠으로 불린다. 그래서 적도제를 Neptune's Rebel이라고 부른다)에게 안전항해를 기원하는 제를 올리는 의식이 적도제이다. 5월에 열리는 한국해양대학의 공식 축제인 적도제는 전국적으로 유명하여 해대생의 파트너가 되기를 원하는 여성들이 많았다. 다양한 행사가 준비된다. 축제의 하이라이트는 닻을 불로 태우는 행사이다.

처음 승선을 하게 되었는데, 돼지 머리가 부식으로 올라왔다. 어디에 쓰이냐고 물으니 적도제에 사용된다고 했다. 바다에서의 적도제는 과연 어떨까 궁금했다. 태평양을 지나는 우리 배는 적도를 지날 수가 없다. 출항하여 5일 정도 지나니 180도선을 지나게 되었다. 동쪽 반구에서 서쪽 반구로 넘어가게 된다. 적도제를 지낸다고 한다. 적도를 지날 때 지내던 적도제를 180도를 지날 때에도 지내는 관행이 생겼구나 알게 되었다. 적도제가 아니라 180도제라고 명명해야 할 것이다.

진짜 적도제를 지낸 적도 있다. 적도를 지나기 하루 전 선장이 "적도(赤道)는 붉은 띠라는 의미이다. 우리 배가 적도를 지날 때 바다에 쳐져 있는 붉은 띠를 꼭 찾아서 확인해야 한다"는 것이었다. 학교에서 그런 것을 배운 적이 없는데, 이상하게 생각하면서 적도를 지날 때 쌍안경으로 바다를 유심히 살펴보았다. 아무것도 없다. 한없이 잔잔한 바다를 지날 뿐이다. "아무것도 없는데요"하고 보고하자, 선장은 웃으면서 "이 친구 순진하긴… 어떻게 저 넓은 바다에 붉은 띠를 설치할 수 있나? 해도에서 적도를 확인하면 된다"고 하신다.

육지에 지도가 있듯이 바다에도 지도가 있다. 이를 해도라고 한다. 해도에는 위도와 경도, 섬 등 항해와 관련된 각종 정보가 들어 있다. 해도에도 북위가 0도인 적도가 표시되어 있다. 이것을 알기 쉽게 붉은 색으로 선을 그어 두었다. 선장님은 이 선을 확인하라는 말을 한 것이다. 참 재미있네 하는 순간, 우리 배는 적도를 지나 남반구로 들어가고 있었다.

처음 선박에 승선하게 되는 신출내기를 골리는 두 가지 장난이 바로 멀미잡는 방법과 적도 찾기이다. 나는 여기에 하나를 더 추가하게 되었다.

미국의 하역인부 책임자가 선박관련 퀴즈를 하나 나에게 내어주었다. 선박은 모두 두 개씩 동일한 것을 배치해둔다는 것이다. 바다에서 고장이 나면 어찌할 수 없으니 똑같은 것을 두 개를 비치하여 만일의 경우에 대비한다는 것이다. 바다의 고립성을 극복하는 바다 선배들의 지혜이다. "그래서 모두가 좌우동형인데 그렇지 않은 것이 하나 있다. 이것이 무얼까? 출항시까지 찾으면 술을 사겠다"하는 것이 퀴즈의 내용이었다. 아무리 생각하고 현장을 둘러보아도 답을 찾을 수 없었다.

1주일을 지나서 출항할 때에서야 비로소 그는 나에게 몸소 정답을 가르쳐 주었다. 나를 육지에 내리게 하여 선수(船首)로 데리고 갔다.

선박의 이름은 선명이라고 하는데, 세 군데 적힌다. 선수의 좌우에 그리고 선미이다. 그런데 선수에 적힌 선명이 이름이야 물론 동일하지만 적힌 방향이 다르다. 왼쪽에서부터 단어를 적어나가니 첫 단어가 한쪽은 뒤에서 앞으로 시작되고, 다른 쪽은 앞에서부터 뒤로 시작되도록 적혀 있었다. "하 참, 학교에서 배우지 못한 것인데, 눈썰미가 대단하네" 싶었다.

이제 나는 신참 항해사가 올라오면 분위기를 반전시키는 방법으로 이것도 포함시켜서 세 가지를 써먹게 되었다. 이렇게 하여 바다의 지혜는 하나씩 늘어나게 된다. 후배들은 또 몇 가지나 더 지혜를 추가했을까, 언제나 궁금하고 나로 하여금 바다로 다시 나가고 싶게 만든다.

《동아일보》김인현의 바다, 배 그리고 별, 제6화 2018. 12. 21.)

13. 어려울 때일수록 바다로 나아가자

어촌에서 수산업에 종사하던 집에 태어나서 그런지 나는 바다와 친숙하다. 어촌에서 삶의 원천은 모두 바다에서 나온다. 바다에서 고기를 잡아야 먹고 살 수 있다. 무언가 산출하기 위해서는 집 앞의 바닷가라도 나가야 했다. 나는 바다는 생명줄과 같이 소중하고 고마운 존재임을 몸소 체험하며 깨닫게 되었다.

나에게 있어 바다는 다양한 의미에서 소중하고 고마운 존재다. 안동에서 내려와 바닷가 축산항의 염장이라는 곳에서 기거하게 된 우리 집안은 250년 이상을 아무런 벼슬을 하지 못하여 겨우 겨우 명맥을 유지했다. 가난하게 자란 종증조부님은 이재에 밝으셨다. 원산 등의 항구로 가서 명태를 사서 부산에서 비싸게 파는 중개무역을 통하여 큰 부를 축적했고 천석군이 되었다. 그 많은 명태를 어찌 운반했을까? 1900년을 전후한 개항기의 일인데, 선박을 이용했다.

어려운 형편에 살기가 어려웠던 조부님은 도일하여 사업에 성공하였다. 1945년 귀국하실 때 조부님이 어선을 한 척 구입해오신 덕분으로. 우리 집안은 축산항에서 수산업에 오랫동안 종사했고, 조부님은 이를 통해 큰 부를 축적했으며 지방의 선출직에 피선되어 영덕 지방을 이끌어 오셨다. 그 영광이 30년을 가지 못했다. 나는 가세가 기울어진 집안을 일으켜야 했다. 1978년 학비가 없는 한국해양대학으로 진학했다. 항해사와 선장으로 10년간 바다에서 근무했다. 내가 받는 봉급은 동생들의 유학비를 포함해서 집안의 생활비로 쓰였다.

대학교수 자리도 바다에서 취득한 경험과 선장자격이 큰 도움이 되었다. 그러니까 4대에 걸쳐 우리 집안은 대대로 바다를 통해서 어려움을 극복하고 돌파구를 찾아왔다. 그러므로 바다는 나에게 있어 곧 현실의 어려움에 대한 타파, 탈출구, 위기극복의 상징물처럼 되었다.

2009년 로스쿨이 발족하였다. 나는 해상법 교수로서 해상법을 전공한 학생들이 우리나라 로펌에 많이 취업하여 한국해운의 발전에 이바지하기를 기대했다. 그렇지만 영국이나 싱가포르 등에서 대부분의 해상분쟁이 처리되기 때문에 우리나라에서는 해상 법률가에 대한 수요가 적었다. 그래서 로펌에서는 1년에 세 명 정도의 수요만 있는 것이 현실이었다. 그나마 사법연수원 출신에게 우선권이 주어지는 상황이었다.

나는 맞춤교육의 형태로 학생들에게 해상법을 가르쳐서 경쟁력을 갖도록 수업을 설계했다. 취업 후에 특별한 교육을 받지 않아도 될 정도의 현장성을 갖추어 주기로 한 것이다. 이러한 노력에도 불구하고 제자들이 몇 년간 해상변호사로 선발이 되지 않았다. 나로서는 돌파구를 찾아야 했다. 수업을 듣는 학생들이 이 분야로 취업이 되지 않으면 전공 교수의 존재가치가 없어지는 것이다.

2013년 L과 J학생이 열정적으로 해상변호사가 되기를 희망하면서 나와 호흡을 같이했다. 나는 둘에게 승선 실습을 시켜주기로 했다. 2박 3일 부산-울산-광양을 거치는 컨테이너 선박에 8월초 그 제자들과 같이 올라탔다. 바다에서 위치를 내는데 사용되는 섹스탄트도 보여 주었다. 전문용어인 나용선자, 정기용선자, 도선사, 흘수 등을 설명해주었다. 학생들은 신기해 했다. 학교에서 배운 것들과 연결되니 기쁜 표정들이었다.

마침 선박이 광양항에 밤늦게 도착해서 기차를 타지 못하고 새벽에 첫차를 타고 서울로 올라와야 했다. 새벽 1시부터 5시까지 4시간을 같이 보냈다. 우리 셋은 여수 엑스포역에서 안주와 소주를 걸치면서 비장한 이야기를 나누었다. 이번 3학년 2학기에 해외인턴 다녀와서도 취업이 안 되면, 우리끼리 해상로펌을 하나 만들자. 나도 자문역을 해줄 것이다. 끝까지 포기하지 말고 준비하자며, 〈여수 밤바다〉 노래를 같이 부르면서 전의를 불태웠다.

둘은 그 다음 주 싱가포르로 떠났다. 내가 돌파구로 마련한 또 다른 카드였다. 싱가포르의 라자탄이라는 세계적 대형 로펌에 2주간 실습을 다녀오기로 주선을 했다. 어떤 로스쿨에서도 시도하지 못한 기획이었다. 2학기가 시작되고 9월 말 L학생이 연락이 왔다. 대형로펌에 해상변호사로 선발되었다는 것이다. 나는 너무나 기뻤다. 어떻게 어려운 관문을 뚫고 합격한 것인지 궁금했다.

로펌에서 3학년 여름방학 중 승선 실습을 한 점, 해외 유수의 로펌에서 인턴을 한 점을 좋게 보았다는 것이다. 해상변호사에 대한 열정이 돋보였다는 후문이다. 이렇게 하여 로스쿨 졸업생 중 해상변호사 1호가 탄생하게 된 것이다. 졸업 전에 J도 대형로펌에 취업을 했다.

역시 바다는 나를 저버리지 않았다. 바다로 나아가 직접 선박에 승선한 2박 3일의 승선 실습이 그 로펌을 움직인 것이다. 국내에 안주하지 않고, 바다 건너 해외의 대형로펌에 가서 실습한 것도 싱가포르와 접촉이 많은 우리 해상로펌으로서는 매력적인 시도로 보였을 것이다.

그래서 난 확신한다. 돌파구가 필요할 때에는 바다로 나가자. 특히 어려울 때에는 바다로 나가야 한다. 바다는 항상 열려 있고, 우리를 저버리지 않고 성공의 길을 열어주니까. 바다는 우리들에게 말한다. 어려움에 처한 정기선 해운 분야도 포기하지 말고 더욱 친근하게 바다로 나오라고….

《동아일보》김인현의 바다, 배 그리고 별, 제24화 2019. 12. 6.)

제3장

살아가는
평범한 이야기

〈고려대 법대 강의실에서〉

1. 사나이들이 살아가는 방법

나는 처절한 시절을 보내고 있었다. 아직도 사고의 휴유증이 나를 감싸고 있을 때였다. 다행히 바닥에서 일어설 기초는 마련되었다. 고려대학교 일반대학원 법학석사과정을 거의 마치고 논문작성만 남아있던 터였다.

국내 최대의 로펌에서 초빙을 하겠다는 제안을 받았다. 1995년 7월이었다. 나는 선장대우를 해달라고 제안했고 이것이 받아들여져서 120명 프로페셔널의 한 사람으로 근무를 하게 되었다. 독방이 하나 주어지고 비서도 지정되었다. 시간당 비용을 청구하는 구조였다. 물론 내가 변호사가 아니다보니 보조적인 역할만 하였다. 그동안 고향 후배에게 지고 있었던 빚도 갚아나가고 대전에 있던 가족을 지금도 살고 있는 고양시 화정동으로 데리고 와서 안정된 생활을 할 수 있었다.

모두 S대 법대 출신들로 구성된 변호사 집단에 한국해양대 선장 출신이라는 이질적인 존재를 꼭 데리고 와야 하는가에 대하여 파트너들 사이에 설전이 벌어졌다고 한다. 이 과정에서 C변호사님은 나를 5년에 한번 나올까 말까 한 사람입니다"고 강변하면서 나를 적극 추천하신 분이시다.

변호사님은 밤 10시경 퇴근할 때에는 나를 사당역 앞까지 태워다 주셨다. 인격적으로도 높은 경지에 오른 분이셨다. 항상 친절하시고 남을 불편하게 하지 않으셨다. 보고서를 적어서 가면 몇 번이고 고치고 또 고쳐주었다. 내가 잘못을 반복해도 목소리를 높이거나 야단을 치는 일도 없으셨다. 존경하는 마음이 저절로 우러나왔다.

4년 정도 근무하다가 박사학위를 받고 목포해양대학으로 자리를 옮기게 되었다. 기대를 하던 내가 사전 상의없이 학교로 이동하자 변호사님은 많이 실망하신 나머지 나를 보지 않으려고 하셨다. 떠나는 나에게 변호사님이 마음을 열지 않아서 송별식 때 나는 많이 울었다. 나는 이 로펌에서 성장했고, 마땅히 나의 후임도 구하기 어려워 학교에 가서도 어떤 형태로든 도와드리고 싶었지만, 변호사님이 나의 그런 제안을 일거에 거절해서 속이 많이 상한 채로 목포로 내려왔다.

몇 달 뒤 어떤 모임에 참석하였던 목포해양대학의 선배교수가 C변호사를 만났는데, "저의 동료였던 김인현 교수가 귀하의 학교에 갔는데 참한 사람입니다. 귀교를 크게 빛낼 것입니다"하고 말씀하셨다는 것이었다. 그래서 나는 C변호사님이 나를 잘 보고 계시구나 하는 생각을 하고 있었다. 1년이 지나자 C변호사님이 나에게 연락을 하시어, 경희대 대학원에서 선박충돌 강의를 해달라고 부탁하시어 다시 관계가 복원되었다. 그 후 한국해법학회의 활동을 통하여 변호사님이 회장을 하실 때에 나는 부회장으로서 도와드렸다.

세월이 많이 흘렀다. 나는 고려대에서 자리를 잘 잡아 해상법 중진 교수가 되었다. 그 로펌에서 원로에 해당하는 변호사님들은 경쟁력이 떨어진다는 이유로 인력 구조조정을 하는 과정에 있었던 모양이다.

이 과정에서 높은 지위에 있던 J변호사님이 나를 불러서 해상팀에 자문역할을 해 달라고 하였다. 그래서 나는 C변호사님이 허락한 일이냐고 물었다. 그랬더니 "C변호사는 무관하고 최고위층이 내린 결정이니 걱정하지 말라"고 했다. 나는 그럴 수는 없다고 하면서 다시 한 번 "C변호사님의 허락이 있어야 해상팀에 자문을 해 줄 수 있다"고 했다.

며칠 지나 안국동의 어떤 식당에 C변호사님과 나는 호출을 당하였다. 이 자리에서 J변호사님은 C변호사님에게 "김 선장이 자네의 허락없이는 자문을 해줄 수 없다고 하는데, 어떻게 생각하는지 이 자리에서 분명히 말하시게"라고 하였다. 이에 C변호사님이 "좋습니다"라고 답하셨다.

그 후 나는 그 로펌에서 용역을 하면서 자문을 해 주게 되었다. 해상팀은 현재에도 건재한다. 나는 해상팀의 팀장은 C변호사이고, C변호사님을 바이패스하는 어떤 시도도 아니 된다고 보았기 때문에 그렇게 강하게 말할 수 있었던 것이다.

며칠 전 정무직 자리에 추천이 되어 선전했지만 결과는 좋지 않았다. 화요일 점심시간이었다. 혼자서 점심을 먹으려고 하다가, 혹시

C변호사님이 계시면 위 결과에 대한 보고도 드리고, 위로를 받을 수 있을까 싶어서 광화문 사무실로 나갔다.

변호사님은 수고했다고 하시면서, "마음 고생을 해서 그런지 얼굴이 핼쑥해지셨는데, 영양보충을 해야겠습니다" 하면서 점심식사를 같이 하자고 하셨다. 4명이 같이 갔다. 삼겹살 집으로 가서 평소와 달리 된장찌개에 삼겹살까지 주문을 했다. 점심을 맛있게 먹었다. 변호사님은 이번에 도움이 되지 못하여 미안하다는 말씀까지 하셨다.

오히려 손해를 보았을 것이라고 하시면서… 평소에는 하지 않는 커피까지 사 주셨다. 따뜻한 분위기가 좋았다. 사무실로 돌아오는 길에 나는 길 가운데에서 변호사님께 고개를 크게 숙이면서 "오늘 점심 참 맛있었고 위로가 많이 되었습니다. 역시 친정이 좋습니다. 이렇게 외롭고 어려울 때 위로받을 수 있는 친정, 특히 변호사님이 계셔서 좋습니다"라고 말씀드렸다. 그리고 "제가 이미 1999년에 사무실을 떠나서 이제는 고려대 사람인데, 이런 After service를 언제까지 해주십니까?"하고 농담으로 말을 건넸다. C변호사님의 짧지만 강한 어조의 답변이 감동이었다. "내가 살아있는 날까지".

그것이 농담이 섞인 답변이신지는 모르지만 나에게는 큰 울림으로 다가왔다. C변호사님의 옆모습을 보았는데, 웃는 모습이 아니라 진지한 표정이셨다. C변호사의 진심어린 말씀에 나는 속으로 울컥했다. 동참을 했던 몇 사람들과 같이 사무실로 들어오면서 참 멋있는 말씀이라고 우리는 환하게 웃었다. 몇 사람은 우리에게도 이렇게 해 주실는지 하면서 농담을 했다.

나의 "C변호사님의 허락이 있어야 합니다"와 C변호사님의 "살아 있는 날까지 After Service를 한다"는 말은 막상막하(莫上莫下), 한 때 사수였던 C변호사님과 조수였던 내가 살아가는 방법이다. 이는 우리시대 7080 사나이들이 의리있게 살아가는 방법이기도 하다.

《토벽》2019년호, 2019.3.17.)

2. 나는 주례있는 결혼식이 좋다

대학교수의 직에 있는 나는 이미 열다섯 차례 정도 주례를 섰다. 어떤 선생님은 주례를 서면 설수록 천당에 갈 확률이 높아진다고 말씀하셨다. 대학에서 교수들이 제자나 지인의 주례를 서는 것은 사회에 대한 하나의 봉사라고 인식되어지는 바, 이를 반영한 우스갯소리이다.

나도 이런 대학사회의 오랜 전통을 이어받아 주례부탁이 오면 가능한 많이 수용하려고 노력한다. 부탁받는 주례마다 주례가 성사되는 것도 아니다. 아끼는 제자라서 꼭 주례를 해주고 싶은데 해외출장으로 되지 않는 경우도 간혹 있는데 이럴 경우에는 무척 아쉽다.

그런데 최근에는 주례부탁이 많이 줄었다. 이것은 주례없는 결혼식이 많아지기 때문이다. 신랑신부와 그 가족들이 결혼식을 이끌어가는 개성있는 결혼식이 많아지면서부터 생긴 현상이다.

주례가 있는 결혼식과는 달리 신랑 아버님이나 신부의 아버님이 시간을 많이 가지고 아들이나 며느리에게 당부의 말씀도 하기도 한다. 신랑신부도 나름대로 아이디어를 내어 하객을 즐겁게 해준다. 그렇지만 주례없는 결혼식은 개성은 있지만 무언가 중요한 것이 빠진 것 같은 느낌을 준다. 바로 주례선생님이 없다는 점이다.

주례선생을 모시면 그렇지 않은 경우에 비하여 몇 가지 장점이 있다.

첫째, 주례선생은 신랑 신부 혹은 혼주들과 특별한 관계에 있는 분을 모시는 것이 보통이다. 혼인을 통하여 신랑과 신부는 각각 처가와 시가가 생기게 되어 인적 교류의 폭이 넓어진다. 여기에 주례를 해주신 주례선생과의 관계도 깊어진다면 더 없이 좋다. 주례선생이 은사라면 사제지간의 정이 더욱 돈독해지고 일생을 두고 많은 조언을 받을 수 있을 것이다.

둘째, 주례선생은 양가 혹은 신랑신부에 대한 소개를 간단하게 나마 해주기 때문에 하객들에게 자신들을 알리기에 좋다. 주례가 없는 경우에는 스스로가 자신을 밝혀야 하는데 자기자랑이 되어 아무래도 어색하다. 하객들은 친구의 자녀가 어떻게 자랐는지, 현재 어느 직장에 다니는지 알고 싶어한다. 이것은 주례가 자연스럽게 하객들에게 알려줄 수 있다.

셋째, 주례가 들려주는 주례사는 주례선생의 인생철학이 담긴 것으로 신랑신부에게는 물론이고 하객들에게도 교훈이 되는 좋은 내용이므로 결혼식을 더욱 격조높게 한다. 나는 "좋은 평판을 가지는 부부가 되자"는 내용을 주례사에 반드시 넣는다. 나의 체험이 담긴 내용이다. 이 세상을 성공적으로 살아가기 위한 가장 중요한 요소는 바로 훌륭한 평판을 가지는 것이다.

넷째, 주례만큼 새 출발을 하는 신랑신부와 양가에 큰 축복을 바라는 사람도 없을 것이다. 주례는 경건한 마음으로 신랑신부가 평생토록 잘 살기를 기도하며 바란다. 결혼식이 지방에서 있다면 주례는 하루 전날 내려가서 결혼식을 차분히 기다린다. 진정으로 신랑신부의 혼인을 축복해주는 사람이 한 사람 더 있게 되는 것이다. 특히 친구의 자제이거나 제자가 신랑신부인 경우, 나는 주례로서 그들의 성장과 행복을 진심으로 기원하는 마음을 오래도록 간직하고 그들에게 관심을 가진다.

주례없는 결혼식에서 추가되는 부분들은 주례를 두면서도 충분히 보충이 가능할 것이다. 주례를 두면서도 개성있고 특색있는 결혼식은 얼마든지 가능하다. 그렇지만 주례를 두지 않으면 위와 같은 장점들을 모두 잃어버리게 된다. 그래서 특별하게 인연이 있는 주례선생을 모시기가 어려운 경우 말고는, 나는 주례있는 결혼식이 좋다.

(2017. 8. 5.)

3. 기본관계를 잊지 말자

사람은 감정의 동물이다. 감정에 이성이 더해지면 감성이 된다고 한다. 감정보다는 감성을 바탕으로 살아가야 한다. 꾸준한 자기 성찰과 교육을 통하여 감정을 표출하지 않고 이성적으로 감성적인 판단과 행동이 나타나도록 해야 한다. 그렇지만 쉽지 않다.

우리는 기분이 울컥해져서 해서는 안 될 말을 하여 상대방에게도 큰 상처를 남기게 되고 자신도 후회를 하게 된다. 아주 가까운 가족끼리 절친 사이에서 한 번의 말 실수나 행동의 잘못이 기존의 관계를 돌이킬 수 없도록 하는 경우도 주위에서 가끔씩 본다.

나의 조모님은 말조심, 입조심을 하라고 하시면서, "하고 싶은 말을 다하면 칼 벗을 날이 없다"고 하셨다. 칼이란 옛날 형벌의 도구로 사용되었던 목에 거는 기구를 말한다. 옛날 어른들은 말조심 행동조심을 하라고 이렇게 크게 섬뜩한 말로서 자손들에게 교육시켰다.

말조심은 말을 하는 사람도 주의해야 할 일이지만, 그 상대방도 너그럽게 이를 받아들인다는 자세를 가지는 것이 좋다. 특히 가까운 사이에서는 그러하다. 한 집에 여러 세대가 같이 살았던 대가족 제도 하에서는 부자간의 갈등이 고조될 때가 많았다.

아들이 아버지에게 죽어버리라는 말을 했다고 하자. 아버지로서는 얼마나 큰 충격이겠는가? 아버지가 그 말에 죽으려고 약을 먹었다. 이 또한 얼마나 충격적인가? 아들이 아버지에게 약을 먹고 죽어라고 감정을 못 이겨 한 말을 액면 그대로 믿어야 하는가? 아들이 자식이 없는 작은 집에 양자를 가겠다고 부모님에게 말을 하였다. 어머니는 한없이 울었다. 아들이 어찌 부모에게 그런 말을 할 수 있는가 하고 말이다.

사회에 나와서 같은 직장에서 절친으로 지냈다. 부인의 직업을 모독하는 말을 친구가 했다. 그 말을 전해들은 부인이 흥분, 친구에게 전화를 하여 항의를 하면서, 친구 사이가 말을 하지 않는 사이로 변해버렸다. 처가의 식구, 시가의 식구 때문에 이혼하는 사람들도 주위에 보면 많다. 부부자신들이 문제가 아니라 가족들의 간섭이 심해져서 부부간에까지 갈등이 번져 이혼에까지 이르는 것이다.

앞서도 얘기했지만 선박에는 닻이라는 것이 있다. 소위 앵커 (Anchor)이다. 앵커가 중심이 되어 방송뉴스가 진행된다. 그 육중한 선박도 작은 닻을 내리면 정지한다. 그리고 선박은 그 닻과 닻이 선박에 연결된 닻줄을 중심으로 회전한다. 조류가 있고, 바람이 불어도 닻이 중심점이 되어 그 자리를 중심으로 회전할 뿐이지 선박이 놓여있는 위치는 변함이 없다. 나는 인간관계도 이와 같고, 이와 같아야 한다고 생각한다.

부자간의 관계는 천륜의 관계이다. 아버지는 아들을 낳았고 길렀다. 어느 아버지가 아들이 잘못 되기를 바라겠는가? 지나친 관심에 아버지는 아들을 야단치게 된다. 특히 많은 것을 달성한 뛰어난 아버지는 아들이 더욱 못마땅하다. 그래서 아들을 질책하게 된다.

어느 아들이 아버지가 일찍 돌아가시기를 원하겠는가? 감정이 쌓여서 입에 담지 못할 말을 한다고 해서 그 말은 아들의 본마음이 아니다. 언제나 부자간의 천륜이라는 기본관계를 잊으면 안 된다. 선박의 닻과 같이 천륜의 관계를 중심으로 제자리에 돌아와야 한다. 수십 년의 오랜 친구관계를 맺으면서 단단해진 우정과 신뢰관계가 있다. 그 친구가 나를 모독하여 무엇을 얻으려고 했겠는가? 단순한 실언에 지나지 않는다. 교류를 단절하기 전에 그와 내가 수십 년 간 쌓아온 우정과 신뢰를 다시 한 번 생각해 보아야 한다. 아들이 진정 낳아주고 길러준 부모를 나 몰라라 하고 인연을 끊으려고 양자를 가려고 하는가? 기본적인 부자 모자의 관계는 영원히 변함없이 존재하는 것이다. 결혼은 부부간에 한 것이지, 시댁 식구나 처가댁 식구들과 한 것이 아니지 않은가?

우리 사회는 기본관계를 너무 쉽게 잊어버리고 이를 깨뜨려버리는 것이 아닌가 싶다. 사람이 살아가면서 수많은 사람들과 인간관계를 맺는다. 그 인간관계는 혈연, 학연, 지연 등 각양각생의 모양을 가지고 있다.

그렇지만 맺어진 인간관계는 모두 기본적인 관계가 있다. 부모와 자식 간에는 혈연으로 이어진 부자관계, 형제자매관계, 부부간에는 혼인으로 이어진 부부관계, 직장의 동료 사이에는 조직을 중심으로 한 동료관계, 오랜 고향 친구 사이에는 지연으로 연결된 친구관계가 있다.

감정이 상해서 인간관계가 파국으로 도달하기 전에는 우리는 항상 기본관계를 다시 한 번 돌이켜 보아야 한다. 선박의 닻 기능과 같이 항상 사람과의 기본관계를 중심으로 제자리로 돌아와야 한다. 실언을 한 사람은 진심어린 사과를 해야 하고, 상대방도 이를 받아들여 하루속히 기본관계를 회복하여 정상적인 관계가 되도록 해야 한다.

대부분의 인간관계는 부부관계, 부자관계, 친구관계 등 기본관계를 중심으로 이루어지기 때문에 기분 나쁜 말이나 행동을 들어도 우리는 쉽게 화해를 한다. 이런 기본관계를 사람들이 알게 모르게 중시하기 때문이다. 그래서 아직도 우리 사회는 건전한 사회라고 할 수 있다.

그렇지만 만의 하나라도 이런 파국적인 인간관계에 있더라도 기본관계를 잊지 않으면 해소될 수 있다. 나부터 이렇지는 않는지 주위를 돌아보게 된다. 기해년 새해에는 이 세상 모든 사람들이 기본관계를 중심으로 원만한 인간관계가 유지되어 행복한 삶을 영위하게 되었으면 좋겠다. (2019.1.2.)

4. 내가 재테크를 하지 않는 이유

나는 주식을 한 주도 가지고 있지 않다. 누구처럼 아파트를 싼 값에 사서 비싸게 파는 일을 한 적도 없다. 우리 큰 아이가 나에게 아파트 집값이 오른 지금 1단지에 있는 아파트를 팔고 현금을 가지고 있다가 집값이 내려가면 우리 집을 사면 되는데, 왜 1단지 집을 그대로 두고 있는지 자기로서는 이해가 안 된다고 여러 번 말하였다.

그러나 어쩐지 나는 시세차익을 노리는 것에 마음이 편하지 않다. 나는 큰 부자가 되길 원하지 않고 아이들 교육에 충분한 경제적 여유만 있다면 족하다는 입장이다. 유년시절 그렇게 돈 때문에 어려움을 겪었으면서도 경제적인 윤택에 집착하지 않는 근본적인 원인은 무엇일까 생각해본다.

돌이켜 생각하니 나의 유년기는 무척 가난하였다. 얼마나 현금이 없었으면 소풍갈 때 납입하게 되는 행사용 작은 금액이 없어서 어머님이 소풍을 가지 말라고 하였을까. 6학년 때에는 등록금을 내지 못하자 담임선생님은 어찌어찌 등록금 납입면제를 해주신 적도 있다.

중학교 때 일이다. 경제적 부담으로 고민을 하던 아버지는 나에게 대구로 고등학교 진학은 하지 못한다고 말씀을 하셨다. 나에게는 큰 충격이었다. 삼촌들이 모두 서울에서 공부를 했기 때문에 대구로 나간다는 기대감을 가지고 있었다. 나와 경쟁하던 아이들과 나보다 못한 아이들도 대구로 진학하기 위하여 시험을 보는데 더 잘하는 내가 시골의 고등학교에 가는 것에 나는 힘이 빠졌다.

고등학교에 다닐 때에도 어렵기는 마찬가지였다. 그렇지만 대학 진학이 중요하니까 집안에서는 내가 서울에서 학원을 다니도록 배려하여 주었다.

재수를 작은 집에서 하게 되었는데, 동대문 1호선 전철 앞 아파트에 살고 있는 작은 집에서 정독도서관까지는 45분 걸리는 거리였다. 작은 집에서 거두어주시기는 했지만 아버지가 집에서 보내주시는 생활비는 정말 얼마 되지 않았다. 그래서 나는 교통비를 아끼려고 동대문에서 정독도서관까지 매일 왕복으로 걸어서 다녔다. 대학은 국비로 다닐 수 있는 한국해양대학교를 택하였다. 내가 바다를 좋아해서라기보다 학비가 들지 않고 졸업하고 바로 배를 타서 높은 봉급으로 집안에 경제적인 도움을 줄 수 있었기 때문이었다.

이런 환경에서 자란 나는 동생들이나 자식들에게는 돈이 없어서 이들이 하고 싶어 하는 공부를 원하는 곳에서 시키지 못하는 일은 하지 않으리라고 다짐 또 다짐을 하였다.

　가난했던 시절이 나에게 어떤 영향을 주었는가? 가난하지 않았다면 나는 대구에 있는 고등학교에 진학을 하였을 것이고, 더 넓은 세상을 일찍 보았을 것이다. 그리고 좋은 선후배 동창관계의 도움을 받아 더 크게 더 빨리 성장했을지도 모른다. 그렇지만 대구로 나간 나의 중학교 친구들 중에는 잘 안 된 아이들도 있으니까 반드시 내가 대구로 나갔다고 하여 더 잘 되었으리라는 보장은 없다.
　오히려 지금은 내가 시골 고향에서 중학교 고등학교를 나오고 또 나에게 익숙한 선박과 관련된 해양대학에 진학하여 선장이 되고 해상법 교수가 되는 것이 나에게는 운명이었구나 하는 생각을 갖게 된다. 가난하지 않았다면 나는 해양대학을 가지 않았을 것이고 나는 내가 좋아하는 해상법과의 운명적인 만남을 하지 못했을 것이다.

　이러한 유년시절의 가난을 통하여 나는 한 집안의 어른들이 집안을 지키지 못하면 아랫대에서 30년은 힘들다는 점을 체험하게 되었고, 나는 어른이 되면 절대 그런 일은 없을 것이라는 다짐을 하게 되었다. 자라나는 아이들의 교육만큼 중요한 일도 없다.
　하기야 그 시절은 교육보다 의식주 해결이 우선되는 시절이었다. 교육은 그 다음의 일이기는 하였다. 그러나 아이들 중에는 재능이 있고 공부를 하고자 하는 아이들이 있다. 이런 아이들의 교육을 제대로 시키지 못한다는 것은 부모로서의 의무를 다하지 못한 것이 된다.
　우리 집의 어른들은 모두 높은 교육열을 가지고 계셨다. 이것은 조부님께서 일본에 건너가서 생활을 하시다 보니 신문물을 경험하신 결과이기도 할 것이다. 해방 후 큰아버지는 동국대학에 아버지는 단국대학에 다니셨고, 작은 아버지는 경북중학교 계성고를 거쳐서 고려대 법대를 나오셨다. 막내 삼촌도 서울의 숭문중학교 숭문고등학교를 나오셨다. 큰집의 당숙들도 모두 일제 강점기 및 해방 후에 대학을 거의 다니실 정도로 우리 집안은 교육의 중요성을 알고 있었다.

축산항에서 큰 규모의 수산업을 하던 집안에서 태어나 유복하게 자라던 나는 초등학교 1학년 때인 7살 때 대경호 좌초사건으로 집안과 함께 가난의 길로 접어들었다. 아버지는 열두 명의 대가족의 의식주를 해결하고 빚을 갚아 나가는데 청춘을 바치셨다. 내가 해양대학을 졸업하고 배를 타서 봉급을 집에다 보내주기 시작한 스물네 살부터 우리 집 형편은 조금씩 나아졌다. 막내 동생이 대구로 나가서 공부할 수 있었고 드디어 서울대에 합격하여 집안에 경사가 나게 된 것도 이즈음이다.

이런 형편 때문에 형과 여동생 한 명은 대학진학을 포기하기도 하였다. 아버지는 임종에 임하여 "내가 너 공부 뒷바라지 못해주어서 참 미안했다"고 아쉬움을 표하셨다. 얼마나 마음이 아프셨을까? 그래서 내가 늦게라도 다시 대학원을 나오고 박사학위를 받고 교수가 되었을 때 참으로 기뻐하시고, 항상 '김 박사'라고 부르면서 좋아하셨다.

나는 지식에 대한 욕구가 강하였다. 나의 성향은 사회과학이었다. 해양대학에서도 사회과학 과목에 더 많은 관심을 가지고 있었다. 졸업 시에는 해양법에 매료되어 해양법 국비장학생 시험원서를 제출하기까지 하였다. 나는 꾸준히 책을 읽고 기회를 보고 있었는데, 난데없이 해상법을 위해 고려대학에 진학하여 공부를 다시 시작하게 되었다.

이 때부터 나는 내가 번 돈으로 공부를 했지 집안에서 도움을 받지 않았다. 성년이 되었고 결혼한 가장인데 누구에게 학비를 달라고 하겠는가? 모은 돈을 모두 쓰고 생활비 마련이 어려웠을 때 마침 구세주같이 김&장이 나타나 나를 구제해주었다.

그 뒤로는 교수가 되어 안정된 생활을 하게 되었다. 물론 봉급으로는 모자라서 내가 조금 더 뛰어서 빚을 지지 않고 살아왔다. 딸아이들이 셋이기 때문에 다른 가정보다 생활비가 100만원 이상 더 들었다. 아이들이 재수할 때에는 돈이 더 들어갔다. 그렇지만 이제는 모두 원하는 대학에 들어가서 나는 경제적으로도 안정되었다.

나는 내가 자라면서 나의 자식들은 원하는 만큼 공부를 시켜주겠고, 돈이 없어서 보고 싶은 책을 사지 못한다거나 공부할 기회를 놓치도록 하는 가장은 되지 않겠다는 다짐을 했다. 나는 이것을 제대로 실천하게 되어 만족한다. 집 사람까지 늦게 사이버 대학에 학사편입하여 다니게 되었다. 아내는 미안해 했지만, 나는 대환영을 하면서 학비를 내어주었다. 가장의 당연한 본분이니까.

대학교수를 하면서 텍사스 대학에 법학석사 과정(LLM)을 마쳤고, 그 후 고려대에 학사편입하여 2년간을 내가 모은 돈으로 학교를 다녔다. 물론 고려대 법학석사 법학박사도 나의 돈으로 학비를 충당한 셈이다.

　나는 7세에서부터 24세까지는 경제적으로 어려움을 겪었다. 특히 초등학교 1년을 제외한 5년 동안과 중고등학교 6년, 총 11년이 그랬다. 소풍을 가지 못할 정도였으니까, 마음에 상처도 많이 받았다. 왜 우리 집은 이리 가난할까?

　빚쟁이들이 몰려와서 집안 어른들끼리 오히려 다툼이 있을 때에는 이불을 덮어쓰고 여러 번 울기도 했다. 돈에 집착을 할만도 하다. 그렇지만 내가 전문가 의견을 제시하면서도 내가 먼저 "얼마를 주십시오"라고 제안한 적은 한 번도 없다. 상대방이 처음 제시하는 대로 할 뿐이다. 너무 많이 주는 경우에는 교수가 당연히 해야 할 일인데 그 액수는 많다고 하여 낮추는 경우도 있다.

　내가 재테크를 하지 못한 것은 내가 성장하여 자리를 잡기에도 벅찬데, 다른 곳에 신경을 쓰지 않고 싶어서였다. 제대로 된 교수로 성장하기 위하여 집중하고 많은 시간을 강의와 연구에 투자해야 했다. 또 다른 이유중 하나는 여유 돈이 하나도 없었기 때문이기도 하다. 더 근본적인 이유가 있다면, 경제적인 윤택을 그렇게 중요하게 생각하지 않기 때문이다.

　나의 체험으로는 돈이라는 것은 있다가도 없는 것, 또 없다가도 있는 것이 된다. 돈은 하나의 수단이지 인생을 살아가면서 목적이나 목표가 될 수 없다. 돈을 위하여 삶을 사는 것은 아니다. 아이들 교육을 시키고 하루하루를 살아가고 미래를 위하여 약간의 생활 자금이 남아있다면 족하다. 노후에도 아이들에게 부담을 주면 안 되니까 연금을 받아서 살면 될 것이다.

조부님께서 일으킨 사업으로 그렇게 큰 부자가 되었어도 수성하지 못하면 오히려 아랫대에서 식구들과 자손들이 더 큰 고통을 겪는다는 것을 알게 된 나는 차라리 안정적인 봉급으로 아이들 잘 기르고 가정을 잘 지키는 것이 최선이라는 확고한 신념을 가지게 되었기 때문에 큰 부자가 되길 원하지 않는다.

그것이 학자의 길로서도 맞는 것이다. 학자는 학문으로 평가를 받아야지 재테크로 평가를 받는 것은 아니기 때문이다. 나는 나에게 지금과 같은 경제적인 풍요로움이 있는 것에도 만족을 하면서 항상 과분함을 느낀다. 이것이 내가 재테크를 하지 않거나 못하는 이유이다.

(2016.7.4.)

5. ⑴안동김씨에 대하여

나라가 어려울 때마다 서애 유성룡 선생이 떠오르고 그럴 때면 그의 고향인 하회마을이 언급된다. 안동에는 풍산유씨 가문과 더불어 안동김씨, 안동권씨, 안동장씨, 진성이씨, 의성김씨가 또 큰 축을 이루고 있다. 그 중에서도 안동김씨의 대종가가 하회마을 입구인 풍산들판의 소산이라는 곳에 있다. 풍산유씨와 ⑴안동김씨가 소산의 들판을 인접하고 있다는 사실을 아는 사람은 많지 않다.

소산은 영화 남한산성의 주인공 중 한 명인 청음 김상헌 선생이 낙향하여 머물면서 후학을 양성하던 곳이기도 하다. 청음은 ⑴안동김씨의 중흥을 일으킨 장본인으로 알려져 있다.

⑴안동김씨는 여러 기타 대성과 같이 고려의 창건과 때를 같이 한다. 10세기 중반 당시 안동군(고창)의 태수였던 김선평은 고려 태조를 도와 고창전투를 승리로 이끈 공로로 왕건으로부터 성씨를 하사받

아 그는 (신)안동김씨의 시조가 된다.

그 후 15세기 중반 세종대에 10세손인 판관공 계권이 벼슬을 한 이후로 자손들이 번창하기 시작하여 안동 김씨들은 서울에서 벼슬을 많이 하게 된다. 판관공의 대종가가 안동소산에 있다. 판관공의 손자인 서윤공 김번의 자손들이 크게 번창했는데, 김상용·상헌은 번의 증손이다.

형제간인 김상용과 상헌은 병자호란에서 명분을 앞세운 양반의 본분을 다하였다는 평가를 후대에 받았다. 판서를 지낸 형 김상용은 강화도가 함락되자 자결하였고, 예조판서였던 김상헌은 주전파의 거두로서 활약하였고, 청나라에 포로로 잡혀가면서 남긴 그 유명한 "가노라 삼각산아 다시보자 한강수야"로 시작되는 시조를 남겼다.

현재 상영되고 있는 〈남한산성〉에서 최명길의 실리론과 김상헌의 명분론이 날카로운 대립각을 세우고 있지만, 현재의 관점에서는 실리를 취할 수 밖에 없을 것이다. 그렇지만 유교를 통치이념으로 했던 조선의 사정으로는 대의를 중시하는 명분론이 힘을 받을 수 밖에 없었다.

김상용·상헌 형제의 이러한 명분론은 숙종, 영조, 정조대에서도 숭앙을 받았던지 이들은 서인과 노론의 주류세력을 형성하게 된다. 김상헌의 손자 수증과 김수항이 영상이 되었고, 수항은 우암 송시열과 함께 서인의 거두였다. 김수항의 아들 창집(노론 4대신의 한 명)도 영상이 되어 조선역사상 유일한 형제 및 부자 영상이라는 기록을 세웠다. 안동 김씨가 세도정치를 하기 150여 년 전의 일이다. 이들은 장동에 살았기 때문에 (신)안동김씨 중에서도 장동김씨로 불리었는데, 금 관자가 서 말이 될 정도로 많은 벼슬을 하였다.

19세기에 들어서면서 이러한 안동김씨의 세도가 지나쳐서 세도 정치로 변질되었고 대원군의 등장에 의하여 막을 내리게 되지만, 김 병국은 조선이 망하는 날까지도 영상을 하였다. 이 시절의 김조순, 김 병기, 김병학, 김병국은 대원군 드라마에 나와서 우리에게 모두 익숙 한 이름들이다. 김동리 선생의 운현궁의 봄에 나오는 인물들이다.

안동김씨의 세도정치는 김상용 상헌 형제의 병자호란에서의 구 국의 정신에서 그 근원을 찾을 수 있다. 세도정치 자체는 시대착오적 이고 퇴행적인 정치질서였기에 많은 지탄과 반성의 대상이 되는 것도 사실이다.

세도정치라는 부정적인 행태 때문에 (신)안동김씨들의 국가가 위 기에 처하였을 때에 살신성인했던 역사들이 묻혀있는 것은 안타까운 점이다. 김상용 · 상헌 형제들의 국가를 위하여 몸을 불사르는 충성과 대의를 위한 명분론은 19세기 중엽의 세도정치 이후에도 그 집안의 내력으로 면면히 대를 이어왔다. 갑신정변을 일으킨 구한말의 풍운아 김옥균이 그러하고, 청산리전투의 주역인 김좌진 장군도 후손이다. 김 두한이 김좌진 장군의 아들임은 모두 알려진 사실이다. 물론 일제시 대에 작위를 받은 분들도 있어 비판의 대상이 된다.

(신)안동김씨는 정치적인 세력만 추구했던 것이 아니라 18세기에 는 유학과 문장과 글씨에도 뛰어난 경지를 보인 분들이 많다. 정조도 김상용 · 상헌 형제, 상헌의 손자인 수증과 수항, 그리고 창집, 창협의

학문을 존경하였고 인정했다. 소위 3수(壽) 6창(昌)은 안동김씨의 학문의 경지를 말하는 단어로 회자된다. 이는 김상헌의 손자인 수항등과 증손자들인 창협, 창흡 등을 일컫는 말이다. 특히 창협은 송시열의 수제자로 알려져 있다.

겸재 정선은 이들 장동김씨 창자 돌림 형제들의 지원을 받아 성장했다고 한다. 미술하는 사람들을 모으고 지원하였기 때문에 장동김씨들은 조선의 메디치가로 불리운다. 이러한 학문과 예술을 좋아하는 가계의 내력은 현대에 들어와서 민법의 대학자인 김증한 교수, 서예가 김충현 김응현 선생을 낳았다.

(신)안동김씨는 당시 통치기반이었던 유학이라는 학문에서 최고의 경지를 대대로 이어오면서 이를 자식들에게 전수하였고, 그 결과 집안에서 과거급제자가 그렇게 많이 나오게 된 것으로 보인다. 이들이 300여 년 동안 조선의 통치지배 세력으로 존재하게 된 것은 학문적인 수월성과 병자호란 때의 국가에 대한 공으로 가문의 무게감을 더하게 된 점에서 찾을 수 있다고 생각된다.

판관공 이후로 서울에서 벼슬을 한 안동김씨는 장동김씨로 불리며 서인이 되면서 서울과 경기지방에서 기거하게 되었다. 12세손인 서윤공 번이 석실(현재 남양주시)에 기거하였다. 한편 안동소산의 대종가의 일족들과 보백당 계행공의 후손들은 안동을 중심으로 영덕 등 경북과 창녕 등지에서 살고 있다. 특히 판관공의 동생으로 보백당 계행공이 안동에서는 더 유명하다. 보백당 후손은 안동을 지켜왔다. "우리 집안에 보물은 없다. 있다면 청백이 곧 보물"이라는 가훈을 남긴 것으로 유명하다.

영상을 지냈던 수흥, 수항, 창집이 모두 안동지방을 대표하는 남인 정권하에서 사사되었던 것은 아이러니하다. 국민들의 일반적 인식과 달리, 장동김씨로 대표되는 김상헌의 후손들은 모두 서울 경기지방(남양주 등)에서 기거하여 서인이 되었고, 기타 안동김씨들은 안동에 남아 남인이 되었기 때문에 이러한 적대적 구도가 가능했던 것이다.

(신)안동김씨는 김구 선생으로 대표되는 (구)안동김씨와 구별된다. 참고로 (신)안동김씨는 순-병-균(규)-진-한-동-현-년-일로 돌림자가 이어진다. 김O한, 김O동, 김O현으로 된 이름을 보면 일단 (신)안동김씨일 확률이 많다.

(2017.10.20.)

6. 전기담요는 내 친구

나는 추위를 매우 많이 타는 편이다. 한여름 음력 6월에 태어나서 그런지 여름은 아무리 더워도 잘 견딘다. 그렇지만 겨울은 추워서 끙끙 맨다. 신체적으로 손발이 찬 것도 추위를 잘 견디지 못하는 이유이기도 하다.

11월 중순부터 3월초까지 내복을 입고 산다. 30대부터 내복을 입었으니, 아마도 동년배 중에서 나 같은 사람은 찾아보기 어려울 것이다. 이 사실은 친구들의 놀림감이 되었다. 11월에는 내복 입은 티가 나지 않도록 옷소매에 특별히 조심했다.

유년시절 축산항의 우리 집은 창호지로 된 집이라서 겨울에는 너무 추웠다. 솜으로 된 이불을 두껍게 덮고 자도 코끝이 시렸다. 웃풍이 심했기 때문이었다. 군불을 많이 때어서 방 밑바닥을 최대한 따뜻하게 했다. 그래도 이불을 덮을 수 없는 머리 부분은 추웠다. 내 방에서 화장실에 가려면 나무로 된 마루로 10미터는 걸어서 나가야 한다. 발바닥에 느껴지는 싸늘한 기운은 잊지 못한다.

유독 내가 살거나 기거하게 되는 곳이 북향이라서 나는 항상 애를 먹었다. 해가 늦게 들어와서 햇볕의 은덕을 보지 못했다. 신혼에 우리가 살았던 대전의 집도 북향이었다. 북향대길이라는 말을 듣고 살았지만, 나도 아이들도 감기를 달고 살았다.

2009년 2월말 고려대 법대에 임용되어 연구실을 배정받게 되었다. 내가 나이가 제일 많았기 때문에 관례에 따라 제1번 선택권이 나에게 주어졌다. 개운산을 끼고 있어서 경관이 좋은 창문이 많은 끝방을 선택했다. 봄이 되니 꽃이 만발하고, 가을이 되니 단풍과 낙엽이 좋았다. 그런데 12월로 되어가면서 추위를 느꼈다. 연구실의 창이 북향이라서 볕을 받지 못하는 구조임을 알게 되었다. 중앙난방식이라 히터를 통해서 열기가 나오지만 퇴근 후의 시간에는 항상 전기히터를 옆에 틀어두고 추위를 견딘다. 지금 우리 가족들이 살고 있는 화정의 아파트도 북서향이다. 그래서 해가 늦게 오후 3시경에나 조금 비춘다.

일본에 와서 교수 기숙사를 신청했고 배정받았는데, 11월이 되자 몸이 너무 추워서 주위를 살펴보니 3시는 되어서야 해가 방에 조금 든다. 아이구, 이런 북서향이구나… 방을 바꾸고자 기숙사 전체를 둘러보니 남향이 없는 건물 구조이다.

3시경에야 구세주같이 태양이 방을 비추기 시작한다. 그런데 이것이 30분을 채 가지 못한다. 밖을 보니 중간에 높이 솟아있는 건물에 태양이 가리는 것이었다. 그리고는 30분 정도가 지나면 해가 창을 넘어가 버린다.

일본은 지진 등 자연재해가 많아서 탈출이 용이하도록 창을 홑으로 설계한다고 한다. 그러니 창이 바로 찬공기와 접하여 있다. 웃풍이 센 이유이다. 바닥도 나무로 되어 있고 온돌구조가 아니니 열기는 전혀 없다. 그래서 에어컨에 온풍기가 겸용으로 달려 있다.

온풍기를 틀었다. 10분 정도 틀면 공기가 따뜻해지기는 한다. 전기료의 문제, 공기의 질 문제가 있어서 끄고 나면 이내 방이 식어져버린다. 너무 추워서 이불을 덮고 옷을 아무리 입어도 두 번이나 한기가 들었다. 이렇게 해서는 안 되겠다 싶어서 선배로부터 들은 방법을 사용했다. 그 선배의 말에 의하면 일본은 옛날부터 온돌이 없었기 때문에 잠에 들기 전에 온탕에서 30분 정도 몸을 담가서 몸을 데운 다음 잠을 자면 그 온기로 겨울밤의 추위를 견딜 수 있다는 것이었다.

한 번은 그러한 시도를 해보았는데 잠이 잘 왔다. 습관이 되지 않은 일을 매일 매일 할 수도 없는 노릇이었다.

차일피일하다 나는 드디어 결단을 내렸다. 유학생 후배의 도움으로 시내에 나가서 전기담요를 하나 사왔다. 전기담요에 전기를 주입하고 나니 이내 전기담요가 따뜻해졌다. 담요를 깔고 자니 따뜻한 온기가 온 몸을 감싸서 기분좋게 잠을 깊이 잤다.

전기담요는 잠을 잘 때만 쓰이는 것은 아니다. 새벽에 일어나 책상에 앉으면 다리가 시리다. 이것저것 옷을 입어도 춥다. 나는 전기담요를 덮어썼다. 그렇지만 이내 온기가 사라졌다. 전기담요도 그 위에 두터운 이불에 덮였을 때에만 온기가 있을 뿐이다. 공기가 차가운 방 전체에서는 전기담요의 온기도 이내 사라진다. 대류의 법칙에 의하여 열을 쉽게 빼앗기게 된다. 그렇지만 최소한의 열기는 있으니 전기담 요가 일본 집에서 겨울을 나는데 도움이 된다.

저녁 8시경 저녁을 사먹고 집으로 돌아온다. 세면을 하고 책을 더 보려면 추위를 느낀다. "아이구, 전기담요가 깔린 침대에서 책을 읽자". 웃음 띤 얼굴로 바로 책을 들고 침대로 간다. 다리를 뻗고 몸을 직각으로 해서 책을 본다. 온기가 스물스물 다리로부터 전신으로 느껴져 온다. 이런 자세로 책을 본 지 10분이 채 지나지 않아 나의 몸 자세는 흐트러지기 시작한다. 이내 침대에 누워있는 자세인 나를 발견하게 된다. 그만 이렇게 해서 이내 잠이 들어버린다.

저녁 9시경의 일이다. 나는 전기담요 위에서 그 따뜻함의 마력에 끌려 몇 시간 잠나라를 다녀오게 된다. 그리고 새벽 2시경 일어나서 책상에서 이것 저것 무언가를 하게 되는데, 추위를 느끼면 다시 전기담요를 찾게 된다.

이제 12월도 하순으로 접어든다. 2월말까지 겨울동안 오이와케 기숙사에서 전기담요는 나의 가장 친근한 친구가 될 것 같다. 애지중지 나의 재산목록 1호가 된 느낌이다. 이렇게 나는 전기담요의 마력에 이끌리어 이놈 없이는 못 사는 신세가 되어간다.

(2019.12.21.)

7. 카레라이스의 추억

　나는 현재 안식년을 보내려고 일본 도쿄에 와 있다. 학교 근처에 숙소를 얻어서 혼자 그럭저럭 지낸다. 이미 이것저것 음식을 먹어봐서 별다른 것이 없다. 문득 젊은 후배가 며칠 전 하던 말이 생각났다. 도쿄대 근처의 카레가 참 맛있다는 것이었다. 학교와 숙소를 지나면서 항상 보아둔 카레집이 있다. 좀 허름한 외관에 상호가 불어로 적힌 가게가 항상 눈에 띄었다.

　비가 부슬부슬 내린다. 학교 근처 12월초의 노란 단풍이 아름답다. 왠지 프랜치 카레가 생각나서 그 가게에 들어갔다. 내부 인테리어부터 범상치가 않다. 파리의 에펠탑 사진이 붙어있다. 옆 테이블에 앉은 세련된 중년여성이 먹는 카레가 맛있게 보여 그것을 시켰다.
　밥과 카레가 따로 나왔다. 접시처럼 생긴 밥그릇의 오른쪽 1/2은

흰쌀밥이 왼쪽의 1/2은 카레가 들어 있었다. 보통은 밥 위에 카레가 부어진 상태로 나오는데 여기는 그렇지 않다.

맛이 일품이다. 밥에 카레를 적당량 섞어서 먹었다. 도쿄의 음식은 대개 너무 짜게만 느껴졌는데 적당한 맛이다. 그래서 맛있게 먹었다. 마지막을 먹기가 아쉽다. 좋은 음식점을 한 군데 알았다고 큰 아이에게 문자를 보냈다. 아이가 사진을 보더니 대박이라며 이를 드라이 카레라고 한다고 알려주었다.

카레에 얽힌 에피소드들이 주마등처럼 지나갔다. 나는 시골출신이라서 카레라는 것을 먹어본 적이 없었다. 그런데 고3을 마치고 서울에서 재수를 할 때였다. 어느 학원의 입학을 위한 영어 시험에서 Curry Rice를 주제로 한 질문이 나왔다. 나는 이것이 무언지 몰라서 어려움을 겪었다.

집에 돌아와서 숙모님께 이 단어에 대하여 여쭈어보니 카레라이스라는 것이고, 밥 위에 카레라는 양념을 얹어서 먹는 것이라고 했다. 무엇이 그런 것이 있는지 그냥 잊어버리고 있었다.

1년이 지나 나는 한국해양대학교에 입학을 하게 되었다. 여기서 카레라이스를 본격적으로 탐닉하기 시작했다. 처음 먹어 보았는데 참 맛이 있었다. 튜레이 판을 들고 가면 제1 배식구에서 쌀밥을 한 주걱 떠서 준다. 다음 제2 배식구에 가면 그 밥 위에 검은색의 카레를 부어 주었다. 다른 반찬은 특별히 없다. 난생 처음 먹는 것인데 별미였다.

해양대학에 입학하는 학생들은 시골출신들이 많았다. 많은 학생들이 카레라이스라는 것을 처음 먹었을 것이다. 그 맛에 많은 학생들이 반했다. 당시 이중식사라는 것이 있었다. 19살 한창 때 한 번의 식사로는 모자랐다. 간식도 없을 때이니 학생들은 한 번 더 식사를 했다. 이를 이중식사라고 불렀다.

이중 식사는 점심과 저녁 사이에 먹는 것이 아니다. 점심식사 혹은 저녁식사를 시차를 두고 두 그릇 먹는 것을 말한다. 동기생 200명이 함께 하게 되는데, 가장 먼저 줄을 서서 음식을 먹은 다음, 뒤에 줄을 서서 다시 배식을 받는 식이다. 문제는 1학년 우리들의 식사시간은 30분으로 정해져 있었다는 점이다. 그렇기 때문에 이중식사를 제대로 하려면 식사를 빨리하고 다시 한 번 배식을 받아야 했다. 요컨대 가장 먼저 식사 줄을 서야 하는 것이었다. 그런 다음 마지막 식사 줄에 다시 서야 했다.

나도 그런 이중식사 하는 학생들 중의 한 학생이었다. 이중식사는 다양한 식단의 경우에 이루어졌지만 카레라이스가 나오는 날에 특히 학생들이 유혹을 느껴서 자리잡기가 쉽지 않았다. 어떤 경우에는 이중식사를 하는 학생이 너무 많아 준비한 카레가 부족한 경우도 있었다.

당시 카레는 배고팠던 우리 한국해양대학 사관생도들의 허기를 채워주고, 맛과 향이 곁들인 한 끼를 제공하는 역할을 했다. 40여 년이 지난 지금 카레라이스는 장년의 나에게 옛 추억을 되살려주는 또 하나의 역할을 한다. 도쿄대 정문 앞에 있는 파리 카레집을 앞으로도 자주 애용할 것 같다.

(2019.12.20.)

8. 위생관념

나는 시골에서 자랐다. 시골은 도시와 달리 위생이 그렇게 철저하지 못했다. 의사집안에서 자란 부산처녀와 결혼을 하고 나니 나의 청결하지 못한 모습들이 너무 크게 드러나게 되었다. 특히 손을 잘 씻지 않는 것을 크게 지적받았다. 아이들이 크고 나서부터는 아이들로부터도 위생관념에 대하여 항상 지적을 받는다. 최근 코로나 바이러스 사태에 즈음하여 개인위생의 유지라는 것이 얼마나 중요한지 알게 되었다.

시골에는 샤워시설이나 목욕탕도 없다. 그래서 지금과 같이 매일 샤워를 하고 출근을 하거나, 잠들기 전에 샤워를 하는 것은 상상하기 어려웠다. 이런 환경에서 자라서 그런지, 나는 두 번이나 눈병에 걸려서 크게 고생한 적이 있다. 그것도 결정적인 순간에 눈병이 났다.

한국해양대학교 4학년 때의 일이었다. 학생간부를 선거로 뽑는 일정이 있었다. 항해학과에서는 부연대장을 선출하게 되었다. 나는 출마를 했다. 선거를 3일 앞두고 당시 유행하던 아폴로 눈병에 걸렸다. 안타까운 일이었다. 동기들을 찾아가서 한 표를 부탁하기가 어려운 상황이 되었다. 한 눈을 밴드를 하고 선거유세를 했으니… 결과는 낙선이었다. 지금 생각하면, 자신의 건강도 제대로 챙기지 못하는 사람이 어찌 큰 조직을 맡을 수 있겠는가? 그런 생각을 하는 동기생들도 있었을 것이다.

눈병의 불운은 1999년 가을 교수가 되고 첫해에 있었던 일본 해상보안대학 방문길에도 찾아왔다. 해상보안대학은 일본의 해양경찰의 간부를 양성하는 사관학교이다. 목포해양대학교와 자매결연을 맺기 위하여 교수들이 몇 명이 가게 되었다. 나는 비행기를 타지 않고 실습선을 타고 가기로 했다. 3일 정도 걸리는 항해 길인데, 출항 전부터 눈이 조금 이상해서 걱정이 되었다. 하루 지나니까 조금 이상했다. 일본에 도착하니 눈이 충혈되어 제대로 행사에 참여할 수 없었다. 첫날의 공식 서명식과 저녁의 만찬에는 참석할 수 없었다. 3일간의 행사였는데 겨우 마지막 날에 조금 나아져서 몇 명의 교수들과 대화를 할 수 있었다. 눈병만 나지 않으면 더 많은 교수들과 교류를 할 수 있었는데, 지금 생각해도 아쉽다.

아직까지 특별히 몸이 아파서 병원에 입원한 적은 없다. 큰 병을 앓은 적은 없다는 이야기이다. 그렇지만, 이렇듯 두 번의 눈병은 아주 중요한 시점에서 일어난 것이라서 지금도 기억에 뚜렷이 남아있다.

아직도 개인위생에 대한 관념은 철저하지 못하다. 지난 2월초 일본에서 일시 귀국하였다. 집사람과 큰 아이가 공항에 마중을 나와서 즐거운 기분으로 집으로 왔다. 코로나 바이러스 때문에 큰일이라고 서로 대화를 했다. 집에 도착하자 마자, 아이들이 샤워를 하라고 한다. 샤워를 하고 나오니, 둘째와 셋째가 나의 바지용 벨트, 지갑의 신용카드들을 모두 꺼내어 방바닥에 두고 소독약으로 닦고 있는 것이었다. 이를 보는 순간 나는 기분이 좋지 않아서, "아빠 개인 소장품을 꼭 그렇게 다 꺼내서 닦아야 하니? 너무 지나친 것 아니니? "하고 짜증을 내었다. 나의 이 말을 들은 둘째도 "이 물건들이 제일 위험해서 그렇게 하는 것이다"고. 나는 다시 한 마디를 더 했다. "너희들, 위생도 좋지만 너무 지나친 것이 아니냐. 아빠가 샤워를 했으면 되지 않느냐"고. 둘째는 "바이러스를 아빠가 공항에서 묻어와서 병에 걸리고 우리 가족 모두에게 옮기면 좋느냐"고 한다.

이렇게 하면서 그만 부녀간의 목소리가 높아졌다. 아이들은 "아빠가 직접 해야 할 것을 우리가 해주는데 아빠가 짜증을 내면 어떡하느냐"고 한다. 그리고는 삐져서 하던 소독을 멈추고 가버렸다. 가만 생각하니, 아이들은 나를 위하여 한 일인데, 내가 지나쳤다 싶었다. 바로 아이들을 불러서 "아빠가 너희들 핸드백을 뒤지지 않듯이, 아빠 개인 프라이버시가 있는데, 벨트나 지갑의 내용물은 모두 프라이버시에 속하는 것이다. 그런데 너희들이 모두 꺼내서 방바닥에 두어서 짜증이 났었다. 아빠가 미안하게 생각한다. 잘못했다"고 했다.

내가 위생관념이 더 강했다면, 이런 언쟁은 없었을 터인데… 다음 날 언론을 보니 이번 코로나 바이러스는 그 위험성이 대단하여 개인 위생이 철저하지 않으면 안 되겠다는 생각이 들었다. 첫 번째 예방법으로 손 씻기를 한 번에 30초씩 하는 것이라고 한다. 그간 나의 위생 관념이 불철저했음을 다시 한 번 반성하게 되었다. 환갑이 넘어서 이제야 개인위생의 중요성을 깨닫게 되었으니 늦어도 많이 늦었다. 그 다음 날부터는 집에 돌아오면 입구에서 아이들이 뿌려주는 약품으로 소독을 하고 바로 샤워하는 일을 빠짐없이 한다. 말을 잘 듣는 순한 양과 같아졌다. 외부에서도 마스크는 반드시 하고 손 세정제가 보이기만 하면 손을 씻는다.

그럼에도 불구하고, 일본에 있는 나에게 수시로 아이들이 문자가 온다. "아빠, 오늘 마스크 했느냐"고. 나는 답한다. "걱정마라. 이제 아빠 잘 한다", 아이들은 답이 온다. "우리 아빠 이제 착하다".

(2020.2.20.)

9. 천직으로서의 해상법 교수

나는 해상법을 전공하는 교수이다. 유년시절에는 선생이 되겠다, 혹은 교수가 되겠다는 꿈은 정말 가지고 있지 않았다. 그렇다고 내가 특별한 직업에 대한 꿈을 가지고 있었던 것도 아니다. 그런 사람이 어찌하다 교수가 되었다. 그런데 교직이 천직인양 잘 맞는다.

나는 많이 배우고 연구하길 좋아한다. 학생들이나 업계가 나를 필요로 하는 곳에는 언제든지 달려가서 나의 지식과 정보를 제공한다. 그리고 그런 일을 하는 것이 싫증나지 않고 만족스럽다. 그렇다면 교수직은 나에게 천직이라고 평가할 만하다. 그런데 내가 해상법 교수를 하지 않고 민법이나 형법교수를 했다면 나는 이렇게 재미있게 또 사명감 있게 하지 못하였을 것이다.

내가 현재의 교수직에 만족하게 되는 이유는 나에게 익숙하고 나에게도 꼭 필요하고 사명감이 있는 분야인 해상법을 전공했기 때문일 것이다. 내가 해상법 교수가 되고 이를 천직으로 알고 재미있고 사명 감 있게 하는 것은 유년시절의 추억도 큰 작용을 하는 것 같다. 돌이 켜보면 해상법 교수로서의 길이야말로 내가 태어나면서부터 걷도록 예정되어 있었던 것 같다.

선박과의 인연은 내가 태어나면서부터이다. 내가 태어난 1959년 은 나의 조부님과 아버님은 경북 동해안의 축산항이라는 곳에서 대형 어선 3척(삼광호, 삼중호, 삼화호)을 가지고 큰 규모의 수산업을 하고 계셨 다.

어선 선주들의 어선운영방법, 어선원들의 생활, 어선에서 사용되 는 용어, 바다에 대한 두려움, 어선사업의 부침… 이런 것들을 나는 어 려서부터 몸소 체험하게 되었다. 집에서 후포의 동림수산으로부터 어 선 한 척을 1년간 차터(동해안에서는 자더라고 불렀다)한 적도 있기 때문에 상선에서 사용하는 용선계약도 이미 초등학교 때 나는 간접적으로나 마 경험한 것이다.

그런데 전통적인 해상법에서 연구 분야를 하나씩 하나씩 넓혀 갈 때마다 그 새로운 연구 분야도 나와 태생적으로 연결되어 있구나 하는 점을 알게 될 때면 흐뭇해진다. 최근에는 선박금융법관련 논문 을 작성하고 발표를 하면서 해상법 연구의 범위를 넓히고 있다. 나는 2011년부터 선박건조금융법 연구회를 발족시켜 지난 달 창립 5주년 행사를 가진 바 있다. 선박건조와 선박금융도 나는 이미 어릴 적 체험 한 바 있다.

학교를 오고갈 때 하나의 볼거리는 배가 만들어지는 과정이었다. 우리 집은 경북 영덕군의 조그만 어항(축산항 대게 원조마을)이었다. 해발 100미터 정도의 죽도산에 올라가 마을을 내려다보면 왼쪽으로는 강물이 흘러 바다로 이어지고 오른쪽은 항구이다. 그 왼쪽 죽도산 아래에 우리 집이 위치했다. 우리 집에서 왼쪽 모래사장이 있는 바닷물까지는 불과 20미터 남짓이었다. 우리 집 담 너머에 조 목수네 댁이 있었다.

상당히 넓고 길면서 두터운 목재가 조 목수네 집 마당에 놓여 있다. 그 목재에 조 목수께서는 불을 쪼여서 그것을 휘게 하기도 하셨다. 톱으로 목재를 자르기도 하고 대패로 깨끗하게 모양을 만들기도 했다. 먹줄로 줄을 긋기도 했으며, 톱으로 나무를 자르기도 하셨다. 하루하루가 지나면 배의 모양이 만들어져 가고, 그리고 나서 어느 날 보면 나룻배가 하나 완성되어 있었다.

나는 이렇게 만들어진 배를 어떻게 20미터 떨어진 바다로 가져가는지 궁금했다. 조 목수께서는 동네 장정들을 모두 끌어 모았다. 20여 명도 넘는 동네사람들이 모여들고 배 밑에 로프 같은 것을 넣어서 장정들이 어깨에 줄을 메고 힘을 합쳐 영차 영차 바다로 끌고 갔다. 이런 작업을 조 목수께서는 1년에도 여러 차례 한 것 같았다. 학교로 오고가는 중에 조 목수네 집에서 배가 만들어지는 과정을 보거나, 조 목수께서 작업하는 광경을 보는 것은 나에게 유년시절의 큰 재미였다.

우리 동네에는 조선소가 2곳 있었다. 나는 중학교 때에는 특히 여름철에는 그 조선소에 매일 살다시피 했다. 이것은 수산업에 실패하신 아버지께서 어선에 페인트칠을 하시는 일을 내가 중학교 고등학교를 다니는 시기를 포함하여 15년간 했기 때문이다.

페인트일은 주로 어선들이 휴어기 때 조선소에 올려서 하기 때문에 한여름에 일이 집중된다. 형과 나는 조선소에 가서 아버지 일을 도왔다. 페인트를 칠한 어선은 수일 내로 다시 바다로 내려가게 된다. 어선은 레일 위의 막대판 위에 놓여 있다. 그리고 그 막대판은 두 줄로 된 철로 위에 놓여 있으며 그 철로는 와이어에 연결되어 있다. 바다에 진수를 할 때에는 와이어를 놓아주면 된다. 아주 원시적인 진수방법으로 슬립웨이(Slip way)를 사용하는 것이다.

나에게는 유년시절 선박금융에 대한 경험도 있다. 그렇지만 그것은 유쾌하지 못한 추억이다. 내가 초등학교 1학년을 마칠 무렵인 어느 추운 12월 겨울날 축산항에 입항하던 우리 집의 대경호가 좌초하여 침몰하였다. 이후 우리 집의 수산업은 사양길로 접어들고 있었다. 동림수산으로부터 용선을 하여 어로작업을 하였지만 이도 좋지 않았다.

몇 년을 와신상담하던 조부님에게도 기회가 왔다. 수산청에서 계획조선을 하는데 조부님도 여기에 해당이 되어 포항조선소에서 철선을 짓는다는 소식에 우리는 모두 고무되었다. 내가 중학교 1학년 경이니 1970년대 초반의 이야기이다. 그런데 그 조건은 조부님이 선가의 30%를 부담하는 조건이라고 하셨다. 조부님은 포항에 자주 가셔서 건조되는 우리 어선을 보고 오셨다.

어선이 건조가 다 되었다고 하는데 대금을 빌릴 수가 없었던 조부님은 인도대금을 내지 못하시고 포기하게 된 모양이다. 그런 다음 얼마 지나서 우리 집에는 규칙적으로 법원으로부터 노란봉투가 날아 왔다. 내가 이 봉투를 드리면 조부님은 짜증을 내시고 애써 외면을 하셨다.

어느 날 학교에 다녀와서 보니 우리 집의 조선솥이며 여러 군데 노란딱지가 붙어 있었다. 우리 집이 경매에 들어간다는 것이었다. 조부님의 명의로 되어 있던 우리가 살던 집, 그리고 마지막 남아있던 두 군데 토지 필지가 경매로 나왔던 것이다. 어머님과 할머님은 이제 모두 길 밖에 나가게 생겼다고 걱정이 태산이었다.

집안 어른들이 모여서 회의를 하는 모습이 보였다. 그리고는 아버님이 급히 서울로 올라가셨다. 공무원을 남편으로 두신 고모님을 만나러 가신다는 것이었다. 고모님이 빚을 대신 갚아주어서 우리는 살아나게 된 것이다. 그렇지 않았다면, 13명이나 되는 우리 대가족은 모두 집도 절도 없이 길거리로 나갔어야 했을 것이다. 그 이후 포항의 철선 계획조선 건은 우리 집에서는 언급이 금기시된 사건이기 때문에 그 이후 나는 조부님이나 아버님께 자초지종을 한 번도 물어본 적이 없다.

언젠가 수협중앙회의 연세가 상당히 든 간부와 대화를 하다가 이런 경험담을 말씀드렸더니 1970년대 어선현대화 작업으로 계획조선을 하여 자부담 30%로 어선을 건조해준 적이 있다는 것이었다. 조부님은 30% 되는 자부담한 돈을 조선소에 지불하여야 하는데 이것을 하지 못해서 어선을 인도받지 못하신 것이고, 조선소가 채권자가 되어 빚에 시달렸고 결국 담보물로 들어갔던 우리 집과 토지가 강제집행까지 당할 뻔했던 것으로 보인다.

이런 유년시절의 선박, 수산업경영, 선박건조, 선박금융과 관련된 추억은 또렷하게 남아 나로 하여금 이에 대한 연구에 더 애착을 가지게 하는 것 같다. 이 세상에서 어느 누가 나 만큼 태생에서부터 해상법을 하도록 그런 토양 위에서 성장한 사람이 있을까 싶다. 수산업을 하는 집안에서 태어나 조선소의 일을 경험하였고, 해양대학을 다닌 다음 상선에서 10년을 근무했고, 해상변호사 사무실에서 근무한 다음 해상법 교수로서 살아오고 있으니 말이다. 몇 년 선배인 어떤 변호사님은 사법연수원을 졸업한 해부터 해상변호사를 하여 35년간 해운인으로 살아왔다고 하신다.

그렇다면 나는 태어나면서부터 선박과 인연을 맺었으니 50년도 훌쩍 넘긴 해운인이다. 이는 아마 우리나라에서 기록일 것이고 한 해 한 해가 가면서 이 기록은 갱신되게 될 것이다. 그 기록과 함께 나의 해상법과 수산업법, 그리고 선박건조 및 선박금융법에 대한 열정과 성과물은 그 깊이를 더할 것이며 폭은 더 넓어져야 할 것이다.

(2017.3.24.)

10. 홍콩대에서의 3시간의 여유

　　나는 우리 학생들의 홍콩대 해상법 특강 1주간 강좌를 위하여 홍콩대에 와서 교수용 숙소인 로버트 블랙 컬리지(Robert Black College)에 머물고 있었다. 그 사이에 우리 학생들을 위한 특강은 물론이고 홍콩시립대와 홍콩대에서도 초청받은 특강을 하기도 했다. 홍콩대의 공식 일정은 어제 [2017.2.14.(화)] 나의 "한진해운 사태의 법적 쟁점" 공개강의를 마지막으로 모두 종결되었다.

　　강의가 끝나자 고민이었다. 3시반 비행기를 탈 것인지, 아니면 6시비행기를 탈 것인지? 공식 일정이 종료되었으면 가능하면 빨리 귀국하는 것이 맞다. 원래는 홍콩대 법대 도서관을 이용하여 자료도 찾고 밀린 일도 하려고 하루를 늦추어 비행기를 잡은 것이었다. 코감기가 홍콩에 있는 동안 나를 내내 괴롭혔다. 빨리 귀국하고픈 마음이 어제만 하여도 앞섰다. 여행사에 문의하니 오늘 3시 반 비행기도 좌석이 있다고 한다.

아침에 일어나니 감기도 좀 나았다. 3시 반 비행기를 타려면 12시 경에는 나서야 한다. 숙소의 사무실에 체크아웃을 연장해줄 수 있느냐고 물으니 이미 다른 손님이 들어오기 때문에 안 된다고 한다. 대신 미니 도서관의 열람실을 이용할 수 있다고 한다. 어차피 돌아가면 또 이런 저런 일에 머리가 복잡해질 터인데, 6시 비행기를 타기로 했다. 가능하면 더 많은 시간을 확보하기 위하여 친구 변호사에게 택시를 한데 부탁하여 3시 반에 기숙사 앞으로 대기시켜 놓았다.

체크아웃을 하고 짐을 들고 3층의 도서관 열람실에 가서 자리를 잡았다. 12시 반이니까 아직 약 3시간이 남았다. 갑자기 3시간이라는 시간에 의미를 의식하게 되었다. 3시간이 나에게 주는 여유이다. 무엇을 하지? 나는 밀린 일들을 처리하기 시작하였다. 우선, 홍콩대에서 도와준 사람들, 나의 특강에 참석하여 준 변호사들에게 감사 이메일을 보내기 시작했다.

일주일 정도의 해외 출장은 항상 부담이다. 출장을 떠나기 전이나 후나 마찬가지이다. 출장 전은 비우는 기간 동안 할 일을 미리 준비하느라 바쁘게 며칠을 보내야 한다. 귀국하면 또 밀린 일들이 산더미처럼 쌓여 있다. 그러다보니 무리해서 일을 처리하여야 한다. 시차적응도 어려운데 항상 몸에 무리가 따른다. 그렇기 때문에 오히려 출장지에서의 일에 대한 보고나 피드백이 미루어지기 마련이다. 귀국 후 일에 파묻혀 며칠을 보내고 나면, 해외의 초청자나 처음 만난 사람들에게 귀국 인사말을 전하지 못하고 시간이 흘러가게 되고 결국 그들과 인간관계를 맺을 소중한 기회를 잃어버리게 된다.

우선 팰릭스 챈(Felix Chan) 교수에게 감사의 인사를 보냈다. 그를 안 지가 5년 정도 되는데 부인이 한국분이라서 한국을 좋아하고, 학생들을 좋아한다. 고려대 법대-홍콩대 법대교류의 주역이다. 강의실을 수배하고 강좌를 개설하여 우리 학생들의 겨울방학 해상법 특강을 가능하게 한다. 다음으로 리안준 리(Lianjun Li) 변호사에게 감사의 인사를 했다. 대련해사대학 항해학과를 나왔지만 법학의 길로 들어서서 홍콩대에서 과정을 마치고 변호사 자격을 취득하여 현재는 저명한 해상변호사가 되었다.

특강에 참석한 8명의 홍콩 변호사에게 감사의 메일을 보냈다. 특히 질문을 한 변호사에게 답변이 부족하지 않았는지 보냈더니 추가 질의가 있어서 한국의 법제도 이해에 도움이 되었다고 하였다. 나의 답변을 동료들과 공유하겠다고 한다. 작은 보람을 느꼈다. 민간 외교관이 되는 것이다.

작업을 하다 그만두고 점심을 먹으로 나왔다. 원래 주문을 해야 하지만 점심이 여유가 있어서 사전 예약 없이도 가능했다. 약 8천원인데 아주 저렴하다. 버섯과 두부를 요리한 것이 아주 맛있었다. 고개를 오른쪽으로 돌리니 홍콩 항구가 보인다. 작은 선박들이 10여 척 한가로이 닻을 놓고 있다. 하늘도 푸르고 바다도 푸르다. 바로 창문 옆에는 아름다리 나무에 푸른 잎이 싱그럽다. 홍콩의 1~2월은 방문하기 가장 좋다고 한다. 나는 홍콩이 좋은데 좋은 이유를 모두 나열해 보았다.

나는 싱가포르 국립대학에 4개월 방문교수를 하였다. 그 뒤 홍콩의 대학들과 교류를 하게 되어 자주 방문하게 된다. 그런데 사실 싱가포르보다 홍콩이 나에게는 더 잘 맞는다. 우선은 음식이 나에게 잘 맞는 편이다. 콘지라는 죽이 항상 나와서 좋다. 날씨도 봄, 여름, 가을, 겨울 사계절이 있다. 날씨도 습윤하지 않아서 쾌적하다.

그리고 섬과 산들이 있어서 산보하기에도 좋다. 지리적으로 우리나라에서 가깝다. 금방이라도 귀국이 가능하니까. 그리고 한자를 그대로 사용해서 의사소통이 쉽다. 전철이용이 너무 편하다. 전철 라인을 갈아 탈 때도 이동 거리가 짧아서 좋다. 실무적으로는 홍콩대학 법대 강의실이 바로 바다에 면하여 선박충돌 강의를 포함하여 해상법 강의 시 학생들에게 실감나게 선박을 직접 보여줄 수 있어서 좋다.

시간이 지나면서 이미 나의 감사 이메일에 답장이 온다. 나는 그들의 주소를 나의 이메일 주소에 입력하여 잊어버리지 않도록 조치했다. 그리고 학회일, 센터일도 처리했다. 나의 멘토이기도 한 몇 분의 선배 변호사님들에게 이번 홍콩대에서 사용한 발표 자료를 보내드렸다. 그리고 해운전문지 기자 몇 분에게 보도자료를 간단히 만들어 보냈다.

나의 SNS에도 홍콩대에서의 행사에 관한 사진과 내용을 올려서 많은 사람들이 공유하도록 했다. 오후 3시 반에 가까워오자 생각했던 일들은 모두 처리되었다. 택시를 기다리는 나의 몸도 마음도 가볍다. 저녁 6시 반 비행기를 선택하여 3시간의 시간적 여유를 가지지 못했다면, 귀국하자마자 일상에 몰입되는 결과 이런 일들이 순서가 밀려서 인사할 기회를 놓치게 되고 그들에게 결례가 될 것이고 외부와 지식이 공유가 되지도 못되었을 것이다.

친구 리안준 변호사가 내어준 택시를 타고 편하게 공항으로 왔다. 항상 그렇듯이 공항 서점에 들러서 두 권의 책을 샀다. 조지 오웰의 《1984년》과 엔더슨의 《TED TALKS》를 구입하였다. 조지 오웰의 《1984년》은 최근 트럼프 대통령의 취임으로 다시 각광을 받고 있다. 몇 개의 회장직을 맡고 나서는 대중들 앞에 서기 때문에 어떻게 하면 인상적인 인사말을 할까 항상 신경이 쓰이는데 좋을 것 같아서 《TED TALKS》를 선택했다. 이 책에는 "2017.2.15. 홍콩대 강의를 마치고"라고 적고 서명을 하였다. 여유롭게 공항을 거닐다가 비행기를 탔다.

보통 같으면 보고서를 작성하거나 귀국 시에 할 일들을 비행기 안에서 챙기게 된다. 이미 3시간 동안 이런 밀린 일들을 모두 처리하고 나니 마음도 가벼워서 영화를 보기로 했다. 〈콰이강의 다리〉였다. 한번 본 것이지만 다시 보았다. 포로이지만 최고의 교량을 만들려고 최선을 다하려는 영국장교의 철학과 이를 폭파하려는 연합군의 목적이 충돌하는 상황 설정이다. 역시 대작이다. 3시간의 여유를 잘 활용함으로써 비행기에서 영화 한 편까지 감상할 수 있는 호사를 누리게 된 것이다.

밤 11시반 집에 돌아와서 생각해본다. 하루를 더 묵으면서 현지에서 출장보고까지 마치고 오면 이렇게 마음이 가벼운 것을… 항상 약속시간에 허둥대고, 기차시간에 허둥대는 나를 보고 집사람은 항상 말을 한다.

"그렇게 하면 건강에 좋지 않으니까 항상 여유있게 하시라~".

나는 그렇지 못하다. 항상 약속시간에 빠듯하여 허둥댄다. 여유있는 삶이 주는 장점을 맛보았으니 앞으로는 시간에 쫓기지 않고 항상 여유있게 움직여야겠다. 홍콩대에서의 3시간의 여유는 앞으로의 나의 일상에 큰 영향을 줄 것 같다.

(2017.2.19.)

11. 일본에서 학문적, 지리적 지평 넓히기

   교수에게는 3년 근무에 6개월씩 안식학기가 주어진다. 2018년 11월 도쿄대 법대로 안식학기를 보낼 곳이 결정이 났다. 한일관계가 좋지 않아서 망설였지만, 이미 정해진 것을 되돌릴 수 없었다. 한중일의 해상법 교류는 고려대, 와세다대, 대련해사대학을 중심으로 오래 지속되어 왔고 앞으로도 지속되어야 한다.

   9월 1일 여기에 와서 정착한 지도 보름이 지났다. 하네다 공항에 도착하여 기차를 두 번 갈아타고 도다이마에(東大前) 역 바로 앞에 있는 오이와케(追分) 외국인 기숙사에 들었다. 아침은 사서 먹는다. 건강식품이라는 낫토에 맛을 들여 아침 낫토 정식을 먹었다. 지도교수에게 인사도 하고 연구실도 배당을 받았다. 조금 익숙해지자 나는 주위를 둘러보기로 했다.

기숙사를 중심으로 북쪽으로 500미터에 아침식사를 하는 곳을 찾았다. 두 번 세 번을 가니 그 식당은 완전히 익숙해졌다. 북쪽으로 더 올라가보기로 했다. 책방을 오른쪽으로 끼고 돌아가니 동양대학이라는 제법 큰 캠퍼스가 나왔다. 오른쪽으로 작지만 아기자기한 식당들이 나타난다. 이태리 식당, 일식집, 내가 좋아하는 튀김집 등이 있다. 더 걸어 올라가서 한참을 계속 걸으니, 갑자기 걱정이 된다. 돌아갈 수 있을까 길을 잃지 않을까 하는 생각이 앞선다.

책방을 찾고, 아침을 먹는 식당을 거치고 우회전해서 대로를 따라 내려가면 나의 거처인 기숙사가 나올 것이다. 그 길이 선명하게 머리에 떠오른다. 그러니 안도가 된다. 5분 정도 더 걸어 올라갔다가 다시 되돌아 나왔다. 이정표가 된 그 책방을 찾고 나니 안심이 되었다. 문제없이 기숙사에 돌아왔다.

일요일에는 저녁 무렵 남쪽으로 걸어보았다. 도쿄대의 정문이 세 개나 나온다. 왼쪽에 아카몬(赤門)을 끼고 더 내려갔다. 전철 역까지 가보았다. 북쪽은 조용한 교육의 마을 같다면 남쪽은 번화가이다, 상권이 형성되어 있다. 식당도 고급이다. 종류도 다양하다. 정문 앞에 있던 법률서적 쥬리스터를 발간하던 출판사 유비각(有斐閣)이 없어져 버렸다.

과거에 도쿄대에 올 때에는 유비각이 이정표가 되었었다. 유비각 바로 앞에 있는 정문을 들어가야 바로 법대가 나온다. 좋은 이정표를 하나 잃어버린 셈이다. 다른 이정표를 찾아야 할 부담이 생겼다.

다리가 아플 정도로 걸었다. 갑자기 어둠이 내려서 캄캄한 길을 걷고 있음을 인지하게 되었다. 길을 나설 때 보아두었던 이정표들이

어두워서 보이지 않는다. 두려움이 앞선다. 바로 뒤로 돌아섰다. 다행히 정문을 확인하고 전철역을 지나니 길을 잃지 않았구나 안심이 되었다. 옆에 제자 한 명이라도 있었으면 이런 불안감은 없을 터인데. 무사히 기숙사로 돌아왔다.

다음 주에 왔던 북쪽 길을 더 걸어서 한 블록을 더 걸어 올라갔다. 지난 번에 찾아두었던 식당을 다시 확인했다. 돌아오는 길에 불현듯 어떤 생각이 스치고 지나갔다. "아, 현재 내가 하는 일이 도쿄대에 정착하여 6개월 있으면서 시간적 공간적, 인적, 학문적 활동범위를 넓혀가는 첫 걸음이라는 것, 사람의 삶의 과정은 이러한 시공간의 확대의 과정으로 가득 채워지는구나" 하는 생각이 들었다.

나는 축산항이라는 조그만 어촌에서 태어났으므로 내가 아는 인식의 범위는 내가 태어난 축산항 우리 집 마당에 머물렀다. 아버지, 어머니, 할아버지, 할머니, 형 그리고 동생들이 나의 인식의 전부였다. 할아버지 손을 잡고 염장이라는 곳에 제사를 모시러 가면서 2킬로미터 떨어진 동네를 알게 되고 거기에 우리 일가들이 많이 산다는 것을 알게 되었다.

나의 인식의 범위는 친가 직계가족에서 일가로 넓어졌다. 초등학교에 들어가면서 동급생 아이들을 알게 되었다. 친구들과 산천을 뛰어놀면서 축산항 전체를 알게 되었다. 영덕 외가에 가서 방학을 보내면서부터 달산에 있는 외갓집과 외가식구들로 인식의 범위가 확대되었다.

중학교는 영해라는 곳으로 갔다. 아침 조회를 하는데 엄청나게 많은 학생들과 선생님들이 모였다. 1반에 들어갔는데, 60명의 학생들이 처음 보는 아이들이라 서먹서먹했다. 곧장 친구가 되면서 영해중학교 동급생들을 대략 알게 되었다. 애들과 영해시장을 돌아다니면서 영해라는 곳을 조금씩 더 알게 되었다. 중학교를 졸업할 때 나의 지리적 인식의 범위는 축산항이라는 곳에서 영해로 확장되었었다. 영해고등학교를 거쳐서 부산소재 한국해양대학에 진학하면서, 나의 영역은 더 넓어졌다. 전국 각지에서 온 동기생들을 만나게 되었다. 각 지역의 이야기를 들을 기회가 많아졌다. 인구 1천 명 동네에서 태어나 인구 300만 명이 사는 부산사람이 된 것이었다.

졸업을 하고 송출을 하여 선박회사에 들어가 출국을 했다. 아랍에

〈항해사 시절〉

미레이트의 코랄파칸에서 승선한 선박은 사우디아라비아의 얀부와 제다, 라스타누라를 다녔다. 아랍의 무미건조한 풍경을 체득했다. 다음 배부터는 정말 세계 여러 곳을 헤집고 다녔다. 타이완에서 북구 노르웨이까지 장장 50일 항해를 했다. 중간에 테네레페라는 곳에 잠깐 기항했다.

그 뒤로는 미국동부, 서부, 캐나다, 로테르담, 일본 및 중국의 여러 항구들… 태평양 횡단항해, 대서양항해 이렇게 오대양 종단항해를 거쳐 호주에 도착하기도 했다. 지구의 남단 아프리카의 희망봉을 돌아서 항해했고, 다시 남미의 최남단인 마젤란 해협도 항해해 보았다. 이렇듯 나의 공간적 인식과 행동반경은 말할 수 없을 정도로 엄청나게 넓어졌다. 선원이 된 덕분이다.

선장을 그만두고 고려대 대학원에 들어왔다. 꼭 뵙고 싶었던 책에서나 뵐 수 있었던 훌륭한 선생님들로부터 법학을 배우게 되었다. 나의 인적 인식의 범위가 크게 확대되는 계기가 되었다. 연구실의 원생들과 한 식구가 되면서 인적 네트워크가 넓어져 갔다. 〈김&장 법률사무소〉에 초빙되었다. 120명의 프로페셔널과 차츰 안면을 익히게 되었다. 나를 제외한 모든 프로페셔널이 서울대 출신이다. 고등학교 다닐 때는 상상하지 못한 일이다. 최고의 실력과 명성을 가진 법조인을 많이 알게 된 계기가 되었다.

그리고 박사학위를 받고 마흔 살에 선생이 되었다. 그렇게 낯설었던 호남땅 목포에 내려가서 교편을 잡았다. 7년 반 동안, 호남의 음식, 예술, 사람들을 많이 알게 되었다. 태생으로부터 얻은 영남이라는 지리적 한계를 극복하고 호남을 경험하는 계기가 되었다.

오늘에 이르기까지 20년을 교편을 잡았으니 수많은 제자들을 만났다. 그리고 그 가운데에 좋아하는 제자들, 나를 따르는 제자들도 많다. 고려대에 정착하면서 본격적인 제자 기르기에 나섰다. 그 결과 10년 동안 자식과 같은 친밀감을 느끼는 제자가 50명이 주위에 있다.

해운업계와 고향의 발전을 위하여 이런 저런 일을 하다 보니, 인적 지평이 많이 넓어졌다. 해운업계의 사람들을 알게 되는 것은 자연스런 일이었다. 선박건조 및 선박금융법 연구회를 결성하여 근 10년 동안 회장으로 활동하니 이 분야에 인적 범위가 확대되었다. 고향의 발전을 위하여 동문회, 영덕학사 등의 일을 하다 보니, 영덕인들도 많이 알게 되었다. 최근에는 페이스 북과 밴드 등을 통하여 공간의 확대, 인적 범위의 확대도 급속도로 이루어지는 것 같다.

이와 같이 60년 동안 시간적 공간적 인식의 범위 그리고 인적 교류의 범위의 확대가 점진적으로 조심스러운 가운데 이루어져왔음을 깨닫게 된다. 삶 자체가 이런 시간적 공간적 인적 인식과 교류의 확대 과정인 것처럼 느껴진다. 유년시절 축산항, 영해를 벗어나지 못했던 나를 현재의 크게 확장된 공간에서 다양한 인적교류를 하고 있는 나와 비교해보면 그야말로 상전벽해(桑田碧海)이다.

그러면 과연 어떤 과정을 거치면서 이런 확대가 이루어졌는지 생각해본다. 처음에는 모든 것이 조심스럽다. 위험하지 않을까, 우리 집까지 과연 돌아갈 수 있을까… 할아버지 어머니 손을 놓고 혼자서 멀리 가도 충분히 집으로 돌아올 수 있을까. 길을 잃지는 않을까? 불안감과 두려움을 가지면서 조심스럽게 한 발 한 발 내딛게 되었다.

학년을 올라가면서 반이 바뀔 때에도 새로운 친구들과 잘 사귈 수 있을까 걱정되고, 반이 바뀌지 않았으면 하고 원했다. 특히, 직장을 옮기고 새로운 집단에 들어갈 때는 더더욱 조심스러웠다. 우연히도 나는 미지의 세계를 개척하는 사람 마냥 선배나 친구들이 없는 직장을 찾아다닌 것처럼 되었으니… 그렇지만 나는 견디어 내었고 해내었다. 새로운 것에 대한 두려움보다 탐구심이 더 강했나보다.

문득 이번 스페인 여행에서 읽은 글귀가 생각난다. 1492년 콜럼버스가 신대륙을 발견하기 전까지 지중해의 사람들은 스페인의 끝단에 있는 지브롤터까지만 항해할 수 있다고 믿었다는 것이다. 여기를 벗어나는 순간 천길 낭떠러지에 떨어지고 만다고 믿었다. 먼바다는 두려움의 대상이었다.

인류문명이 생기고 나서 2천년 동안을 이런 좁은 인식의 폭 속에서 사람들은 살아왔다. 그런데 동양에는 금은보화가 가득하다는 말들이 돌았고, 동방에서 사람들이 오고갔다. 이에 용기있는 자들이 그 잘못된 믿음을 깨뜨리고 항해를 감행했다. 그리고 지브롤터를 벗어나도 낭떠러지가 없음을 알게 되었다.

동쪽으로 가면 인도가 나온다는 믿음을 가지고 콜럼버스는 항해했고, 드디어 서인도 제도에 도달하였다. 또 어떤 용감한 자는 북으로 올라가서 동쪽으로 가면 인도가 나온다고 믿었다. 북쪽으로 북쪽으로 올라가 보았다.

이와 같은 대항해시대의 선각자들의 개척정신에 힘입어 이 지구는 신비에서 벗겨져 누구나가 현재 그 크기와 위치를 알게 되었다. 처음에는 조심스럽게 목숨을 내어놓고 한 발짝 한 발짝 앞으로 나아가면서 인식의 지평을 넓혀갔던 것이다. 그 과정에서 많은 사람들이 운명을 달리했다. 그렇지만 결과는 긍정적이었다. 그로 인하여 시장개척이 이루어졌고, 교역은 확대되었으며 결국 인류번영의 길이 열리게 되었다.

미지의 세계에 아예 겁을 먹고 도전하지 않는 사람들이 대부분이었다. 그렇지만 미지의 세계에 도전한 사람들이 있었고, 그 도전한 사람들 덕분에 오늘날 발전된 인류의 문명이 있게 되었다. 개인적인 인간의 삶이지만 정착한 곳에서 하나씩 지리적, 인적 교류를 넓히는 과정을 거치게 된다는 것, 그렇게 하면서 성장하고 지식을 습득하고 창조적인 생산을 해낸다는 것, 이런 것들이 모여 집단 지성이 되어 이 사회는 발전하게 된다.

그리고 그 선배는 이 사회에서의 역할을 다하고 후배들에게 바톤을 넘기고 이 땅에서 사라진다. 그렇지만 그가 남긴 것들은 하나씩 이 땅에 축적이 된다. 이 땅을 살다간 수많은 사람들의 미지에 대한 동경과 그에 대한 탐구심의 집합과 축적이 바로 오늘의 인류문명의 발전을 가져왔다고 생각된다.

최근 진행되고 있는 나의 일본 도쿄에서의 새로운 것에 대한 조심스런 진전이 지리적인 범위를 넘어서, 인적 네트워크의 확장, 그리고 학문적인 범위에 이르기까지 폭넓게 진행되어 조금이라도 우리 사회, 특히 학계에 기여할 수 있었으면 한다. 그 도전은 바로 내가 하는 것이니 그렇게 어려운 일은 아닐 것이다.

어제 국내 해운회사의 현지대표와 국제적 선박관리회사의 담당자와 점심 저녁을 같이하면서 우리나라와 일본의 해운산업에 대하여 배웠다. 오늘은 와세다 대학교 법과대학의 해상법 교수와 상과대학대의 해상보험법 교수와 점심 저녁을 같이 하게 되어 있다. 인적 학문적 영역의 확대의 기회가 될 것이라서 기대가 된다.

(2019.9.19)

12. 예측 가능성에 대한 단상

　20대와 30대 초반을 바다에서 보낸 나는 앞을 볼 때에는 시정(視程)이 얼마인지 확인하는 버릇이 생겼다. 현재 고양시 화정동에 있는 우리 집은 17층이다. 그래서 복도에 나서면 북한산이 보인다. 서재에서 눈을 들어 오른쪽을 보면 멀리 인천항의 불빛이 보이기도 한다. 이때 시정은 30킬로미터도 넘는다고 보아야 한다.

　시정이 얼마일까 확인하는 버릇은 항해사 선장이라는 직업 때문에 생긴 것이다. 앞에 나타난 선박과의 충돌을 피하기 위해서는 미리 그 선박의 존재를 확인해야 한다. 가능한 조기에 이를 발견해야 충돌을 피할 여유시간이 많기 때문에 넓은 시야를 확보하는 것이 좋다. 시정이 나쁘면 선박을 발견해서 이를 피할 시간적 여유가 적으므로 더 조심해야 한다.

　통상 선박은 12노트로 항해한다. 정면에서 상대 선박이 나타나면

6마일에서 발견하면 충돌까지 15분이 걸린다. 한편 2마일에서 발견한다면 5분 만에 충돌하게 된다. 그래서 주어진 현재 시점에서 시정이 얼마인가 주어진 시정에서 상대 선박을 빨리 발견하는 것은 대단히 중요한 것이 된다.

신성모 캡틴은 영국의 상선학교를 나와 일제 강점기에 외항 상선의 선장을 하신 분으로 국방부장관 및 국무총리 서리를 지낸 분이다. 엑스트라 마스트라고 불렸다. 레이더도 없던 시절에 안개가 자욱한데, 닻을 놓아야 했다. 그는 선원들에게 선박의 앞으로 나가서 징을 울리라고 했다. 그리고 접근하면서 "닻 투하" 명령을 내렸다.

안개가 걷히고 나서 보니 그렇게 좋은 자리에 정확히 닻이 놓여 있을 수가 없더라는 전설적인 이야기가 있다. 징을 울려서 육지나 물체에 부딪치는 반사음이 돌아오는 시간을 확인하여 물체와의 거리를 읽어낸 것으로 보인다.

레이더가 없던 시절에 어떻게 충돌을 피하여 가면서 항해를 했을지 신기하기만 하다. 많은 충돌사고가 났을 것이다. 안개시 사람들은 기적을 이용했다. 기적이라는 것은 상대선박이 주위에 있다는 것을 가르쳐 줄 뿐이지 그 자체로서 충돌을 피하기 위한 정보를 제공해주지는 못하였다. 레이더가 선박에 상용화되면서 안개가 끼더라도 충돌을 피하기 위한 정보제공이 어느 정도 되게 되었다.

레이더도 완벽한 것은 아니다. 레이더를 잘 읽어야 상대방의 동작을 알 수 있고 적절히 피항을 할 수 있다. 여전히 무중에서 충돌사고가 많이 발생했다. 다시 AIS(선박 자동식별장치)라는 것이 생겨나서 상대

선박의 이름과 이동정보를 얻을 수 있게 되었다. 거의 완벽에 가까운 정보가 제공되어 상대선박의 움직임에 대한 예측이 가능하게 되었다.

가만히 생각하니 선박의 항해장비의 발달은 결국은 항해사들에게 접근하는 선박에 대한 예측가능성을 부여하는 방향으로 진화되었음을 알게 된다.

예측가능성은 상법에서도 중요한 이념으로서 작동한다. 나는 처음 상법(商法)을 공부하는 학생들에게 첫 시간에 상인들에게 예측가능성을 부여하여 상거래를 촉진시키는 것이 가장 중요한 상법의 이념(理念)이라고 설명한다. 상거래를 할 때 적용할 법률의 내용은 무엇이고 자신이 부담하게 되는 손해배상책임은 어떤 것이고 자신의 권리는 무엇인지를 법이 미리 딱 정하고 있으면 안심이 된다는 것이다.

그리고 자신이 부담하게 되는 손해배상 책임을 미리 알게 되어 이를 보험으로 처리되도록 해두면 불측의 손해를 볼 일이 없다는 것이다. 이렇게 되면 사람들은 거래를 지속적이고 반복적이면서 다량으로 하게 된다.

상법은 이런 이념을 달성하기 위하여 관련 법제도를 상법전안에 구축해 넣어야 한다. 개품운송에 사용되는 선하증권(B/L) 제도가 이를 구현하는 대표적인 것이다. 선하증권의 뒷면에는 계약의 내용이 미리 예정되어 있다.

그 옛날 수출품이 부정기선에 실릴 경우 언제 도착할지 하자 세월이었다. 선박이 풍랑을 만나 항해가 지연되기도 하고, 선박이 부두에 붙을 수가 없어서 선석을 기다리느라고 정박을 오래하게 될 수도 있었다. 꽃이나 달걀과 같이 신선한 상품을 제때에 수입자에게 전달할 필요성이 증대하게 되자, 해운의 선각자들은 정기선 운항을 개발하였다. 많은 자본을 투자해서 컨테이너 선박을 만들었고, 자신의 독자적인 전용부두도 개발해서 운영하게 되었다.

동일 항구로 떠나는 선박의 편수도 1주일에 한 번에서 네 번으로 늘렸다. 그래서 이제는 수출자와 수입자가 원하는 정확한 시간과 장소에 화물을 가져다 주게 되었다. 컨테이너선 혁명 때문에 가능한 일이었다. 이 또한 운송에서 예측가능성을 가져와서 상거래를 원활하게 한 좋은 사례가 된다.

선주책임제한 제도도 대표적으로 선주들에게 예측가능성을 부여하는 제도이다. 선주들은 책임제한액수 만큼만 책임을 지므로 이를 보험으로 처리하도록 미리 준비하면 자신은 사업에서 망할 일은 없는 것이다. 사업은 한번 해볼 만한 일이 된다.

한진해운 사태에서 한진해운이 회생절차를 신청하게 되는 근거가 된 채무자회생법도 마찬가지 기능을 한다. 한진해운과 거래관계를 맺었던 사람들이 있기 때문에 한진해운을 바로 파산시키기보다는 회생의 기회를 주어 회사를 유지시키겠다는 것이다. 이 제도는 한진해운과 거래하는 당사자들에게 안정감을 주도록 설계된 것이다. 즉, 예측가능성을 부여하는 것이다. 이렇듯 도산법도 예측가능성을 부여하는 역할을 하기도 한다.

해상운송에 있어서 많은 국제조약이 존재하는 이유도 관련자들에게 예측가능성을 부여하기 위함이다. 국제무역과 이에 수반되는 해상운송은 필연적으로 국제적인 요소를 가지게 된다. 서로 다른 국적의 선박들이 바다에서 만나고 계약의 당사자도 서로 다른 국적의 사람들이다. 법률관계에 어떤 나라의 법을 적용할지 이에 따라 결과도 달라진다.

자신의 국적의 법률이 가장 익숙하므로 자기 나라의 법률을 적용하자고 고집하게 된다. 계약체결이 늦어지고 분쟁이 생긴다. 이를 방지하기 위하여 국제조약을 만들어 하나의 법으로 통일화시키자는 것이 해상법관련 국제조약의 목표이다. 국제조약은 관련 당사자들에게 예측가능성을 부여하여 상거래를 원활하게 하는 기능을 하게 된다.

콜럼버스가 미주대륙을 발견한 1492년 이후로 수백 년 동안은 목선시대였다. 태풍을 만나면 선박은 여지없이 바다에서 사라졌을 것이다. 18세기 들어 10척의 선박이 항해를 시작하면 돌아오는 선박은 7척이었다는 기록을 보았다. 19세기 말이 되면서 증기선이 나오고 철선이 나오면서 선박은 안전하게 항해를 성공적으로 마치는 것이 쉽게 가능해졌다.

그리하여 이제는 항해를 완수하지 못하고 선박이 침몰하게 되면 오히려 비정상인 세상이 되었다. 과학기술의 발달은 항해에 나서는 선박은 안전하게 상거래를 마친다는 확신을 사람들에게 심어주면서 인류의 무역은 안정화되었다. 예측가능성을 부여한 것이다.

돛을 이용한 원시적인 항해방법은 바람이 있을 때에만 추력을 얻을 수 있었다. 증기선이 나타나면서 일정한 속력을 항상 얻을 수 있게 되었다. 증기선은 연료로서 석탄이 필요했고 그 부피가 너무 많이 나가서 중간항에서 보급이 필요한 불편함이 있었다. 그 후 디젤기관 등이 나타나면서 연료유로서 더 안정된 추력의 생산이 가능하여 오늘날 정확한 도착시간이 가능하게 되었다.

이렇게 생각해보면, 이 세상은 온통 예측가능성이라는 하나의 목표를 향하여 움직이고 있는 것 같다. 인간사도 예측가능성이라는 큰 지향점을 가지고 있는 것은 분명하지만 우리 인간은 한계가 있다. 모든 일이 예측에 따라 움직여지는 것도 아니고 예측하여 준비를 미리 잘할 수 없는 경우도 있다.

그렇지만, 조금만 더 준비를 하면 예측이 가능하였고 작은 실수나 실패를 하지 않았을 터인데 하고 후회하게 된다. 바다에서 가능하면 멀리까지 조기에 상대선박의 존재를 파악하면 충돌을 피할 수 있는 여유시간이 있어서 좋듯이, 직무에서도 미리 준비를 하면 도움을 받고 실패하지 않게 된다. 출발하는 전철시간표를 미리 알아둔다든지, 약속장소에 이르는 길을 미리 검색하게 되면 낭비하는 시간이 없어진다.

로스쿨에 진학하는 것도 자신의 미래에 대한 예측가능성을 담보하기 위한 선택으로 해석이 가능하다. 변호사가 되면 희소성도 있고 우선 자격증이 부여되므로 개업을 할 수 있어서 장래직업에 대한 안정성을 가져다준다.

사람들에게 예측이 가능한 사람이라는 평판을 얻는 것도 중요하다. 변덕스럽고 약속을 손바닥 뒤집듯이 하면 신용이 떨어진다. 이러한 사람과는 일을 같이 할 수 없다. 그러기 위해서는 예측가능한 여러 행위가 반복되도록 해주어야 할 것이다. 오랜 시간이 필요할 것이고 결국 평판으로 확립되게 된다.

나는 2024년 8월까지 만 65세까지 정년이 보장된 교수가 되어 학교로부터 큰 예측가능성을 부여받았다. 개인적으로는 한 집안의 가장으로서 또한 한 학문분야의 중진인 자에게 이 만큼 큰 혜택은 없을 것이다. 학생들에게는 좋은 강의를, 해상법 분야에서는 세계적인 수준의 연구를, 업계에게는 산학협동의 성과를 내게 되면 김인현 교수는 실망시키지 않는 예측이 가능한 사람으로 자리매김할 것이다. 나는 해상법 분야에서 예측가능성을 부여하여 상거래가 원활하게 되어 산업이 발전하도록 노력한 선장출신 교수로서 남고 싶다.

문득 선장시절 충돌을 피하기 위하여 넓은 시야를 확보하기 위하여 노력한 것이 해상법의 이념인 예측가능성의 부여와 같은 맥락임을 깨닫게 되어 생각을 정리해 보았다.

(2018.1.8.)

제4장

지속가능한
영덕과 나

〈저자의 고향 축산항〉

1. 고향 영덕이 특별히 우리에게 준 것

　　바쁜 일상에 묻혀 지내다가 명절이나 연휴가 되면 자동적으로 고향이 떠오른다. 곧 여름 휴가철이 되는지라, 오늘도 학교로 나오는 운전 길에 고향 영덕 그리고 어머님이 계시는 나의 집, 축산항이 생각났다.

　　누구에게나 고향은 있다. 도시 출신이라도 자신이 태어나고 자란 곳은 고향이 된다. 고향은 누구에게나 가치있는 것을 부여한다. 고향은 자신이 태어나고 자란 곳이다. 이 세상에 자신을 태어나게 해주신 부모님들이 계신 곳이니 이것보다 소중한 것은 없을 것이다. 혈육인 형제자매들이 고향에 있다. 초등학교, 중학교, 고등학교를 거치면서 동문수학한 친구들이 또 고향에 있다. 친구들과 뛰어 놀았던 산천초목이 고향에 있다. 그렇기 때문에 고향은 나에게 소중한 존재가 된다.

　　이러한 내용은 누구나 고향에 대하여 가지는 관계이고 인연이다.

사람은 모두 자기 고향을 특별히 생각하고 더 소중하게 여기고 고향이 어디라는 점에서 자부심을 가진다. 그러면 우리 영덕 출향인은 왜 특별히 영덕을 더 소중하게 여기고 자랑스럽게 생각하는가? 고향이 나에게 주는 일반적이고 공통적인 것 외에 고향 영덕이 나에게 준 무언가 특별한 것이 있기 때문에 그러한 생각을 우리는 하게 되는 것이다.

첫째, 영덕은 어려움을 극복할 수 있는 토양을 우리에게 제공해주었다. 서울에서 생활해보면 우리가 다녔던 초중등 교육의 수준이 그렇게 높지 않았다는 점을 절감한다. 서울에서 하는 정도만 하였다면 친구들이 모두 좋은 대학에 갔을 것이다. 좋지 않았던 교육환경이 아쉽기 그지없다.

그렇지만 우리가 배운 다른 측면은 없는지 보아야 한다. 선배들의 대학 진학률은 높지 않았다. 그렇기 때문에 우리는 더 열심히 해야 했다. 대학시험에 실패를 했다. 그리고 재수를 한 다음 원하는 대학에 들어갔다. 동년배보다 항상 1~2년이 늦었다. 나이가 들어 우리는 또 깨닫게 되었다.

"아, 주위 여건이 나는 모두 불리하구나. 그렇다면 목표를 조금 일찍 설정하고 조금 더 많은 시간을 투자하고, 더 집중해야 하겠다"는 각오를 다지게 되었다. 그리고, 교수의 길을 걷게 되었다면 우리는 세칭 일류고 출신을 따라잡기 위해서 더 많은 시간의 투입이 필요함을 절감하게 되었고, 결국 연휴나 명절에도 시간을 아껴 공부를 하는 습관을 몸에 익혔다.

이런 방법론이 10년, 20년이 쌓이게 되니 업적이 쌓여서 경쟁력을 가지게 되었다. 우리는 내재된 어려움을 미리 알고 극복하기 위한 방법을 터득하게 되었다.

둘째, 고향 영덕은 여러 사람과 어울리면서 살아가는 방법을 우리에게 가르쳐 주었다. 우선 가장 소단위인 집의 구성원들로서 조부모님, 부모님, 5남매, 삼촌이 계셨다. 한 발 먼 친족으로는 종가집, 그리고 외가집, 진외가집이 있었다. 제사 때나 방학 때이면 수시로 친척집에 가서 어른들께 인사를 드렸다. 학교에는 많은 친구들이 있었다. 도시에서 자란 동년배들과 달리 우리들은 많은 사람들 사이에서 때로는 자신을 나타내기도 하고 때로는 자신을 낮추기도 하면서 자라났다.

무엇보다 나는 어른들을 공경하고 집안 어른께 인사를 잘 드리는 것이 중요함을 배우게 되었다. 사회에 나와서도 인사를 잘 하게 되었다. 안부를 묻고 만남을 소중하게 생각하게 되었다. 자기에게 인사를 하고 찾아오는데 상대방을 싫어하는 사람은 없을 것이다. 그리고 항상 긍정적인 마음을 가지게 되었다.

셋째, 집단에 대한 강한 소속감을 가지면서 당당하게 살아가게 해 주었다. 영덕사람들 누구나와 마찬가지로 우리는 어느 집안 소속이라는 것이 있다. 무안박씨, 영해박씨, 영양남씨, 재령이씨, 진성이씨, 안동권씨, 대흥백씨, 평산신씨, 안동김씨, 김영김씨, 청주한씨 모두 이런 씨족의 일원으로 우리는 자라났다. 이런 토박이 성씨 네들은 뿌리내린 집안의 전통을 이어가기 위하여 자식들에게 가정교육을 엄하게 시켰다. 이를테면 "집안의 얼굴에 먹칠을 하지 말라"는 교육이다. 그리고는 집안의 역사와 전통을 자식들에게 설명해주었다. 우리들은 그러한 전통을 가진 집안의 일원임을 자랑스럽게 생각하게 되면서 집안에 대한 소속감을 가지게 되었다.

우리 영덕은 이러한 수십 개의 씨족 집단으로 구성되어 있다. 대부분의 영덕인들이 가지는 이러한 자신의 집안의 전통을 자랑스럽게 생각하는 마음들은 영덕, 영해지방 출신임을 자랑스럽게 생각하는 마음으로 확대된다. 어느 집안 및 어느 지방 출신에 대한 확고한 소속감은 사람을 당당하게 한다. 당당함에서 어려움을 극복할 힘이 나오는 것이다. 이는 큰 도시지역의 동년배에서 느낄 수 없는 우리만의 장점이다. 도시지역은 소속감을 느끼기에 지리적인 범위가 너무 크고 사람이 많기 때문에 우리와 같은 소속감을 갖지는 못할 것이다.

넷째, 고향은 우리에게 풍부한 상상력을 가지게 하고 긴 안목으로 살아가도록 하는 아름다운 산천을 주었다. 도시에서 자란 사람은 우리처럼 바다를 쉽게 보지 못한다. 바다는 하루하루의 색깔이 다르며, 새벽을 가르고 떠오르는 일출도 각양각색이다. 지평선에 구름이 가득 낀 경우도 있고, 아주 선명한 일출을 보는 경우도 있다. 잔잔한 바다는 쉽게 높은 파도가 치고 강한 바람이 부는 위험한 바다로 변하기도 한다. 복숭아꽃으로 가득한 영덕의 아름다운 무릉도원을 보려면 1년을 기다려야 한다. 9월과 10월에 한창인 오징어 건조와 12월에서 3월에 걸치는 영덕대게는 1년 단위의 행사이니까 제철이 지나면 1년을 기다려야 하는 것이다.

이러한 영덕의 아름답고 다양한 고향산천의 자연의 순리는 우리로 하여금 1년 단위로 긴 안목을 가지고 살아가는 지혜를 주었다. 그리고 언제 위기가 닥칠지 모르기 때문에 매사에 조심하도록 하는 마음도 길러주었다. 영덕의 고향산천은 위기 중에서도 바다와 같이 곧 잔잔한 고요가 찾아온다는 점을 일깨워주면서 우리에게 완전히 실망하지 말고 포기하지 말 것을 알려준다. 이러한 풍부한 상상력과 도전정신, 준비하고 조심하는 마음은 아름다우면서도 변화무쌍한 고향 영덕의 산천이 우리 영덕인들에게 선사한 선물이다.

고향 영덕은 우리들에게 이러한 특별한 것을 주었다. 그래서 우리는 영덕을 사랑하고 항상 그리워하게 된다. 다가오는 여름 휴가에는 또 고향을 찾을 것이다.

(2018. 7. 8.)

2. 나에게 영덕이란

나는 영덕사람이다. 비록 현재 주소지가 경기도 고양시 화정동에 있지만, 그럼에도 불구하고 난 영덕사람이다. 나의 삶의 많은 부분들이 영덕과 연관되어 있기 때문이다. 나는 출생지가 영덕군 축산항이고, 초등은 축산항에서, 중·고등은 모두 영해에서 다녔다. 400년을 조상대대로 영덕에서 살았으니 외지출신이 아니라 본디 토박이 영덕사람인 것이다. 할머니도 주동(화수 1동) 출신이고, 어머니도 달산 인곡 출신이다. 그래서 나의 진외가, 외가가 모두 영덕이니 뼛속까지 영덕사람이라 하겠다. 본가는 아직도 어머님이 살고 계시고 나의 추억들이 그대로 남아있는 축산항 대밭산 밑에 건재하니, 그래서 난 아직도 영덕사람이다. 성장해서도 향우회와 영해중고등 동창회 일을 열심히 하고, 지역신문에도 자주 글을 실으니 고향에 대한 열정으로 보아도 난 영덕사람이다.

내가 태어난 축산항 그리고 중고등학교가 영해에 있을 뿐이고 영덕의 다른 지역과는 아무런 연고가 없었다면 지금처럼 영덕인임을 자랑스럽게 생각하지 못할 것이다. 그런 의미에서 영덕읍, 달산 인곡 그리고 주동은 참으로 소중한 인연을 나에게 안겨주었다. 혈연적으로 연결된 이 세 곳의 아름다운 추억이 나의 영덕에 대한 사랑의 깊이를 더해준다.

〈영덕읍〉

어느 때인가 흰 양장을 하시고 미인이신 여인이 우리집에 자주 오시는 것을 의식하게 되었다. 어머님의 친척인데 영덕에서 오셨다고 했다. 나중에 알고 보니 K 영덕교육장님의 부인이셨다. 우리 집이 배 사업을 하면서 운용자금(시코미라고 했다)이 필요할 때가 많으니까 아버지의 처가에서 돈을 빌려온 모양이다. 어머니는 친정에 가서 이야기를 했고, 그래서 당숙되시는 K 선생이 모아두신 여윳돈을 빌려주셨다. 사정이 어려워져 빚을 제때에 갚지 못하니 찾아오신 것이다.

초등학교 4학년 경의 일인데, 그 아주머니는 갸름한 얼굴에 참 미인이시고 옷도 품위 있게 입으셔서 좋은 인상을 나에게 주었다. 손에는 양산을 들고 오시는데, 조용하게 계시다가 가시곤 하셨다. 얼마나 세월이 흘렀을까, 학교 선생님께서 나를 불러 갔더니 K 교육장께서 나를 보시고 싶어 한다고 해서 인사를 드렸다. 그 분은 나의 머리를 쓰다듬어 주셨다. 학교를 방문하실 때마다 우리형제를 불러서 좋아하셨다. 한 번은 어머니까지 오셔서 같이 인사를 한 적이 있다. 영덕에서 오신 외가 친척 덕에 어깨가 으쓱해졌다. 그래서 영덕이라는 곳이 좋은 곳인가 보다 생각했다.

본격적으로 영덕이라는 곳에 가보게 되었다. 초등 4학년 경부터 이다. 외할아버지는 달산 인곡에 계셨고 큰 외삼촌은 영덕의 덕곡동(골안으로 불렸다) 큰 집에 살고 계셨다. 우리가 달산 외가에 갈 때에는 단독으로 가지 않고 반드시 외사촌들과 같이 갔다. 그래서 외삼촌댁에서 며칠을 묵다가 버스 정류장에서 차를 타고 인곡으로 갔다. 어떤 경우는 외삼촌댁에서 열흘 정도 있기도 했다.

어머니는 방학만 되면 우리를 외가로 보냈다. 유학자인 조부님에게 배우라는 취지의 교육적인 차원도 있었겠지만, 살기가 어려워서 형과 나 둘은 외가에서 밥을 먹도록 하기 위해서였을 것이다. 여름방학, 겨울방학에는 꼭 한 달 이상은 외가에서 보냈다.

영덕 골안의 외삼촌댁은 아래채가 있고 본채가 있는데 본채는 방이 세 개였다. 누나들이 없는 나는 고등학생인 사촌누나들이 나를 예뻐해 주는 것이 좋아서 많이 따랐다. 또한 또래로 같은 학년인 K가 있어서 말동무도 되고 학교진학, 공부에 대한 이야기도 하면서 잘 지냈다. 고등학교를 막 들어간 Y형이 대구 이야기며, 고등학교 이야기를 해주는 것도 재미가 있었다. 외갓집에는 외삼촌께서 교직에 계셔서 우리 집에는 없는 소설 전집이나 사전류가 많아서 좋았다. 책장에서 그런 책들의 제목만 보는 것도 재미가 쏠쏠했다.

영덕 골안에 외갓집에서 들은 새벽에 울리는 종소리를 잊을 수 없다. 교회에서 울리는 것이었다. 외갓집 앞에 언덕 위에 건물들이 있고 영덕종고로 올라가는 길목에 40여 개 정도 되는 계단이 있다. 그 계단 위를 올라가면 평지가 나오고 아름드리 나무가 있었으며 거기에 교회도 있었다. 참으로 편안한 종소리였다. 외갓집 높은 대청마루에 나와 앉아서 새벽 동이 트는 푸른 하늘을 바라보면서 듣는 청아한 종소리가 좋았다.

외숙모님의 시래기 된장국 맛은 잊을 수 없는 별미이다. 우리 집에 없는 것인데, 외숙모님은 무 줄기를 말린 것에 된장을 풀어서 장을 지져서 주셨다. 국그릇에 많이 채우지도 않고 1/3정도만 주시는데 밥한 그릇을 맛있게 딱 맞추어 먹을 정도만 주셨다. 참 맛이 있었다. 지금 어디에도 그런 맛을 찾을 수가 없다.

외숙모님은 나를 너무 예뻐해 주셨다. 통지표를 가지고 가서 줄줄이 수가 적힌 성적표를 보여드리면 "아이구, 우리 인현이 또 잘했구나" 하면서 칭찬을 해주셨다. 어머님과 그렇게 사이가 좋으셨다. 어머님과 외숙모님은 "액상, 형님"이라고 서로 호칭하면서 항상 웃는 얼굴이셨다. 한 여름에도 당신 아이들만 해도 2남 4녀인데, 우리 형제 둘까지, 어떤 경우에는 여동생 둘까지 네 명이 가서 야단을 피워도 한번도 싫어하시는 기색이 없으시고 뭐든지 더 잘해 주시려고 하셨다. 그래서 나는 언제부터인가 방학이 얼른 와서 외가에 가기를 기다리는 마음이 가득했다.

영덕 외가에 있는 동안은 영덕초등학교에서 벌어지는 야구대회를 구경하는 재미가 있었다. 나는 아버지의 영향으로 초등학교 때부터 야구라는 운동경기를 알고 있었다. 학교 이름은 잊었지만, 대구의 여러 학교와 영덕초등이 같이 토너먼트를 하여 승자를 가리는 경기였다. 나는 10여 개의 초등학교의 이름을 보는 것 자체가 흥미로웠다. 대구에는 초등학교가 그렇게 많은가 신기했다.

〈달산 인곡〉

외갓집에 이르는 길은 수월찮았다. 사촌들과 영덕버스 정류소에 가서 달산 가는 차를 타는데, 신양인가 소매기인가 하는 곳에서 차를 바꾸어 탄 적도 있다. 30분 이상을 가면 달산 인곡 정류소가 나오고 조금 걸어가면 외갓집이 나왔다. 이 차는 하루에 두 번씩 다니는 것이라서, 하루 종일 놀다가 심심하면 차 지나가는 시간을 기다리곤 했다. 여름에 홍수가 나면 소매기 앞에 강물이 범람해서 차가 며칠간 다니지 못했다. 학교에 갈 날이 다가오는 우리는 발을 동동 굴린 적도 있다.

영덕이 기다려지는 또 다른 이유는 학자금이라는 용돈 때문이기도 했다. 외조부님은 농토도 많으시고 한약방을 경영해서 항상 현금이 넉넉한 편이셨다. 학자로서 책을 읽고 글을 쓰고 사람들과 상담을 하고 약재를 만드는 일만 하셨다. 그렇게 재미가 있으신 분은 아니셨다. 그렇지만, 외조부님은 집으로 돌아가는 날은 어김없이 우리를 즐겁게 해주셨다. 학자금이라고 하시면서 파란돈 1만원권 한 장씩을 우리들에게 주셨다. 당시로는 큰 돈이었다. 당시 시내버스 차비가 10원이었으니까 현재 돈으로는 100만원에 가까운 큰 돈을 주셨다. 우리집 형편이 어려운 것을 아시니까 등록금에 보태어 쓰라는 취지였을 것이다. 어려운 형편인데, 이런 큰 돈을 받는 우리는 기분이 좋을 수 밖에 없었다. 그래서 외조부님은 외가 식구들 중에서 가장 인기가 높았다.

달산 외가에는 색다른 경험을 할 수 있어서 또 좋았다. 외조부님은 소작을 많이 주셨는데, 직접 농사를 짓는 밭도 있었다. 그래서 소를 몰고 우리들에게 쟁기를 잡도록 하기도 했다. 소가 있어서 소 먹이인 꼴을 베어오기도 했다. 외갓집 이웃 친척집에서는 담배농사를 지었다. 그래서 높이 지은 흙을 칠한 건물 안에서 담배를 말리는 것도 보았다. 삼베라는 농사를 하는 친척집에 가서 그 일을 거들어 주기도 했다.

달산 인곡에서는 밀로치를 먹는 것이 즐거웠다. 밀로치는 그냥 애호박을 잘게 썰어서 밀가루반죽을 해서 구워먹는 것이다. 따뜻할 때 흰 설탕에 찍어 먹으면 최고의 맛이다. 우리 집에서는 어머님이 구워주시는 것을 5남매가 맛있게 받아먹었다. 그런데, 인곡에서는 고등학생인 사촌누나들이 친척 또래들과 같이 구워먹으니 시끌시끌한데 더 좋았다.

겨울에는 외조모님이 농장에서 꺼내어 주시는 밤 말랭이가 그렇게 맛있을 수가 없었다. 전기불도 없는 시골이라서 과자라는 것이 없었다. 과자 가게는 없고 며칠에 한 번씩 오는 방물장수가 있었다. 돈이 없어서 사먹을 수도 없었다. 외조모님이 이럴 때 지난 가을에 말린 것이라고 하면서 밤 말랭이 한 뭉치를 내어주셨다. 입에 넣어보았지만, 바로 먹을 수가 없었다. 너무나 딱딱하게 건조된 것이라서 그렇다. 그런데 먹는 방법을 가르쳐 주셨다. 입에 좀 넣고 있다가 녹으면 먹으라고 일러주셨다. 정말 2~3분 지나니 입 안에 있던 것이 물컹해졌다. 이제 구수하면서도 쫄깃한 밤의 맛을 즐길 수 있었다. 달산 인곡에서 최고의 군것질이었다.

〈주동〉

영덕에는 또 주동이라는 곳이 있어서 좋았다. 할머니의 친정이 있는 곳이다. 행정구역으로는 화수 1동인데, 주동이라고 불렸다. 할머니의 동생 P선생은 일본에서 유수의 고등학교를 나오신 신지식인으로 달변가였다. 어선이 3척이나 있으니 일이 많아서 조부님은 아버지와 처남 이렇게 두 분을 사무장으로 두신 것이다. 우리는 주동 할배라고 불렀다. 주동 할배네 가족은 식구 모두가 축산항에서 우리 옆집에서 살기도 했고, 때로는 할배만 우리 집에서 기숙을 우리와 같이 하기도 했다.

1965년 대경호 사건을 정점으로 우리집 수산업은 사실상 문을 닫게 되었다. 20여 년을 자형을 도와서 해오던 수산업이 실패로 돌아가자, 주동할배는 주동본가로 돌아가게 되었다. 쓸쓸한 퇴장이었다. 자형인 조부님께서 배 사업이 잘 되면 배를 한 척 주겠다는 약속을 하신 모양인데, 그 약속을 조부님은 지키지 못하게 되었다. 청춘을 바쳐 일을 했는데, 빈손으로 고향으로 돌아가셨다.

주동으로 가서서 새마을 지도자로 변신, 산을 개간해서 집안을 일으켜 세우셨고, 주동발전에도 이바지 하였다. 그래서 한 번은 TV에 소개되어 나와서 우리들이 모두 TV에서 P 주동할배를 본 적도 있다. TV에서도 역시 말씀도 참 조리있게 잘하셨다.

주동에는 그렇게 한 식구 같은 주동할배와 아재와 아지매들이 있어서 자주 놀러 갔다. 우리 집은 방이 다섯 칸이라 방을 하나씩 차지하고 따로 따로였다. 당시 할배네는 방이 두 칸이라서 4남매를 포함한 식구들이 한 방에서 옹기종기 우리 집보다 더 다정한 모습들이었다. 할배는 삽을 들고 우리들을 데리고 어디론가 갔다. 2월경이라서 언 땅이 약간 풀린 때였는데, 삽을 넣으니 미꾸라지가 푸덕푸덕 많이 나왔다. 아재와 우리들은 미꾸라지 수십 마리를 가지고 와서 추어탕을 끓여 먹었는데 참 맛있었다. 주동하면 맛있게 먹었던 겨울의 미꾸라지 추어탕이 가장 먼저 생각난다.

큰 아재와 고모의 성장과정의 이야기를 주동할배로부터 듣는 것도 재미있었다. 내가 아직 조부모님과 방을 같이 사용할 때였다. 주동할배는 누님을 뵈러 가끔씩 축산항에 오셨다. 누님에게 미주알 고주알 얘기를 다 하셨다. 남매간에 정이 돈독했다. 할머니는 남의 말을 기분좋게 잘 들어주시는 장점이 있으셨다. 어려운 환경에서도 큰 아재는 대구 계성고등을 나오셨다고 했다. 대구 계성은 고려대 법대를 나오신 작은 아버지가 나온 고등학교라서, 나도 자연스레 진학을 목표로 하는 학교가 되었었다.

우리 집안은 교육열이 높아 대구로, 서울로 자식들을 유학 보내는 전통을 가지고 있었다. 전교에서 1~2등을 하는 외동딸 고모는 경북여고를 갈 실력인데 학비 마련이 어려워 신설되는 김천간호학교를 보낸다고 하시면서 두 분이 아쉬워하셨다. 얼마나 지났을까 교복을 입은 예쁜 고모가 와서 반가웠다. 큰 아재는 그 무렵 대학진학을 포기하고 그 뒤 교원양성소를 졸업, 교편을 잡았다.

가난한 집안사정으로 두 분은 대학진학을 포기하고 그런 길로 간 것이었다. 대경호 침몰사건은 1965년 내가 초등 1학년 때 일이다. 주동 큰 아재가 계성고등 1학년 때였는데, 직격탄을 맞고 대학진학을 포기하고 말았다는 것이다.

그 후로도 우리 집의 어려운 경제사정이 지속되었다. 나도 중고등학교를 대구로 진학하지 못했다. 경제공동체였던 우리 집의 배 사업이 실패하지 않았었다면, 큰 아재와 고모도 나도 우리 집안의 전통에 따라 더 나은 교육환경에서 성장할 수 있었을 터이다. 우리는 동병상련(同病相憐)이다. 어른들께서 어찌 그리 수성을 못 하셨는지 안타까운 심정이 들었다. 한 집안의 몰락이 아랫대의 성장과 교육에도 이렇게 큰 영향을 미친다는 것을 체험한 나는 자라는 아이들 교육만큼은 부모로서 부족함이 없도록 준비하자는 각오를 다지게 되었다.

큰 아재와 고모는 고모님을 뵌다고, 우리 집에 자주 와서 며칠씩 묵고 가셨다. 중학교 1~2학년인 나에게 많은 자극이 되었다. 나는 성장해서도 주동할배집에 가끔씩 들러서 인사를 드렸다. 우리 집의 영광과 좌절의 이야기를 들려주실 때에는 기쁘기도 하고 슬프기도 했다. 큰 아재는 같은 교편을 잡는 아지매와 혼인을 한 다음에도 부부가 주기적으로 주동에서 할머니를 뵈러 와서 노년의 할머니를 기쁘게 해 드렸다.

할머니의 유일한 자랑은 "너희들이 나를 닮아서 키가 크다. 너희 할배 닮았으면 어찌될 뻔하였나"이다. 조부님은 165센티미터 정도로 작은 키였다. 진정 맞는 말씀이다. 할머니의 인자하시고 포용력 있는 마음씨를 가지셨다. 그리고 훤칠한 키에 달덩이 같이 둥근 미인얼굴이신데, 모두 주동의 산천에서 이루어진 것이리라. 이러한 할머니의 유전자가 아버지를 통해서 나에게로 왔을 것이니, 나로서는 주동이 고맙기만 하다. 더구나 주동에서 할머니가 우리 집안에 시집을 오시지 않았다면, 아버지도 나도 없었을 것이니 주동은 참으로 고마운 곳이다.

〈영덕의 의미〉

영덕은 나에게 마냥 기쁨과 즐거운 추억만 준 것은 아니다. 나에게 영덕군은 큰 행정단위이고 나는 작은 동네 출신에 지나지 않는다는 것을 알게 해준 것이 바로 붓글씨대회였다. 초등학교 4학년 때부터 축산항초등 대표로 영덕군대회에 나갔지만 한 번도 입상하지 못했다. 학교 대표로 선발되어 연습도 많이 했다. 4학년 때에는 처음이라서 그랬지만, 5학년, 그리고 최고학년인 6학년 때에도 입상에 실패했다.

축산항 초등에서는 4학년 때부터 내가 제일 서예글씨가 좋다고 하고 최우수상을 받았는데.. 한 번도 수상하지 못하니 참 창피하기도 했다. 수상자의 이름을 보니 처음 듣는 학교의 이름이 나와 있었다. 영덕군 경시대회인데, 영덕군이라는 곳이 참 큰 곳이고 나보다도 잘하는 아이들이 많구나 하는 느낌을 가지게 된 것이다.

영덕은 이렇게 나의 위치를 알게 해준 곳이기도 하다. 축산항이라는 작은 곳에서부터 영해, 영덕, 그리고 부산, 서울로 나가기 위한 여정의 시작이 바로 이 유년기에 있었던 것이다. 이런 유년기에 어린 나이임에도 불구하고 내가 자라는 동네보다 더 큰 동네가 있다는 것을 깨닫게 되었다는 것이 나로서는 큰 행운이었다. 이는 그 후 중학교, 고등학교 생활에서 대학진학을 위해서도 영해에서 잘한다고 자만하지 말고 나보다 더 잘하는 아이들이 영덕에, 대구에, 서울에 많다는 것을 염두에 두고 더 열심히 준비하는 계기가 된 것이다. 나는 장성하여서도 이런 자세를 견지하여 김&장 법률사무소, 고려대에서도 좋은 성과를 낼 수 있었다. 이 또한 고향 영덕이 나에게 준 큰 선물이라고 하지 않을 수 없다.

이렇게 나에게 영덕읍, 달산인곡, 주동이 유년시절의 추억으로 함께 하기 때문에 태어나고 자란 축산항·영해에 더하여 나는 전체로서의 영덕을 사랑하게 되는 것이다. 그래서 나는 말할 수 있다. 나야말로 진정한 영덕사람이라고.

(2019.10.13.)

3. 혈연·지연·학연이 주는 자제력

제자들에게 연말을 맞이하여 이메일을 보냈다. 학위 등 준비를 잘하라는 당부이다. 내가 연례행사로 보내는 것이다. 어떤 제자가 "열심히 준비해서 선생님의 이름에 누를 끼치지 않겠다"는 내용의 답장을 나에게 보내왔다. 문득 내가 제자들에게 '자제력'을 부여하는 기능을 한다는 생각에 미치게 되었다.

어떤 것을 하고 싶지만 하지 않기 위해서는 자제력이 필요하다. 감정적으로는 하고 싶지만 이성으로서 그 하고자 하는 나쁜 마음을 제어해야 한다. 자제력은 어디서 나오는 것인가? 사람은 이성이 있기 때문에 동물과 다르다고 한다. 감정이 이성과 결합하면 감성이 된다고도 한다. 사람은 감성으로서 감정을 억제한다. 이로써 사람은 해서는 안 될 일과 해야 할 일을 구별하게 된다.

사람은 자라면서 집단 혹은 조직의 일원이 되면서부터 그 집단과 조직에 대한 명예심을 가지게 된다. 존경받는 집단이나 조직의 일원이 되면 사람들이 인정을 해주게 된다. 사람들은 그러한 존경을 받게 되고 대우를 받게 되면 자존감을 가지게 되고 행복하게 된다. 또한 자신 한 사람의 잘못으로 조직이 비난받는 일을 하지 않게 된다.

이러한 집단과 조직의 기초단위는 가정이다. 가정이 모여서 집안이 되고 집안은 집성촌이 되고 집성촌이 모여 씨족이 된다. 반촌(班村)의 어른들은 이러한 교육을 아이들에게 시켰다. "집안의 이름에 먹칠을 하지 말라" "할아버지, 아버지 얼굴을 보아서라도 그렇게 하지 말라"라는 가르침이 대표적이다.

가정과 가문은 이렇게 자식들에게 자제력을 키워주는 역할을 해왔다. 아무리 가벼운 세상이 되었어도 지금도 부모들은 아이들에게 "밖에 나가면 무엇 무엇 조심하고, 하지 말라"고 신신 당부를 한다.

위와 같은 혈연 중심의 설명 이외에도 학연에서도 자제력을 부여하는 기능이 있음을 엿볼 수 있다. 학부에서의 사제지간의 관계는 느슨한 편이다. 그렇지만 대학원에서 석사학위와 박사학위를 받는 과정을 밟게 되면 위 혈연과 동일한 효과가 나타난다. 대학원은 도제식 교육이다. 지도교수를 정하게 되면 지도교수의 지도하에서 학위과정을 밟게 된다. 박사학위를 받기까지는 석사를 포함해 최소한 5년은 필요하다.

지도교수는 나름대로 노력을 거듭하여 학계에서 평판을 쌓아왔다. 학문적인 업적을 이루고 학생들이나 학계로부터 존경을 받게 된다. 어떤 교수의 제자라고 하면 그 교수를 미루어 짐작건대 그로부터 학위를 받은 제자도 훌륭할 것으로 학계에서는 생각한다. 지도교수를 보고 지원자를 교수로 채용한다는 말이 있을 정도이다.

이렇게 되니, 연구실의 제자들이 지도교수의 명성이나 평판을 훼손하게 되면 연구실에서 견디지 못할 지경에 이른다. 자제력이 주어지는 것이다.

어떤 학교의 출신이라는 것도 졸업생들에게 자부심을 부여하고 그들에게 자제력을 키워준다. 그 학교가 그 지역에서 나름 평판이 좋다면 학생들은 졸업생임을 자랑스럽게 생각하고 자신도 그로 인하여 도움을 받고 그러한 사실 자체가 행복감을 준다. 따라서 자신도 모교를 위하여 무언가 기여를 하고 그 명성을 지켜내고 싶어 한다. 이러한 생각 하에서 자제력이 키워지는 것이다.

어떤 고향출신이라는 지연도 혈연과 학연에 비하여 떨어지기는 하지만 마찬가지 설명이 가능하다. "우리 고향에서 훌륭한 분들이 많이 나왔다"든가 "우리 고향은 살기 좋은 곳"이라는 평판은 주민들에게 자존감과 행복감을 준다. 이러한 경우 주민들은 자신이 살고 있는 고장에 대하여 자신도 기여를 하고 싶어 한다. 자신이 일탈을 하게 되면 고향사람으로부터 손가락질을 당하게 되고, 또한 모임에서 비토를 당하게 된다. 그렇기 때문에 자제하는 힘이 생기게 된다.

혈연, 학연, 지연은 이러한 긍정적인 기능을 해왔다. 우리 사회는 각기 다른 수만 개의 혈연, 학연, 지연의 총합이라고 볼 수 있다. 이들이 부여하는 긍정적 의미의 자제력이 구성원들에게 널리 퍼져나가면 나갈수록 우리 사회는 건강한 사회가 된다. 이들이 제대로 작동하지 않게 되면 사회는 불안하고 어지러워진다. 혈연이나 학연이나 지연이 뭉쳐서 서로 경제적인 혹은 정치적인 이익을 챙기는 쪽으로 활용되기도 하였다. 그래서 세간에는 이들을 부정적으로 보고 조직 자체를 터부시하기도 한다. 그렇지만 이러한 집단들은 우리 사회의 구성원들에게 자제력을 키워주는 좋은 교육의 장으로서 기능을 해왔고 앞으로도 그러해야 하기 때문에 우리는 이들을 긍정적으로 보아야 한다.

과거와 달리 오늘날은 가문이라는 혈연의 개념은 희박해지고 학연이 더 큰 기능을 하고 있다. 각 대학에서의 석사 및 박사과정은 학문이나 인성에 있어서 자제력을 키워주는 큰 기능을 하고 있음을 새삼 깨닫게 되었다. 그리고 자제력을 키워주는 원천으로서의 어느 교수와 그 연구실은 교수의 훌륭한 업적에 기반을 둔 좋은 평판과 그의 인품을 전제로 하고 있음을 알게 된다.

제자로부터 스승의 이름에 누가 되지 않겠다는 취지의 이메일 메시지를 받고 보니, 스승으로서 내가 해야 할 일이 또 있음을 새삼 깨닫게 되었다. 제자도 그렇지만 지도교수도 연구실과 연구실의 제자들에게 실망시키지 않을 책무가 있음도 자각하게 되는 2018년 원단의 아침이다. (2018.1.2.)

4. 지역의 고등학교 출신이
더 행복해질 수 있다

제자가 며칠 전 박사학위 받은 고마움으로 "선생님, 책을 한 권 사 왔습니다" 하고 내미는 책을 보니 유명한 김형석 교수의 《백년을 살아보니》라는 책이다. 일요일인 오늘 아침 마침내 책을 읽게 되었다.

초반부터 많은 부분이 공감된다. 가장 크게 와 닿은 부분은 행복과 성공론이다. 성공한 사람은 더 행복할 수 있다고 한다. 그러면 성공은 무언인가? "성공은 자신에게 주어진 것을 얼마나 달성하는 것에 달렸다"고 말한다. 어떤 사람에게 주어진 것이 60이면 65를 달성하게 되면 이 사람은 100을 달성하지 않아도 성공한 사람이라는 것이다. 100이 주어진 사람이 65만 달성하면 성공하지 못한 사람이라는 것이다. 평범한 내용 같지만, 얼마나 적확한 표현인지? 나에게도 큰 공감이 되었다.

김형석 교수님은 짧게 3줄 정도로 마쳤지만, 내가 더 첨언을 해보면 이렇다. 어떤 사람이 시골에서 태어나 면 단위의 중학교 고등학교를 다녔다. 면 단위 고등학교에서는 서울에 있는 대학에 진학하는 숫자는 극히 미미했다. 그런데 이 사람은 열심히 해서 대학에 들어갔다. 그리고 사회에 나와서 좋은 직장을 구하였다.

자신에게 얼마나 주어졌는가는 여러 환경에 의하여 크게 좌우된다. 시골에서 고등학교를 나왔기 때문에 그 사람은 김형석 교수의 관점에서 본다면 60이 주어진 사람이다. 그럼에도 불구하고 그는 100을 달성한 것이다. 그는 40을 초과달성한 사람이니 성공했다고 볼 수 있고, 성공한 그는 행복하다는 결론에 이른다. 만약, 그가 대구나 서울에서 태어나 그 지역의 좋은 환경하에서 고등학교를 나왔다면 그는 80이 주어진 사람이 될 것이고, 그는 크게 성공한 사람은 아닐 것이고, 그는 그저 일반적인 행복만 느끼는 것일 것이다.

전자의 경우, 사회생활에서 동문들로부터 큰 도움은 받지 못한다. 그렇지만, 주위에 자신과 같이 일류대학을 졸업하고 사회에서 자리를 잘 잡은 사람이 없기 때문에 친구들이나 선후배들이 자신을 인정하고 칭찬하는 말을 많이 듣게 되어 누구보다도 큰 성취감에 기분이 좋다. 반면 후자의 사람은 사회생활하면서 동문들로부터 도움을 많이 받으면서 명문출신이라는 자부심은 가진다. 그렇지만 자기 주위에서 자신이 진학한 대학을 입학한 친구나 선후배는 너무 많아서 존재감이 없다. 큰 성취감을 느낄 수 없다. 오히려 자신보다 더 잘된 사람이 많으므로 상실감을 느낄 수도 있다. 동기들이나 선생님들께서 자신을 기억해주지도 않는다. 이런 설명은 시골에서 태어나 가정 형편이 어려워 대학진학을 하지 못한 사람에게도 적용할 수 있다. 그에게 주어진 것은 50에 지나지 않은 것이므로 55만 달성해도 그는 행복할 수 있다.

인생에 있어서 성공과 행복이라는 것은 무엇인가? 가치관과 생각에 따라서 성공의 개념도 많이 달라질 수 있다. 사람이 어떤 집안에, 어떤 부모님을 만나서 이 세상에 태어나는지는 자신이 정할 수가 없다. 태어난 환경에 큰 지배를 받고 우리는 살아가게 된다. 이렇게 성장하면서 우리에게는 주어진 능력이라는 것이 있게 된다. 그 주어진 환경에 의한 능력보다 크게 달성하면 성공이라고 하는 잣대는 참 합리적이다.

이러한 관점에서 본다면 우리 지역에서 자라서 지역의 고등학교를 졸업하고 사회에 진출하는 사람들은 도시에서 자란 동료들보다 더 크게 성공하고 더 행복감을 느끼면서 살아갈 수 있다는 결론에 이른다. 우리에게 주어진 것이 작기 때문에 도시에서 자란 동료와 같은 것을 달성해도 성공에서 느끼게 되는 성취감과 행복감은 더 크기 때문이다. (2018.8.5.)

5. 영덕학의 정립에 대하여

한 달 전에 어느 모임에서 서울대의 L교수가 우리도 영덕학을 만들어야 한다는 주장을 했다. 어느 지방의 학이 정립된 것은 서울밖에 없다는 것이다. 이후 영덕학이라는 단어가 나의 머리를 떠나지 않는다. 내가 오랫동안 생각했던 것도 L 교수의 영덕학에 모두 담을 수 있을 것으로 생각이 들었다. 학문으로서 영덕학에는 어떤 내용이 포함되어야 할 것인가?

사회과학이 될 터인데, 현실을 파악하여 하나의 흐름으로 체계화시켜야 한다. 학문은 지향점이 있어야 하는데, 우리나라 여러 군 중에서 영덕군은 최고의 군이 되어야 한다는 것이 그 지향점이 되어야 한다. 그러기 위해서는 영덕군의 장점과 단점이 모두 파악되어야 한다. 영덕군지와 다른 점은 무엇이어야 하는가? 영덕군지는 사실관계를 나열한 것이다. 그렇지만 학문으로서 영덕학은 필자들의 과학에 바탕을 둔 주관적인 견해가 나타나야 한다. 이 점에서 사실의 나열로 이루어진 영덕군지와 다르다. 그 주관적인 견해는 독단적인 것은 아니고 다양한 견해를 소개하면서 객관화된 것에 자신의 견해를 조금 가미하면 될 것이다.

영덕학은 적어도 3개의 편으로 작성이 가능하다고 생각한다. 제1편은 영덕의 지리, 역사, 행정, 산업, 예술과 문화, 그리고 인물을 포함하여야 한다. 영덕군지, 영덕읍지, 영해면지, 강구면지, 달산면지, 축산면지 등 이미 출간된 많은 자료를 통하여 작성이 가능하다. 다음 인물은 주의를 요하는데, 과거의 인물 뿐만 아니라 현재 활동하고 있는 인물도 포함시켜야 한다. 이것은 지속가능한 영덕을 기술할 때 도움이 될 수 있기 때문이다. 제2편은 지속가능한 영덕이라는 제목을 다는 것이 좋을 것 같다. 영덕군은 장차 소멸될 전국 군 중에서 10위권 안에 속한다. 인구감소가 가파르게 일어나기 때문에 과연 영덕이 지속가능할지는 큰 의문이고, 이것은 10년 20년 안에 불행하게도 현실화될 가능성이 높기 때문에 영덕학에서 큰 화두가 될 수 있고 또 되어야 한다. 제3편은 발전방향이라는 제목이 되면 좋겠다. 제2편에서 위기의 상황을 기술한다면, 제3편에서는 위기를 벗어나 영덕군이 최고의 군으로 거듭날 수 있는 방향을 제시하는 것이어야 한다.

이러한 영덕학의 정립은 간단하게 달성될 수 있는 것은 아니다. 지속적인 연구와 세미나를 거쳐서 보강되어가는 것이다. 그러자면 우선 모임이 만들어져야 한다. 분기별로 연구된 결과를 발표하면서 토론을 통하여 수정되어야 한다. 이렇게 수정된 원고들은 영덕학 I, 영덕학 Ⅱ, 영덕학 Ⅲ의 이름으로 편찬되어 읽히고 보급되어야 한다.

나는 평소에도 나의 고향인 축산항이 아무런 역사적 기록이 없다는 것에 안타까움을 금하지 못하고 있었다. 승선을 할 때 미국의 북서부 워싱턴 주에 있는 포트앤젤레스라는 아주 작은 항구에 들어갔는데, 포트앤젤레스 항구 역사라는 제목의 책이 있는 것을 보았다.

축산에는 고려시대 이래로 수군 만호(萬戶)가 있던 곳이고 축산성이 있었다. 그리고 아직도 적산가옥들이 많이 남아있다. 축산수협(영덕북부)과 면사무소 그리고 축산항초등학교라는 조직이 있었으니 참고할 만한 기록이 있을 것으로 보았다. 이러한 것들도 모두 영덕학에 포함시킬 수 있다. 기록들이 없다면, 어른들의 구전으로라도 역사를 정리할 것이 시급하다. 영덕읍, 영해면, 창수면에서도 동일한 과정을 밟으면 될 것이다. 영덕학의 정리과정에 이런 것들이 모두 처리될 수 있을 것이라고 생각하니 마음이 놓인다.

영덕학은 학문의 영역이기 때문에 영덕출신 학자들이 모여서 논의하고 경상북도, 영덕군이나 영덕군의회 등의 협조를 받는 것이 좋겠다. L교수를 비롯한 영덕출신 학자들이 중심이 된 〈영덕학 연구회〉혹은 〈지속 가능한 영덕발전연구회〉를 조직할 것을 제안한다.

(2019.9.11.).

6. 지속가능한 영덕

　최근 들어 많은 분야에서 조직이 지속가능할 것인지 논의를 하고 있다. 이 땅에 수많은 조직이 만들어졌다가 사라지곤 한다. 행정조직도 마찬가지이다. 우리 지방도 조선시대에는 영해부였지만, 1895년 영해군이 되었다가 1914년 영해군은 폐군되었고 규모가 축소된 채로 현재는 영덕군에 만족하고 있다.

　최근 마산시라는 이름이 사라졌고 창원시만 존재한다. 이와 같이 지방행정조직도 환경의 변화에 의하여 사라지곤 한다. 우리가 살고 있는 고향 영덕군은 영속되어야 함에 의문의 여지가 없다. 그런데 10~30년 뒤에도 우리 영덕군이 과연 독립된 군으로서 존재할 것인가?

　언론보도에 의하면, 영덕군은 소멸할 여덟 번째 군으로 알려졌다. 이런 예측은 인구절벽과 도시유출에 따라 영덕군의 인구가 줄어들기 때문이다. 우리 지역의 국회의원 선거구가 영덕청송에서 영덕울진으로, 다시 영덕울진에 영양과 봉화가 추가된 것으로 보아도 영덕군의 인구가 많이 줄고 있다는 것을 절감할 수 있다. 그 사이에 영덕군 인구는 12만명에서 4만명으로 줄었다.

이런 추세가 지속된다면, 장차 영덕군은 다른 군과 합군이 될 여지도 있다. 우리가 110년 이상 아끼고 사랑해왔던 영덕군민이라는 정체성을 잃어버릴 수 있다. 어느 군민이 어느 출향인이 이런 일을 기대하고 환영할 것인가? 이를 방지하기 위해서는 우리는 어떤 노력을 해야 하는가?

첫째, 지속가능한 영덕군을 위한 준비를 해야 한다. 현재 우리 군세가 어떠한지? 위험요소는 무언지 파악해야 한다. 그리고 울진과 같은 이웃 군과 비교도 해보아야 한다. 영덕군민의 행복지수가 경북에서 최하위권이라는 보도 자료도 본 적이 있다.

인구가 지속적으로 줄고 있는 것, 아이들이 태어나지 않는 인구적인 요소가 큰 위협이다. 노령화되면서 경제활동이 활력을 잃는 것도 문제이다. 관광과 교통에서 진전은 있지만, 대표적인 먹거리 산업이 우리 군에 없는 것도 큰 문제이다.

둘째, 좀 더 구체적으로 전문가들과 영덕군이 나서서 "지속가능한 영덕군을 위한 연구회 혹은 위원회"를 만들고, 사태의 심각성을 파악하고 대책을 세우는 작업을 선도적으로 해야 한다. 영덕군은 위원회를 조직하고, 향우회 등과 각계의 영덕출신 전문가들은 연구회를 만들어 활동해야 한다.

각 분야의 전문가들은 전문적인 식견이 있으므로 어떻게 하면 우리 군이 생존가능한지 자신의 전공분야에 대하여 고견을 제시할 수 있을 것이다. 예를 들면, 지역의 고등학교가 명문이 되어 대학 진학율이 높다면 학부모들이 자녀들의 진학을 지역의 고등학교에 시킬 것이고, 외지에서도 학부모들이 들어와서 이와 같이 한다면, 인구는 늘어나고 경제에도 도움이 될 것이다.

교육전문가는 이런 분야에 대한 조언을 줄 수 있을 것이다. 해양전문가들은 영덕군의 바다를 이용한 해양관광발전 계획을 세워줄 수 있을 것이다.

셋째, 이렇게 위원회와 연구회에서 논의되고 연구된 내용은, 영덕과 서울, 부산, 대구, 포항 등에서 군민들과 출향인들에게 널리 알려져야 한다. 이런 과정을 거쳐서 실행계획이 세워질 수 있을 것이다. 정해진 실행계획은 해마다 그 이행과 실적이 확인되고 보고되어 지속적으로 이루어지도록 하는 체계를 만들어야 한다.

영덕군이 독립적인 지방조직으로 영속하는 것은 우리의 사활이 걸린 문제로서 전 군민과 출향인들이 힘을 모아야 할 화급한 사항이다. 이미 군청에서 이런 작업을 진행하고 있다면 천만다행이다. 만약, 그렇지 않다면 하루속히 "지속가능한 영덕군을 위한 위원회 및 연구회"를 조직하여 활동에 들어갈 것을 영덕인의 한 사람으로써 제안한다.

(2019.6.10.)

7. 동창회의 긍정적 기능을 극대화하자

　나는 이런 저런 이유로 현재 크고 작은 동창회 회장직을 3개나 맡고 있다. 나름대로 동창회가 긍정적인 기능이 있다고 보기 때문이다. 동창회에 참석하는 동창들의 숫자는 그렇게 많지 않기 때문에 항상 동창회 모임의 활성화에 관심을 가지게 된다. 더 나은 동창회가 되려면 어떻게 해야 할 것인가? 과연 동창회는 어떤 기능을 하는지 그리고 하여야 하는지 자문해본다.

　동창회의 첫 번째 기능은 동창들끼리의 친목도모이다. 동창들은 다닌 학교를 중심으로 그 학교에 대한 다양한 문화를 공유한다. 3년간 학창시절을 같이 한 동기동창들은 자신들을 가르친 선생님, 동고동락한 동기생들, 그 당시의 시대상 등 공유하는 내용들이 너무나 많다. 자연스레 동창끼리 서로 안부를 주고받으면서 정을 나누게 된다. 길사나 흉사에 동창들이 즐거움과 슬픔을 같이 하면서 서로 도움을 주고

받게 된다.

이것은 동창회가 갖는 친목도모 기능의 대표적인 표출이라고 할 수 있다. 이러한 친목도모는 개인끼리보다는 조직을 통하면 그 범위가 넓어지고 더 활발하게 이루어지게 된다. 그렇기 때문에 사람들은 동창회라는 조직을 결성하게 된다.

동창회의 두 번째 기능은 모교발전에 기여하는 것이다. 동창회는 모교의 재학생의 관점에서 보면 선배들의 모임이 되는 것이다. 동창회는 그 학교를 졸업하여 사회에 진출한 졸업생들의 모임이기도 하다. 졸업생들은 모교를 거쳐서 대학에 진학하거나 아니면 바로 사회로 진출하여 이런 저런 자리를 잡아 사회인으로서 활동한다. 재학생들은 자신의 10년 뒤 20년 뒤의 앞날이 어떻게 될 것인지 고민하면서 학교를 다니게 되는데, 동창 선배들을 보게 되면 자신들의 앞날을 미리 가늠할 수 있게 된다.

선배들은 재학생들에게는 롤 모델이 되는 것이다. 그런 선배들을 롤 모델로 삼게 되면 뚜렷한 목표가 생기므로 더 열심히 열정적으로 준비를 할 수 있다. 동창회의 회원들은 후배들에게 이런 롤 모델로서의 기능을 할 수 있다. 많은 선배 동창회원들이 롤 모델로서 후배들을 지도하게 되고 후배 재학생들이 잘 성장하면 동창회는 모교 발전에 큰 기능을 하게 되는 것이다. 동창회가 장학제도를 마련하여 후배들에게 재정적인 지원을 하는 것도 모교발전에 기여하는 큰 기능이기도 하다.

동창회의 세 번째 기능은 동문과 재학생에게 자부심과 만족감을 제공하는 것이다. 사람은 사회적인 동물이라고 한다. 사람은 혼자서는 살 수 없고 집단을 이루면서 살아간다. 성장하면서 학교를 다니고 학교는 졸업생이 배출되면 동창회가 자연스럽게 생기게 된다. 동창회는 회원들에게 자신의 정체성을 확인시켜 준다.

내가 어느 자랑할 만한 학교의 졸업생이라는 점은 나를 만족스럽게 하고 행복하게 한다. 이렇듯 모교는 나에게 자신감을 심어주는 한편, 내가 엇길로 나가지 않도록 하는 통제력도 길러준다. 자신이 다니는 학교가 명문이고 훌륭한 선배님들이 많다는 것은 재학생들에게도 자부심을 심어준다.

나이가 들어가면서 외로울 때 주위에 동기나 동창들이 있어서 위로의 말씀이나 조언을 듣게 되면 우리는 외로움을 떨쳐버릴 수 있다. 특히 고향을 떠나 타향에서 어려움을 만날 때 따뜻한 동창들의 말 한마디는 우리를 위로한다. 나와 같은 출생배경과 자란 환경을 같이하고 생각도 유사한 많은 사람들이 주위에 있다는 것은 나를 안심시키고 또 만족감을 제공한다.

이러한 기능을 하는 동창회이지만 참여하는 사람의 숫자는 그렇게 많지 않다. 긍정적인 기능을 하고 도움이 된다면 왜 많은 사람들이 참여하지 않을 것인가? 지레 자신이 졸업한 학교는 변변치 못하다는 생각에 아예 발을 끊는 분도 계시는 것 같고, 전면에 나서면 여기저기서 자꾸 접촉을 해오니까 동창회 모임에 나오지 않는 분도 계시는 것 같다. 이런 현상은 위에서 말한 동창회의 친목도모나 자부심 제공 기능이 제대로 작동되지 못함을 의미할 수 있다.

동창회란 자연스런 모임이다. 그렇기 때문에 졸업생이 매번 참석할 의무가 있는 것도 아니고 동창회 집행부가 그들에게 참석을 강요할 권한이 있는 것도 아니다. 모교가 없었다면 오늘의 나는 없었을 것임에는 틀림없다. 모교가 나의 존재를 가능하게 한 것이므로 나에게는 소중하지 않을 수 없다. 그렇다면 오히려 적극적으로 모교 동창회의 모임에 적극적으로 참여하여 모교의 동창회가 조금이라도 너 나은 것이 된다면 나에게도 값진 것이 되는 것이다.

나는 위와 같은 생각 하에서 동창회 모임에 적극 참여하게 되었다. 동창회는 통상 봄철의 체육회와 연말의 송년회가 있다. 연말의 송년회는 밤에 이루어지기 때문에 큰 행사를 기획하기가 곤란하다. 그렇지만 봄철의 체육회에는 10시부터 오후 4시경까지 6시간을 동문들이 같이 시간을 보내므로 얼마든지 좋은 기획을 할 수 있다. 동창들 중에서 전문직에 종사하는 분들을 모셔서 재능기부로서 각종 자문을 해드리는 것도 좋은 기획이 될 수 있다.

예를 들면, 대학진학상담, 로스쿨 진학상담, 법률상담, 의료상담, 해외여행상담 등의 부스를 마련하여 체육회에 참석하는 동문들에게 상담을 무료로 제공하는 것이다. 이러한 정보와 상담을 원하는 동문들에게는 좋은 기회가 제공되는 것이니 동문회의 첫 번째 기능인 친목도모에 진정 이바지하게 된다.

동창회가 나에게 실제적으로 도움이 되니 동창회에 대한 자부심도 생길 것이다. 바로 세 번째 기능도 하게 된다. 산발적이기는 하지만, 재경영해중고 동문회에서 실시하고 있는 바 선배들이 정기적으로 모교를 방문하여 후배들에게 진로 상담을 해 주는 것, 영덕학사에서 공부하는 후배들을 지원하고 지도하는 것 이러한 것은 필자가 말한 동창회의 두 번째 기능 즉, 모교의 발전에 기여하는 기능을 동문들이 하게 되는 것이다.

집행부가 앞에서 아이디어와 비전을 가지고 기획을 하고 동창들이 관심을 가지고 밀어준다면 고향의 각종 동창회는 더욱 발전할 것이고 동창회의 발전은 우리 고향의 발전에도 도움이 될 것이다. 이렇듯 긍정적 기능을 가지는 고향의 각종 동창회가 금년에는 더욱 발전하길 기대한다.

(2017.2.)

8. 내가 고향을 떠나지 않는 이유

아버지는 나에게 고향을 떠나라고 하셨다. 축산항을 떠난 사람들은 모두 성공해서 잘 산다고 하시며 그들을 부러워하셨다. 재능이 있는 자식들을 남들과 같이 도시로 내보내지 못하자 더 속앓이 하셨다. 고향을 떠났어야 하는데….

집안과 고향에 집착하는 나에게 아버지는 "너의 착한 마음은 알지만 큰물에 나가라"고 하셨다. 목포해양대학에서 부산대학의 교수로 초빙되었을 때 아버지는 너무 좋아하셨다. 임종을 앞둔 아버지는 유언처럼 남기셨다. "큰 대학의 교수가 되었으니 이제부터 승승장구하라"고…. 아버지가 이루지 못했던 일을 자식이 해내는 것을 보고 마음이 너무나 기쁘셨던 것 같다. 나는 다시 고려대학이라는 최고의 대학으로 자리를 옮겼다. 이제 10년이 지났다.

고향 영덕에서 초등학교와 중학교, 고등학교를 나왔다. 대학은 부산의 해양대학을 갔고, 선원생활을 할 때에도 휴가 중에도 1년에 2개월 정도는 집에서 대부분의 시간을 보냈다. 그러니 나는 30년을 고향 영덕 축산에서 살았다고 할 수 있다. 그 후 30년을 서울에 기반을 두고 살았다. 이제 고향을 떠나 객지에서 산 시간이 더 길어지는 시점이다.

내가 거주하는 곳은 객지일지 몰라도 나의 마음은 한시도 고향을 떠나지 않았다. 나의 마음속에는 언제나 고향 영덕이 자리잡아 왔다. 고향집에 아직도 어머님이 살아 계시기 때문이기도 할 것이다. 어머님이 세상을 떠난 다음에도 나는 조부님과 부모님 그리고 우리 5남매들이 자라난 생활의 터전이었던 우리 집을 그대로 보전할 생각이다. 나아가 은퇴를 하면 고향으로 내려갈 생각이다.

왜 나는 아버지의 충고에도 불구하고 고향을 떠나지 않는가?

첫째, 나의 뿌리가 되는 고향을 내가 너무나 좋아하고 사랑하기 때문이다. 고향은 내가 있게 한 터전이다. 고향에서 태어나지 않았다면 나라는 존재는 오늘 없을 것이다. 고향에서 중학교 고등학교를 나오지 않았으면 자격을 갖추지 못하여 해양대학에 진학하지도 못했을 것이다.

그러니 나의 오늘의 뿌리가 된 것이 바로 고향이다. 물론 어려움도 있었고 아쉬움도 있다. 더 좋은 환경을 제공하는 도시에서 태어났다면, 유력한 동문들이 더 많은 고등학교를 나왔다면 하는 아쉬움이 있다. 그렇지만 그것은 욕심이다. 고향을 배제하고는 나라는 존재를 올바르게 세울 수가 없다. 좋아하고 사랑하는 사람을 찾고 아끼듯이 그런 고향을 나는 찾고 아끼는 것이다.

둘째, 시골에서 자란 것이 인생에 오히려 장점이 된다는 점을 직접 경험한 사람으로서 고향사람들에게 그 점을 확인시켜 주고 싶다. 이로 인하여 우리 고장사람들이 고향에 대한 자긍심을 갖도록 하고 싶은 강한 욕망이 나에게 있다. 도시와 비교하여 시골에서 자란 것이 도움이 되지 않았던 측면이 있다. 하지만 그렇지 않은 측면도 많다. 칼럼이나 수필을 적을 때 남다른 소재와 경험이 필요한데, 고향영덕은 나에게 풍부한 소재를 제공한다. 영덕은 소안동이라고 불리듯 예절교육, 인성교육이 어느 곳보다 우수하다. 이런 것들이 나에게도 장점으로 크게 작용해왔다.

셋째, 우리 고장 발전에 조금이라도 도움이 되고 싶은 강한 욕망을 내가 가지고 있다. 우리 영덕은 낙후되고 인물이 없는 곳이라는 패배의식으로부터 군민들이 벗어나 일등 가는 군이 됨에 전문가로서 최선을 다하고 싶다. 나는 지역에서 고등학교까지 나온 사람으로서 또 대학의 교수이기 때문에 후배들의 진학 등에 기여할 여지가 많다.

또한 해양수산 전문가로서 긴 해안을 끼고 있는 영덕에 기여할 수 있다. 각 분야의 전문가들이 조금씩 고향을 도운다면 영덕은 크게 발전할 것이다. 나부터 솔선수범하고자 한다.

넷째, 유년시절부터 교육받아온 고향의 발전에 대하여 무언가 기여해야 한다는 책무를 다함으로써 인생을 살아온 보람을 스스로 느끼고 싶다. 세상을 떠나고 없는 선대 가족들과 이웃어른들께 그 분들이 나에게 알게 모르게 부과시켰던 집안과 고향의 발전에 대한 임무를 완성했다는 보고를 드리고 싶다.

어느 집안에서나 자라는 아이들 중 누군가는 장차의 재목으로 인정되어 집안의 큰 기대를 받게 된다. 그리고 그는 어른 친지들로부터 정신적인 도움을 많이 받는다. 나 역시 그러했다. 역시 기대를 저버리지 않았구나 하는 칭찬을 듣고 싶은 것이다.

이것이 아버지가 고향을 떠나라고 하셨지만 내가 고향을 떠나지 않고 고향에 집착하는 이유이다. 오늘의 내가 있는 것은 모두 조상님들의 은덕이고 고향 선후배님들의 성원의 덕분이라고 말하지 않을 수 없다. 나의 고향영덕은 나의 존재의 출발점이고 종점이라서 나에게는 무엇보다 소중한 것이다.

(2018 .11. 3.)

9. 관어대에 올라

이번 기회에는 반드시 등정할 작정을 했다. 그래서 친구 태주에게 그런 일정을 이야기했더니 친구가 선약이 있어서 갈까 말까 망설인다. 친구가 안 되면 나라도 다녀올 생각을 했다. 우리 집인 축산항에서 차로 20분은 가야 하는데, 택시로라도 다녀올 요량이었다. 왜냐하면 이미 벼루고 견주기만 한 것도 여러 차례, 이제는 더 이상 미루기가 싫었기 때문이었다.

학교로 등교를 할 때에는 그 산의 형상의 기이함을 잘은 몰랐다. 그런데 평해(백암) 온천을 오고갈 때에는, 차가 그 산과 평행을 이루게 된다. 이제 그 산과 내가 나란히 놓이게 되면, 이 산의 기이함이 쉽게 다가온다. 참 기이하게 생긴 산으로 크게 높지는 않다. 정상이 180여 미터에 지나지 않는다.

평평하게 괴시마을과 관어대(동네 이름)를 지나서 동해바다로 향하던 산이 갑자기 가파르게 올라가서 동해 바다 앞에서 절정을 이룬 다음 절벽처럼 뚝 떨어지는 모습이다. 바로 영덕군 영해의 상대산에 있는 관어대 이야기이다.

영해 지방의 역사를 공부하다 보면, 고려와 조선시대 사대부들이 관어대를 올라가서 느낀 소감을 적은 시들을 많이 만나게 된다. 영덕군지나 영해면지를 열게 되면 혹은 인터넷에 관어대를 검색하면 이와 관련된 시가 수십 편은 나온다.

외가인 괴시마을에서 자라면서 관어대에 자주 올라가서 놀았다는 목은 이색 선생은 관어대 소부라는 시를 지었다. 그는 "관어대는 나의 외가인 영해에 있는 곳으로 이를 알리고자 이 시를 적는다"고 했다. 고기가 유영하는 것을 볼 수 있을 정도로 맑아서 관어(觀漁)대라고 이름을 붙인 것도 목은 선생이라고 한다.

고려의 패망을 슬피 노래한 것으로 유명한 원천석 선생도 관어대를 다녀가면서 시를 남겼다. 그리고 여말선초에 영해지방에 유배를 온 정치인 안노생 선생도 관어대에 올라 시를 남긴다. 점필재 김종직 선생도 관어대부라는 시를 남기고 있다.

벼슬에 나가지 않고 절개를 지키면서 학덕이 높아서 추앙을 받던 선비들의 시가 특별히 많이 보인다. 영해 관어대 안동권씨 문중이 자랑하는 권경 선생과 안동의 내읍 의성김씨 김시온 선생도 시를 남겼다. 세상을 떠나기 보름 전 "꿈에 본 관어대"라는 시를 남겼으니, 얼마나 자주 관어대를 다녔는지 아니면 꼭 가보고 싶었던 곳인지 짐작이 된다. 이처럼 관어대는 조선시대 식자들에게 생애 한번은 다녀와야 하는 곳이었던 것은 틀림없는 사실인가 보다.

내가 등정하고자 하는 곳은 바로 이 관어대이다. 반갑게도 8월 24일 토요일 친구 태주가 아침 일찍 우리 집으로 차를 가지고 왔다. 태주는 관어대 근처가 고향이라서 오늘의 등정에 큰 도움이 될 것 같았다. 6시반에 어머님이 해주시는 계란 프라이 두 개를 각각 먹고 그의 차를 타고 우리는 떠났다. 축산항의 항구내를 지나서 사진 3동(말발), 대진 3동(건달)을 차례로 지났다. 오른쪽으로 동해바다가 시원하게 펼쳐졌다.

산중턱에 차를 두고 가파르게 올라갔다. 친구랑 이런 저런 이야기를 하면서 15분 정도 올라가니 정상이 나타났다. 몇 해 전에 영덕군에서 건축한 관어대가 위용을 자랑한다. 원래 관어대는 괴시마을 옆의 안동권씨 집성촌으로 동네 이름이다.

얼마 전 영해고 출신으로 교원대 총장을 지내신 권재술 선배님이 한옥을 지은 곳이기도 하다. 그런데 이제는 건축물의 이름이 관어대가 되었다.

관어대에 오르니 확 트인 동해의 바다가 보인다. 내가 동해안을 정면으로 바라보자, 왼쪽으로는 명사십리라는 고래불 해수욕장이 지척에 있고, 멀리 후포항이 보인다. 타원형으로 모래사장이 뒤덮은 해안선의 노란색이 왼쪽의 방풍림의 짙은 녹색과 잘 어울리면서 멀리 후포를 향해 서서히 시야에서 사라진다.

시선을 약간 아래로 하니 송천강이 보인다. 송천강은 친구들로부터 수십 번 들었던 말이다. 고등학교때 친구들은 "송천에 가서 고기를 잡았다. 송천에 놀러 가자"는 말을 입버릇처럼 했다. 영양에서 발원한 송천강은 멀리 창수에서부터 출발하여 대진해수욕장 쪽으로 달려오고 곧 모래사장을 관통하여 바다로 나아간다.

몸을 90도 왼쪽으로 돌려 본다. 넓디넓은 영해평야가 보이는데 정말 넓기도 하다. 수만 명의 젖줄이 되어왔던 영해평야이다. 이 평야가 있었기에 사람들이 모여 살았다. 그래서 단순한 현이나 군이 아니라 한 체급이 높은 영해도호부와 영해부를 이루었던 것이리라.

송천강을 경계로 영해면과 병곡면이 나누어진다는 친구의 설명을 들으니 영해지방의 지명이름과 유래도 쉽게 이해가 된다. 친구는 손으로 자신의 본가도 가르쳐 준다. 본가가 쉽게 보인다. 병곡면 덕천리라는 곳이다.

덕천이라는 이름은 금시초문이다. 옛날 휘리였다고 한다. 관어대 상대산 바로 아래 송천천의 건너편 동네이다. 지리적으로는 영해에 가까운데 송천강을 경계로 나누나보니 자신들은 병곡면에 속하게 되어 초등은 병곡초등학교, 중등은 병곡중학교를 다녔다고 한다.

아버지가 100마지기의 논을 가지고 있었다고 하니 대단한 부농이다, 1마지기에서 3가마니의 벼가 산출되어도 300석이다. 천석군의 1/3이니 시골에서 대부자가 아닐 수가 없다. 나는 집안의 위터로 5마지기를 사려고 한 적이 있기 때문에 100마지기의 위용을 알고도 남음이 있다. 영해평야는 모두 몇 마지기가 될까 궁금했다. 원구, 인량(나라골), 연평, 송천, 덕천, 거무역으로 이어지는 저 넓은 영해평야. 수많은 사람들이 영해를 기반으로 살아가게 했을 것이다.

상대산의 정상에 있는 관어대에 오르면 바다, 강 그리고 넓은 평야를 한꺼번에 볼 수 있으니, 1석 3조이다. 이렇게 다양한 경관을 품고 있는 산 정상을 찾기는 어렵다. 태백산 줄기가 동해바다를 끼고 남북으로 흐른다. 그런데 칠보산을 중심으로 하는 태백산 줄기들은 동해바다와 사이에 10킬로미터는 족히 되는 공간을 사이에 두고 있다.

영해 성내와 괴시리의 뒤쪽으로, 남북방향의 산들과 직각으로 즉, 동서방향으로 상대산이 불쑥 튀어나와 있다. 결국 상대산은 태백산 줄기와 90도를 이루며 'L자' 모양이 된다. 이 L자의 안에 영해평야를 품고 있는 것이 된다. 그래서 상대산의 관어대 정상에 서면 멀리 칠보산도 보이고, 넓디넓은 평야와 동해바다를 한눈에 볼 수 있는 것이다.

관어대는 관동팔경의 하나로 유명한 월송정과 비교해도 손색이 없다. 월송정은 낮은 곳에 배치되어 있다. 월송정에 올라서면 동해안의 바다와 모래사장, 그 주위에 소나무들이 보인다. 그렇지만 좌우를 둘러봐도 바다로 흘러드는 하천을 볼 수 없다. 그리고 넓은 평야를 볼 수도 없다. 월송정의 장점은 월송정을 둘러싼 소나무와 확 트인 동해바다, 그리고 바다에 쉽게 접근할 수 있는 접근성이다. 15분간 힘든 등정을 하지 않아도 된다.

관어대는 이와는 다르다. 확 트인 더 넓은 동해바다, 백사장은 물론이고 넓은 평야와 하천을 동시에 조망할 수 있는 곳이 바로 관어대이다. 물론 15분 정도의 약간은 힘든 등산이 필요하다.

매번 고향에 들르면 찾는 축산항의 죽도산도 아름다운 경관을 자랑한다. 죽도산 정상에 올라 육지 쪽으로 바라보면 아름다운 동네 마을이 보인다. 왼쪽으로는 축산천이 흐르고 오른쪽에는 천연 어항이 있다. 마을의 중간 잘록한 허리는 10미터가 안 된 채로 축산천과 항구를 분리하고 있다.

축산항은 관어대가 있는 상대산과 연결된 대소산(봉화산)이 정면으로, 왼쪽으로는 말미산이, 오른쪽으로는 와우산이 그리고 내가 서 있는 죽도산이 배치되어 있어 가히 환상적인 지형을 갖추고 있다. 그런데 죽도산에서 영해평야와 같은 대규모의 넓은 평야는 찾아볼 수 없다.

평야는 생존 가능성을 의미하고 수확의 기쁨을 의미한다. 농사는 삶의 원천이 되는 것이고 삶의 일터이기도 하다. 그래서 넓다란 들은 우리에게 한없는 평온과 기쁨을 안겨준다. 관어대가 죽도산에서 볼 수 없는 넓은 들을 볼 수 있도록 하는 것은 큰 장점이다.

죽도산에서 동해바다를 향해 섰을 때 왼쪽으로는 북쪽인 후포가 오른쪽으로는 포항쪽 해변가들이 보인다. 넓디넓은 바다여서 방해물이 전혀 없는 동해바다를 볼 수 있다. 관어대의 바다는 북쪽과 정면만 보이고 남쪽은 가려져 있다는 것은 아쉬운 점이다. 더 확 트인 바다를 보기 위해서는 축산항의 죽도산을 찾는 것이 좋다.

이 때문에 영해의 문인들은 영해부 팔경에 축산포를 넣고 자주 찾았을 것이다. 서로 보완을 이루는 것들이니 짝을 이루는 것으로 보아 관리하고 발전시켜나가면 좋겠다.

"친구야, 이렇게 좋은 곳을 지척에 두고 60평생에 처음 등정이라니 나도 너무 무심했다. 앞으로 자주 오자"고 말하니 친구도 "언제든지"라고 하며 맞장구를 친다. 9월말이나 10월초 수확을 앞둔 계절에 등정을 하면 황금빛 물결과 오른쪽의 동해의 푸른 바다가 연출하는 분위기는 다른 감흥을 나에게 줄 것 같다. 10월 5일의 영해중고 한가족체육대회에 다시 영해로 내려올 때 제2차 관어대 등정을 기약했다.

(2019. 8. 24.)

부 록

서평 · 영화감상문 · 강연문

〈축산항, 멀리 왼쪽이 죽도산이다〉

1. 김형석 교수의 《백년을 살아보니》를 읽고

제자가 며칠 전 박사학위 받은 고마움으로 "선생님, 책을 한 권 사왔습니다"하고 내미는 책을 보니 유명한 김형석(1920~) 교수님의 《백년을 살아보니》라는 책이다. 일요일인 오늘 아침 마침내 책을 읽게 되었다.

〈행복과 성공론〉

가장 크게 와 닿은 부분은 행복과 성공론이다. 성공한 사람은 더 행복할 수 있다고 한다. 그러면 성공은 무언인가? "성공은 자신에게 주어진 것을 얼마나 달성하는 것에 달렸다"고 말한다. 어떤 사람에게 주어진 것이 60이고 65를 달성하면 이 사람은 100을 달성하지 않아도 성공한 사람이라는 것이다. 반면 100이 주어진 사람이 65만 달성하면 성공하지 못한 사람이라는 것이다. 평범한 것 같지만, 얼마나 적확한 표현인지? 나에게도 큰 공감이 되었다.

김 교수님은 짧게 3줄 정도로 마쳤지만, 내가 더 첨언을 해보면 이렇다. 어떤 사람이 시골에서 태어나, 면단위의 중학교 고등학교를 다녔다. 면단위 고등학교에서는 서울에 있는 대학에 진학하는 숫자는 극히 미미했다. 그런데 이 학생은 열심히 해서 소위 일류대학에 들어갔다. 그리고 사회에 나와서 좋은 직장을 구했다. 자신에게 얼마나 주어졌는가는 여러 환경에 의하여 크게 좌우된다.

시골에서 고등학교를 나왔기 때문에 그 사람은 작가의 관점에서 본다면 60이 주어진 사람이다. 그럼에도 불구하고 그는 80을 달성한 것이다. 그는 20을 초과 달성한 사람이니 성공했다고 볼 수 있고, 성공한 그는 행복하다는 결론에 이른다. 만약 그가 대구나 서울에서 고등학교를 나왔다면 그는 80이 주어진 사람이 될 것이고, 동일한 성장을 한 경우 그는 크게 성공한 사람은 아닐 것이다. 그는 그저 일반적인 행복만 느끼는 사람에 지나지 않을 것이다. 시골에서 고등학교를 나온 나 같은 사람에게 적용해보니 나는 엄청 행복한 사람이 되는 것이다. 김 교수님의 성공론이 충분히 공감이 된다.

〈배우자 선택의 기준〉

김 교수님은 사람이 결혼을 할 때에는 상대의 사람 됨됨이를 보고 해야지 그 상대의 집안배경이나 재산의 크기로 하면 실패한다는 이야기를 여러 군데에서 하셨다. 좋은 예를 드신 것이 어떤 여성이 아주 많은 유산을 받은 자와 결혼을 했는데, 처음에는 부자라서 좋았지만 결국 재산을 관리하는 일이 그 사람의 직업이 되어버렸다는 것이다. 부인은 교수로서 늙어서까지 전문가로서 잘 하셨는데, 남편은 특별한 직업이 없는 사람이 되고 재산도 줄어들어, 늙어서는 아주 불행해졌다는 이야기이다.

배우자를 구하는 것보다 인생에서 중요한 일은 없다. 배우자를 구하기 위하여 신랑신부들 자신은 물론 집안이 나선다. 어떤 기준으로 배우자를 구할까? 역시 배우자 자신의 됨됨이이다. 그 집안이 부자이거나 정치적인 힘이 있다든지 하는 것은 부차적인 것이다.

사업이 실패하면 집안은 곧 가난해진다. 정치적인 영향력도 부침이 심하다. 그렇지만 사람 자체가 훌륭하면 현재는 가난해도 그는 곧 살아가면서 좋은 평판을 얻고 직장에서 높은 자리에 오르고 재력도 따라오게 된다. 다만 집안의 배경만은 그 사람의 가정의 교육과 연결이 될 수 있기 때문에 살펴볼 필요가 있다.

〈직장에서 맡은 바 일에 충실할 것〉

김 교수님은 우리와 같은 교수들에게도 일침을 가한다. 하나의 자리가 주어졌으면 그 자리에 최선을 다해야지 그 자리를 발판으로 옮겨갈 준비를 하는 것은 하지 말아야 한다고 여러 예를 들어주셨다. A 씨는 "마지막 목적은 강 건너 저편에 있으면서 강 이쪽에 있는 일은 그 발판으로 삼았던 것이다" 이 세상에는 이런 분들이 많고 그 목적으로 성공하는 사람도 많다고 하면서 아래와 같이 말하신다. "한 사람의 일생은 대나무가 자라는 것과 비슷하다. 대나무는 마디마디가 단단히 자라야한다. 어떤 한 마디가 약해지면 이 다음에 그 마디가 힘들어 부러지게 된다. 또 그렇게 자기 목적을 위해 현재를 소홀히 한다면 그 책임자 때문에 피해를 입은 사람들은 어떻게 되는가. 그리고 또 모든 사람이 다 그렇게 산다면 그 사회는 어떻게 되겠는가"하고 설파하신다.

참으로 맞는 말씀이다. 주어진 자리에 최선을 다해야 한다. 최선을 다한 결과 다른 자리로 이동될 수는 있다. 그렇지만 처음부터 다른 자리를 위하여 일을 하게 되면 그 자리와 맞지 않는 일에 초점이 맞추어져 조직이 다른 방향으로 흘러간다.

그런 분들은 내부적인 일보다 외부적인 일에 더 관심을 가지고 힘을 쏟게 된다. 외부에서는 좋게 보이니 다른 자리를 쉽게 얻을 수 있다. 그렇지만 자기 목적을 위해서 현재는 소홀이 되는 것이니까 전체로 보아서는 사회가 마이너스가 된다. 전문가들인 우리들에게 큰 교훈이 되는 말씀이시다.

〈건강과 일의 함수관계〉

일을 열심히 많이 하는 사람이 건강하고 장수한다는 김 교수님의 말씀에서도 공감이 된다.

"운동이 건강을 위하여 필요하다면 건강은 무엇을 위해있는가? 나에게는 일을 하기 위해서이다. 일이 목적이고 건강은 수단이다. 그래서 친구들과 비교해보면서 누가 더 건강한가 묻는다면 대답은 간단하다. 누가 더 일을 많이 하는가 물으면 된다. 지금은 내가 가장 건강한 편이라고 믿고 있다. 내가 누구보다도 많은 일을 하고 있기 때문이다. 나에게 있어 일이 건강의 비결이다".

나아가 김 교수님은 일을 사랑하는 사람들이 건강하고 장수하는 편이라고 하면서 80년을 산 칸트, 90을 넘길 때까지 일을 손에서 놓지 않은 슈바이처 박사를 예로 들었다.

　건강하지 못하면 목적하는 일을 할 수 없으니, 누가 더 건강한가는 누가 일을 더 많이 하는지를 보면 알 수 있다는 말씀은 공감이 간다. 우리는 보통 건강해야 일을 할 수 있다고 말한다. 그렇지만 일을 하니까 건강하다고는 잘 말하지 않는다. 김 교수님에 따르면 일은 건강에 긍정적인 영향을 미친다.

　건강과 일은 동전의 앞뒤 양면과 같은 것이 된다. 그렇지만 자신이 좋아서 하는 일과 그렇지 않은 일이 있을 것인데, 전자의 경우와 후자의 경우는 많이 다를 것 같다. 교수직이나 전문직에 종사하는 분들은 전자의 경우가 대부분이다. 좋아서 하는 일은 목표가 뚜렷해지고 달성할 의지도 강해지고 달성하고 나면 기쁨도 배가된다.

　그렇기 때문에 정신건강에도 도움이 될 것이다. 모든 사람들이 자신이 좋아하는 일만을 할 수는 없을 것이다. 후자의 사람들도 이왕 하게 된 일은 기쁜 마음으로 하게 되면 전자의 사람들과 유사한 효과가 있지 않을까 생각해 본다.

〈장년이 가져야 하는 신념〉

　"젊었을 때에는 용기가 있어야 하고 장년기에는 신념이 있어야 하나, 늙어서는 지혜가 필요하다"고 김 교수님은 말씀하신다. 그리고 장년기는 30세에서 60세 혹은 70세까지라고 정의한다. 김 교수님은 장년이 갖추어야 할 정신적인 덕목에 대하여 쉽게 설명하신다.

　"장년기는 일과 더불어 성장하는 기간이며 일의 사회적 의미와 가치를 평가받는 기간이다. 이 기간에는 어떤 신념이 있어야 한다. 무엇이 선이고 무엇이 악이라는 윤리적 신념도 필요하다. 사회생활에 있어서 가치있는 것과 무가치한 것을 식별할 수도 있어야 한다. 해서는 안 되는 것과 어렵더라도 해야 할 의무를 구별하는 기준이 필요하다. 장년기에 무엇보다 중요한 것은 뚜렷한 삶의 목표와 목적을 위한 확고한 신념이다".

김 교수님의 장년기에 대한 평가는 참으로 적확한 것으로 와 닿는다. 30년 40년 동안 가져야 할 장년의 덕목을 간단하게 알기 쉽게 적시하셨다. 장년기는 일과 더불어 성장하는 시기라는 말은 참으로 그렇지 않은가? 장년이 되어서 직장을 구하고 일을 하게 된다. 일에 대한 열정과 성취 이런 것이 우리 장년의 삶의 중심에 서있다. 일을 통해서 우리는 성장해가는 것이다.

장년은 "해서는 안 되는 것과 어렵더라도 해야 할 의무를 구별하는 기준이 필요하다"는 지적에도 나는 완전히 공감한다. 나이가 들어 갈수록 가치없는 욕망을 쉽게 이겨낼 수 있어진다. 해야 할 의무이지만 어렵고 힘들다고 피하는 일이 얼마나 많았는지, 반성하게 한다. 장년은 자신만의 신념하에서 뚜렷한 삶의 목표를 정하고 이를 달성하기 위하여 노력해야 한다.

나는 과연 40에 시작한 교직 생활 20년 동안 삶의 목표는 무엇이었던가? 교직에 들어오게 된 초지를 일관하여 달성하고 있는가를 생각해보게 한다. 다행히 김 교수님은 장년은 60세까지인 것이 아니라 70까지도 연장될 수 있다고 하시니, 나에게도 아직 장년은 한참 남아 있어서 다행이다.

〈사랑이 있는 고생이 행복이다〉

김 교수님은 "사랑이 있는 고생이 행복이다"는 사실을 말씀하신다. 그 예로 어머니의 자식에 대한 사랑과 스승의 제자에 대한 사랑을 들고 계신다. 어머니가 자식을 낳아 갖은 고생을 하면서 키워내지만 그 고생은 자식에 대한 사랑이 가득 담겨 있어서 어머니는 행복한 것이라고 하신다. 80이 넘은 제자들이 찾아와서 단체로 식당에서 큰 절을 올리면서 가르침에 감사를 하자, 이를 사제간의 사랑이라고 하셨다.

"오늘 같은 일이 있을 것을 예상하였다면 더 많은 사랑을 베풀어주고 싶었을 것이다. 역시 사랑의 짐을 질 수 있는 그 때가 행복했다. 다시 교단에 설 수 있다면 더 많은 제자들을 위해주고 싶은 마음이다"고 하신다.

자신을 버리고 남을 위해서 최선을 다해주는 사랑하는 마음이 가득한 일을 하는 것이 가장 행복하다는 것이다. 대표적인 예는 부모의 자식에 대한 사랑, 스승이 제자에 대한 사랑이 그럴 것이다. 자식이 있는 부모이면서 또 교직생활을 하는 나에게도 큰 공감이 가는 말씀이시다. 사랑이 있는 고생이 행복한 것이라는 내용이 책의 마지막 부분을 장식하고 있다.

곧 100세를 바라보시는 김 교수님은 조국에 대한 사랑, 자식과 부인에 대한 사랑, 제자들에 대한 사랑이 넘치시는 삶을 사셨다. 여러 차례 강조하신 사람에 대한 사랑, 인간애로 가득한 어른이시다. 이런 선한 성품으로 일을 즐겁게 하셨으니 건강하신 것으로 생각된다.

〈마치며〉

이 책은 우리나라를 대표하시는 철학자이시면서 수필가이인 김형석 교수님께서 100세 가까이 사시면서 경험하시고 느끼신 바를 수필이라는 형식으로 펴시어 후대에게 물려주시는 수필집이다. 과거에 조상님들은 〈명심보감〉을 통하여 올바른 인성교육을 받았다. 지금은 그런 교육이 없어진 이상 훌륭한 삶을 사신 선배님들의 수필집도 우리들의 인성교육에 큰 기회를 제공한다.

이 책에는 다양한 인생의 경로에서 우리들이 경험하게 될 사안들이 많이 예시되어 있다. 누구에게나 인생의 좋은 지침이 될 것이다. 나는 학생들을 교화하고 지식을 전달하는 교직에 있기 때문에 김 교수님께서 말씀하시는 많은 부분에서 공감을 하면서 교훈을 받았다.

70이상이 되는 노년층의 느낌도 소상이 기록하시어 젊은 층에게도 부모님의 마음을 알 수 있게 한다. 80대 후반인 어머님을 모시고 있는 나에게도 좋은 참고가 되었다.

이 책에는 가족 이야기나 친구 이야기 등 우리 삶의 공통적인 내용이 큰 소재가 된다. 다만 김 교수님께서는 젊은 시절부터 교단에서 교수로 생활하셨기 때문에 경험담이 교직자들과 그 주변의 이야기로 전개되는 점이 있다.

이것은 수필의 장점이자 특징이다. 수필은 자신의 체험을 바탕으로 하는 것이기 때문이다. 이런 점은 산업계 출신의 수필이나 자서전을 읽으면 균형을 잡을 수 있을 것이다. 우리가 관심을 가지면 다양한 섹터에서 다양한 경험을 가진 분들의 수필집을 많이 접할 수 있다.

독자의 직업이 무엇이든 나이가 얼마이든 주어진 삶은 살아가는 것이다. 이 책은 이 땅에서 살아가는 사람들이 누구나가 겪는 평범한 인생을 이야기하는 것이라서 누구에게나 쉽게 읽힐 수 있고 또 도움이 되는 책이다. 일독을 권한다.

〈김형석 교수님의 건강과 행복한 삶을 기원드립니다〉(2018.8.6.)

2. 이기주 작가의 《언어의 온도》를 읽고

　나의 학부 3학년 제자가 이 책을 읽기를 권했다. 이 책은 젊은 층들에게 상당히 인기가 높고 베스트셀러로 유명하다. 《언어의 온도》라는 제목으로 보아 책의 내용이 다양한 언어에 대한 단상일 것으로 생각했다. A라는 단어의 어원이 이러하다거나, 이런 상황에서는 이런 단어를 선택하여 쓰는 것이 좋다는 글을 모은 책일 것이라는 선입견을 갖고 책을 읽었다.

　전체의 글이 모두 이런 책의 제목과 딱 일치하는 것은 아니다. 언어에 대한 단상이라기보다는 이기주 작가가 자신이 경험한 바가 언어로서 기술되어 있는데, 독자인 나는 그것을 긍정하기도 하고 부정하기도 하고, 교훈을 얻게 되었다. 이런 차원에서 그의 글은 나의 관점에서 온도차가 나게 되었다.

　가장 인상에 남는 몇 가지 문장을 본다.

〈그냥〉

아버지가 딸에게 전화를 하여 "아비다. 잘 지내? 한번 걸어봤다..." 대개 부모는 특히 자식과 멀리 떨어져 사는 부모는 "한번 걸었다"는 인사말로 전화 통화를 시작하는 경우가 많은 것 같다.

그냥 걸었다는 말의 무게는 생각보다 무겁고 표현의 온도는 자못 따뜻하다. 그 말 속에는 "안 본 지 오래됐구나. 이번 주말에 집에 들려주렴~" "보고 싶구나, 사랑한다~" 같은 뜻이 오롯이 녹아 있게 마련이다. 그냥이란 말은 대개 별다른 이유가 없다는 걸 의미하지만, 굳이 이유를 대지 않아도 될 만큼 충분히 소중하다는 것을 의미하기도 한다. 후자의 의미로 '그냥'이라고 입을 여는 순간 그냥은 정말이지 '그냥'이 아니다. (34면).

나는 이 책의 제목인 언어의 온도에 가장 잘 맞는 필자의 글이 바로 이 글이라고 생각한다. '그냥', '한번'이라는 단어가 평범하게 쓰이면서도 깊이 있는 의미를 가진다. 자신이 꼭 하고자 하는 말은 가슴에 담아둔다. 좋은 의미로 상대방이 부담스러워할 것 같아서, 혹은 자신이 용기가 나지 않아서 진짜 하고 싶어 하는 말은 숨겨두고, 그냥이라는 말만 표출한다.

'그냥'이라는 단어는 상황에 따라서 언어의 온도가 달라지는 좋은 예라고 본다. 그 온도를 잘 모르면 결례가 되고 상대방은 섭섭하게 되는 것이 언어의 힘이고, 또 언어의 묘미이다.

〈언총〉

작가는 필요 이상으로 말이 많아지는 이른바 다언증이 도질 때면 경북 예천군에 있는 언총(言塚)이라는 말 무덤을 떠 올린다고 한다. "언총이란 입에서 나오는 말을 파묻는 고분이다. 언총은 한마디로 침묵의 상징이다. 마을이 흉흉한 일에 휩싸일 때 마다 여러 문중 사람들이 모여서 쓸데없는 말과 상대를 비난하는 말을 한데 모아 여기에 파묻었다는 것이다. 이렇게 하고 나면 신기하게도 다툼질과 언쟁이 수그러들었다고 한다."

작가는 말한다. "우리는 늘 무엇을 말하느냐에 정신이 팔린 채 살아간다. 하지만 어떤 말을 하느냐보다 어떻게 말하느냐가 중요하고, 어떻게 말하느냐보다 어떤 말을 하지 않느냐가 더 중요한 법이다. 입을 닫는 법을 배우지 않고서는 잘 말 할 수 없는지도 모른다. 그래서 가끔은 내 언어의 총량에 관해 고민한다. 다언(多言)이 실언(失言)으로 가는 지름길이 될 수 있다는 사실을 망각하지 않으려고 한다. 그리고 종종 가슴에 손을 얹고 스스로 물어본다. 말무덤에 묻어야 할 말을. 소중한 사람의 가슴에 묻으며 사는 건 아닌지…(31면)"

나는 이 글에서 감명을 받았다. 나 자신을 되돌아보게 했다. 우리에게 특히 나 자신에게 경고하는 바가 크다. 말을 함부로 하여 듣는 사람에게 얼마나 큰 상처를 안기는지 모른 채로 나도 살아간다. 말 무덤에 묻어야 할 말인데, 사랑하고 소중한 사람들에게 주위의 지인들에게 비수가 되어 그의 마음을 아프게 하는 말들을 얼마나 많이 하는지… 소중한 사람들의 가슴에 나쁜 말을 묻으면 안 되겠다. 그런 일이 있다면 진심으로 사과하려고 한다.

나의 할머니가 항상 말씀하시면서 나에게 경계하셨다. "사람이 하고 싶은 말을 다하고 살면 칼 벗을 날이 없다고…" 여기서 칼이란 옛날 죄수들이 목에 거는 나무이다. 죄수들의 행동을 제약하는 것이다. 하고 싶은 말을 다하면 누군가에게 해가 되어 자신이 처벌을 받게 된다는 것이다. 그러니 감옥에서 살 도리밖에 없다는 것이다. 말 조심을 해야 한다는 가정교육이다.

퇴계 선생께서 제자가 많은 이유는 칭찬을 그렇게 잘 하셨다고 한다. 야단을 치기보다는 칭찬을 많이 하고, 부정적인 단어보다는 긍정적인 단어를 선택하도록 노력하겠다. 글을 적어 발표할 때에도 상처받을 사람들은 없을지 더 주의해야겠다. 나의 직업이 말과 글을 직업이행의 도구로 사용하는 교수이다 보니 더구나 시사하는 바가 많은 글이었다.

〈링거액 마지막 한 방울〉

필자의 어머니가 병원에 입원하여 링거액을 맞고 회복하는 과정을 안타깝게 지켜본 필자는 말한다. "어머니를 부축해서 병원을 나서는 순간, 링거액이 부모라는 존재를 쏙 빼닮았다고 생각했다. 뚝. 뚝. 한 방울 한 방울 자신의 몸을 소진해가며 사람을 살찌우고, 다시 일으켜 세우니 말이다. (127면)"

그렇다. 우리의 부모님들은 아낌없이 우리들을 위하여 희생한다. 낳아주시고 길러주시고, 갖은 정성을 다하신다. 우리가 성장하여 가정을 가졌어도, 관심을 가지시고 도와주려고 한다.

우리에게 모든 것을 다 주시고 결국 기력이 쇄진하여 저 세상으로 떠나신다. 연세가 드셔서 육신과 정신이 모두 힘이 드신 상태임에도, 우리에게 마치 병원의 환자를 위한 링거액의 한 방울 같이, 또 우리에게 무언가를 주시려고 한다.

우리가 또 부모가 되어보니 다시 한 번 우리 부모님의 희생을 알게 된다.

〈글쓰기〉

책 쓰기는 문장을 정제하는 일인지도 모른다. 이른 아침 머리를 스쳐 지나간 생각, 깊은 밤 방안에 홀로 있을 때 느낀 상념, 점심을 먹고 커피를 들이키며 중얼거린 말에서 가치없는 표현을 걸러낸 다음 중요한 고갱이를 문장으로 옮기고, 다시 발효와 숙성을 거쳐 조심스레 종이 위에 활자로 펼쳐놓는 일이 글쓰기라고 나는 생각한다. (203면).

나도 수필이나 칼럼을 위하여 최근 글을 많이 적는 편이다. 발표하는 글은 필요에 따라서 하루 아침에 만들어지는 것은 절대 아니다. 적어도 1개월의 준비기간이 필요하다. 고정칼럼의 경우는 발표일이 있기 때문에 하나씩 준비하게 된다. 나는 산보를 할 때나 어떤 상황에서 갑자기 글에 대한 영감이 잡힐 때가 있다. 그러면 이것을 놓치지 않고 글로 남겨둔다. 그리고 몇 달에 걸쳐서 수정을 가한다.

발효와 숙성을 거친다는 말에 깊이 공감한다. 사실관계에 대한 나의 기억이 잘못되었을 수도 있고, 글의 내용이 누구엔가 피해가 가지 않을까 걱정이 되어 여기 저기 의견을 구하기도 한다. 문장의 배치를 달리하면 더 이해하기 쉽고 관심을 끌게 될까 고려해본다. 그래서 책 쓰기 혹은 글쓰기는 생각을 정제하는 것이 된다.

〈한발 뒤로 물러나 보기〉

우린 무언가를 정면으로 마주할 때 오히려 그 가치를 알아채지 못하곤 한다. 글쓰기가 그렇고 사랑이 그렇고 일도 그렇다. 때로는 조금 떨어져서 바라봐야 하는지도 모른다. 한 발 뒤로 물러나 조금은 다른 각도로, 소중한 것일수록 더욱 그러하다… (205면).

그렇다. 사람이 살아가는데 공기가 없으면 안 되지만 우리는 공기의 중요함을 생각지 않는다. 매일 매일, 일을 같이하는 동료, 가족들이 소중하지만 우리는 그 중요성을 알지 못한다. 그렇지만 미세먼지가 문제가 되면서부터 깨끗한 공기의 소중함을 알게 된다. 동료나 가족이 곁에 없게 되어 자신이 그 일을 직접해야 할 때 비로소 그의 존재가 새삼 부각되면서 나에게 소중한 분들이구나 하고 깨닫게 된다. 한 발짝 떨어져 있게 되면 현재 하고 있던 일들, 해결책이 없는 것으로 보인 일들이 새롭게 다가온다. 그래서 휴일이 있고, 휴가가 필요한가 보다.

나는 글씨기를 마무리를 하기 전에 하룻밤을 자고 다음날 아침에 다시 한 번 읽어보고 탈고를 하는 방법을 취한다. 책을 작성하거나 논문을 쓰거나 할 때 오타가 없도록 노력한다. 두 번을 보아도 찾지 못하던 오타를 다른 사람들이 읽어보면 여러 개가 나온다. 이것도 같은 이치이다. 너무 집중해서 가까이서 일하다 보면 잘 못된 것을 알지 못한다.

〈최악의 상황에 대비하기〉

작가는 운전 중 신호를 기다리다 작은 새 한 마리가 미루나무 꼭대기에 둥지를 짓는 모습을 보았다.

"갑자기 바람이 불자 녀석이 쌓아 올린 나뭇가지에서 짓던 둥지가 땅바닥으로 곤두박질했다." 필자는 왜 하필 이런 날 집을 짓는 걸까 날씨도 좋지 않은데, 궁금했다. (218면). "조류관련 서적을 찾아보니, 일부 조류는 비바람이 부는 날을 일부러 골라 둥지를 짓는다고 한다. 바보 같아서가 아니라 악천후에도 견딜 수 있는 튼실한 집을 짓기 위해서이다. 나뭇가지와 돌멩이 뿐만 아니라 비와 바람을 둥지의 재료로 삼아가면서 말이다. "

나에게도 영감이 왔다. 일부 조류의 관행은 나의 잘못된 생각에 교훈을 주었다. 잘 지켜지지 않는 것이 있다. 우리 집에서 출발하는 전철은 10분 간격이다. 전철을 하나 놓치면 10분이 늦어진다. 이에 맞추어 약속장소에 가야 한다. 한 번은 1분 내에 차가올 것이다. 어떤 경우는 5분 안에 차를 탈 수 있다. 어떤 경우는 10분 만에 차가 올 수 있다. 그렇다면 최소한 약속시간 10분 전에 나서야 한다. 이렇게 최악의 상태를 기본으로 해야 하는데, 5분 정도만 여유를 두면 약속에 늦고 마는 것이다. 이기주 작가의 사례들이 살아있는 것 같이 나의 행동과 사고 방식에 충격을 주었다. 곰곰이 그것들이 어떠한지 생각해보는 시간을 가졌다. 그의 생각에 대부분 동조하게 되면서 나 자신을 반성하는 계기가 되었다. 이렇기 때문에 이기주 작가의 글들이 많이 읽히고 베스트셀러가 되는 모양이다.

(2019. 9. 8.)

3. 김철륜 교수의
《고난은 기적을 만든다》를 읽고

이 책의 저자인 김철륜 교수님(1953년~)은 나의 영해중 · 고등학교 6년 선배님이시다. 작년 동창회에서 처음 뵈었다. 뵙는 순간에 인자한 모습이 인상적이었다. 그 뒤에 나에게 자서전인《고난은 기적을 만든다》(도서출판 예문선, 2018)는 책을 보내왔다. 답례로 나도 나의 수필집《바다와 나》를 보내드렸다. 그 뒤 선배님께서 식사를 사 주신다고 해서 동대문구 신설동 영덕 물회집에서 만나 뵈었는데 소탈한 모습 그대로였다.

차일 피일하다가, 그 책을 읽지 못했는데, 이번에 출국할 때 가지고 나와서 오늘 일요일 (2019.12.1.) 완독을 했다.

책을 읽어나가면서 그에게 닥친 위기상황에서는 나의 마음이 내내 조마조마했다. 성공적으로 일이 종료되었다는 내용을 확인하고는 안도의 한숨을 쉬었다. 글을 마칠 때마다 항상 긍정적이고 주위에 감사하는 마음이 표현되어 나의 기분을 좋게 만들어주었다. 하루 종일 필자의 아픔과 때로는 성공 스토리를 같이 하면서 나는 감정이입이 되었다.

시인이기 때문에 그런지 글도 문장이 짧아 가독성을 높여준다. 적절한 경험으로 이야기를 풀어나가서 그가 꼭 하고자 하는 말을 쉽게 독자에게 잘 전달하고 있다. 무엇보다 누가 읽어도 이해가 될 정도로 평이한 내용들이다.

이 책은 한쪽 다리가 불편한 사람이 보통사람과 똑같은 삶을 성공적으로 살아나온 이야기를 진솔하게 엮은 것이다. 필자는 연세대 종교음악학과를 졸업하고 찬양사역을 하면서 안양대학교에서 종교음악을 36년간 강의했다. 독일에서 철학박사학위를 받았다. 안양대학교에서 부총장을 지냈고 정년퇴직을 하고 현재는 목사로서도 활동 중이다. 이러한 공로로 그는 녹조근정훈장을 받았다.

강원도 양양, 울진을 거쳐 영해에서 유년기와 사춘기를 보내는 내용으로 자서전은 시작한다. 그의 일생을 아프게 했던 소아마비를 앓은 이야기가 나와서 나의 마음을 아리게 한다. 영해에서 교회를 다니던 이야기, 교회 종을 치던 이야기, 초등학교 체육선생님(손진석)이 그로 하여금 달릴 수 있는 기회를 강권한 이야기(38면) 등 흥미진진하게 스토리는 전개된다.

그가 영해고 2학년 때 집이 풍지박산이 나서 학업을 중단하고 서울로 무작정 상경하여 교회에 의탁한다. 연탄배달을 시작하여 고등학교를 마무리, 명문 연세대학 종교음악과에 입학한다.

자서전은 이어서 부잣집 딸과 결혼한 사연, 늦깎이로 독일에서 박사학위를 받은 이야기, 유학을 가게 된 사연, 아들과 다툰 이야기들을 진솔하게 풀어낸다. 부끄러운 이야기도 가감없이 솔직하게 고백한다. 가식없는 솔직함에 바탕을 둔 글이라서 그의 글은 더 힘이 넘치고 독자들을 흡인한다. 그리고 신뢰를 준다.

고름을 짜기 위하여 어머니가 칼을 그의 목에 대어 흉터가 남아 있게 된 사연에서는 눈물이 난다. 그러나 트레이드마크가 된 그의 나비 넥타이는 그 흉터를 감추기 위하여 고안된 것이라는 설명에는 나는 기발한 아이디어라고 박수를 보냈다. 연탄 배달을 몇 년하고 났더니 소아마비를 해서 가늘었던 다리가 더 튼튼해 져서 현재처럼 바로 서서 걸을 수 있게 되었다는 설명에는 그의 긍정적인 마음씨를 읽을 수 있었고, 정말 그의 말처럼 하느님이 그를 잘 인도하셨구나 생각이 들었다.

사랑하는 사람이 생기자 사귀고 싶었는데, 불구의 몸이라서 그 여성이 허락을 할지 몰라서 망설이는 그는 만우절을 이용하라는 어느 목사의 충고에 따랐다. 거절을 당하면 그녀에게 만우절이라고 하면 될 것이니 안심이 되었다는 것이다. 그녀는 예상외로 데이트를 받아 주었다. 그녀와 사귀기 위하여 그는 테니스를 배웠다. 그녀는 현재 바로 김 교수님의 부인이다. 큰 반대를 무릅쓰고 부잣집 딸과 결혼하게 되었다.

그에게 불가능은 없었다. 보통의 사람이 하는 것은 모두 해냈다. 그는 모든 것이 하느님의 은덕이라고 말하고 하느님에게 공을 돌린다. 그렇지만, 김철륜 교수님 자신도 인격적으로 상당한 경지에 이른 사람임을 알 수 있게 한다.

그는 불구임을 스스로 인정하고 극복하는 과정을 거쳤다. 그래서 그는 매사에 당당하다. 아버지가 불구라는 말을 듣고 울면서 집으로 돌아온 그의 어린 아들에게도 그는 분명히 말한다. "아버지가 불구인 것은 맞다. 그렇지만 보통사람이 하는 것을 못 하는 것은 하나도 없다"고. 그 말을 들은 아이는 금방 이해하고 아이들과 어울려 놀았다는 것이다.

또한 불구였던 여동생의 딸이 엄마의 사망에도 울지 않은 것을 보고 조카가 아직 엄마가 불구라는 사실을 극복하지 못했다고 말한다. 이와 같이 그는 자신의 처지를 비관하지 않고 처해진 상황을 긍정적으로 받아들이고 주어진 역경에 대처해 나갔다. 그래서 나는 그가 대단히 높은 인격과 인품을 지닌 사람, 내공이 가득 찬 사람으로 평가하지 않을 수 없다.

또한 나는 이 대목에서 그와 완전히 감정이입이 되었다. 나도 아버지의 직업 때문에 내가 비겁하고 당당하지 못했던 적이 있었기 때문이다. 나의 아버지는 축산항의 조선소에서 어선에 페인트 칠을 하는 페인트공이었다. 어선사업에 실패하자 이 일을 20년 정도 하셨다. 나는 아버지가 페인트 묻은 옷을 입고 또 페인트 통이 담긴 리어카를 내가 끌고 가는 것이 싫었다. 그리고 무엇보다 사람들이 "뺑끼에(페인트 쟁이)"라고 부르면서 아버지 등 뒤에서 비하하는 말을 듣기가 싫었다.

그래서 수업시간에 아버지 직업을 발표할 때 나는 상업이라고만 말하고 말았다. 친구 K는 뭐라고 할까 조마조마했다. 그는 그의 아버지는 동네의 담벼락을 아름답게 하는 "미쟁이"라고 말했다. 나는 부끄러웠다. 그리고 그 친구가 부러웠다. 그 이후 나는 조선소의 사장이 아버지를 존경한다는 말을 들었다. 대형수산업을 경영하던 어선선주의 자리에 있었던 사람이 조선소에서 어선에 페인트 칠을 한다는 것은 쉬운 결정이 아니라는 것이었다.

곰곰이 생각했다. 아버지가 페인트 칠을 하시니까 우리 5남매가 학교도 다니고 밥도 먹는 것 아닌가? 그로 인하여 우리 집이 극심한 가난에서 헤어난 것이 아닌가? 생각이 들어 그제서야 당당하게 아버지 직업을 말할 수 있게 되었다. 나도 이 이야기를 수필집《바다와 나》에 넣어두고 있다.

마지막 아들과 딸에 대한 편지에서 그는 말한다. 아버지 때문에 아이들이 힘들어 했을 수가 있었을 것이라고. 어머니와 부인에 대한 고마움은 철철 넘치도록 표현했다. 부인은 "나의 성한 다리를 당신의 아픈 다리와 바꾸고 싶다고 말을 했다"고 한다. 부부간에 넘치는 사랑을 잘 표현했다.

내가 수필읽기를 재미있어 하고 좋아하는 것은 수필에서 간접경험을 많이 할 수 있기 때문이다. 수필은 작가의 경험을 가감없이 담담하게 적어 내려가는 것이다. 김철륜 교수의 수필집에서도 몇 가지 재미있는 사실을 알게 되었고 공부가 되었다.

어떤 시험을 그가 응시하였는데, 신체검사를 하면서 의사가 아픈 다리를 들어보라고 했다는 것이다. 그는 합격하기 위하여 완전하지는 않지만, 그래도 많이 들어올렸다. 그래서 시험에 합격했다고 한다. 그의 설명이 더 재미있다. 그 의사가 경험이 없어서 실수를 했다고 한다. "성한 다리를 들어올리라고 지시를 했어야 한다는 것이다. 아픈 다리로 몸을 지탱했어야 하니, 나는 넘어졌을 것이다. 그래서 경험은 중요하다"고 그는 말한다. (145면)

사모라는 말이 목사님의 사모님을 지칭하는 것이고 교회에서 목사의 일도 중요하지만 목사의 부인도 교회에 하는 일이 많음도 이 책을 통해서 알았다. 그는 루터의 종교 개혁 500년에 다양한 글을 적었는데, 루터는 성경으로 돌아가자고 한다. 우리 교회도 그렇게 되어야 한다고 그는 말한다. 그에 의하면 하느님을 믿는 것에는 성경과 찬양두 가지가 있다. 찬양사역은 성경에 대한 깊음이 바탕이 되어야 한다고, 그래서 그는 종교음악학과를 졸업하고 나서 다시 대한신학교(현 안양대학교) 신학과에 학사 편입하였다(200면).

이렇게 하여 그는 성경에 바탕을 둔 종교음악을 하는 사람이 된 것이다. 그는 주어진 일을 제대로 기본에 충실하게 살았다. 학사편입을 하여 다시 공부를 하는 것은 쉽지 않다. 여기에 더하여 나이가 들어 독일에서 철학박사 학위를 받았다. 학문적으로도 참으로 성실한 사람으로 자신의 전공분야를 진정 사랑했고, 발전시키려고 노력한 흔적이 수필집 곳곳에 나타난다.

글을 읽는 내내 그는 천상 영해사람이라고 느꼈다. 주어진 일에 성실한 그, 어려움이 있어도 포기하지 않고 시도하여 결국 성공에 이르는 집념, 그리고 학문하는 성실한 자세, 짜임새 있게 알기 쉽게 잘 써내려 가는 글 솜씨. 학문을 하는 영덕 영해사람들에게서 볼 수 있는 특이한 자질들이다. 그래서 나는 김철륭 선배님을 존경하고 닮고 싶어한다.

그는 또 내가 꼭 하려고하는 일을 해냈다. 중학교 고등학교 때의 일화를 몇 가지 적어두었다. 영해교회를 그림으로 그렸고(44면), 영해고 1학년 때 담임선생님(신현석)과 찍은 사진도 나와 있다(247면). 1968년도의 사진으로 귀한 자료이다. 장차 영해중고등학교 60년사를 만들 때, 그리고 영덕학을 정립할 때 큰 도움이 될 것으로 본다. 앞으로도 많은 분들이 이런 형태의 자서전을 적었으면 좋겠다.

하루 종일 행복한 시간을 보냈다. 그리고 태어나서 책을 읽으면서 내 눈에 눈물이 고이기는 처음이었다. 그렇게 착한 그에게 왜 그런 병이 따라 다녔는지 그리고 그 여동생까지… 불구인 두 아이를 키워낸 그 어머니의 인생은 어떠했을지, 그리고 이 사회의 왜곡된 시선과 그들을 미처 배려하지 못한 각종 제도는 얼마나 그를 힘들게 했을지 가히 짐작하고도 남는다.

그렇지만 그는 해내었다. 이것을 오히려 기회로 삼아 노력하고 또 노력했다. 그는 그의 기도에 응해서 하느님이 기회를 제공했다고 하지만, 모두가 그의 노력과 집념의 결과라고 보아야 한다. 분노와 신세 한탄의 글은 한 군데도 찾아볼 수 없다.

내가 선배님과 식사를 하면서 그의 눈이 참으로 맑다고 보았다. 종교적인 힘인지 모르지만, 편안하고 인자함이 풍겨나는 달관한 모습 그 자체였다. 글을 다 읽고 나니 그 이유를 알게 되었다. 숱한 난관을 이겨내고 성공적인 인생을 살고 찬양사역으로 이 세상을 밝게 해 오신 선배님, 존경합니다. 사랑합니다. 많은 사람들이 이 자서전을 읽었으면 좋겠다.

(그의 인생스토리는《국민일보》에 2017. 9월부터 역경의 열매 코너에 〈종지기가 교회 음악가가 되다〉는 제목으로 12회 연재되었다). (2019.12.1.)

4. 영화 〈기생충〉을 보고

　이 영화는 봉준호 감독이 세계3대 영화상 중 하나인 칸 영화제에서 2019년 〈황금종려상〉을 수상하여 이름을 날린 바 있다. 최근에 아카데미 영화제에서 4관왕(각본상, 감독상, 국제장편영화상, 작품상)을 차지하여 더욱 각광을 받고 있다.

　반지하방에서 사는 한 가족(가장 김기택, 송강호 분)이 상류층 가정의 가사도우미, 가정교사, 운전수로 들어가서 기생을 한다는 내용을 가진 영화이다. 우리나라 사회의 단면을 잘 풍자했다고 평가된다.

　아들(기우, 최우식 분)의 명문대생 친구가 유학을 가면서 고액의 가정교사의 일을 맡기면서부터 영화는 시작한다. 사기성이 농후한 집안의 가족들이라서 쉽게 사기를 칠 방안을 고안한다. 아들은 먼저 명문대 재학증을 위조하여 IT기업 사장인 박사장(박동익, 이선균 분)의 부인(최연교, 조여정 분)의 환심을 사서 이 집에 들어가 딸 다혜의 가정교사가 된다. 그는 누나(기정, 박소담 분)를 미술치료사로 둔갑시켜 아들 다송이의 미술 가정교사로 들이도록 한다. 딸은 성실한 운전수였던 윤기사를 내보내고 아버지를 운전수로 들여보내는 계략을 꾸며낸다. 세 가족은 가사 도우미(국문광, 이정은 분)가 복숭아 알레르기가 있다는 점을 알아내어 그녀를 내보내고 어머니(박충숙, 장혜진 분)를 가정부로 들여온다. 이렇게 가족 네 명이 부잣집에 기생을 시작하게 된다. 아버지는 이렇게 하여 우리가 그 집에서 벌어오는 돈이 상당하다고 말하면서 득의양양하다.

부잣집이 야유회를 간 날, 큰 반전이 일어난다. 가족들은 마치 자신들이 주인인양 술파티를 벌린다. 그런데 난데없이 쫓겨났던 가사도우미가 비를 맞으면서 나타났다. 알고 보니 남편을 지하에서 수년 동안 숨기고 비밀스런 생활을 해왔던 것이다. 진실인지 알 수는 없지만, 부잣집에는 이런 지하 소굴이 있다고 가사도우미는 말한다. 그런 소굴에 전 주인일 때부터 직장을 잃은 남편을 몰래 숨겨서 살아왔다는 것이다. 또 다른 기식자들이 박 사장집에 존재해왔던 것이다. 이 두 기식자 가족들이 싸우는 가운데, 폭우 때문에 박 사장 가족이 예정보다 빨리 집으로 돌아왔다. 탁자 밑에 몇 시간을 보낸 가족들, 어렵사리 도망을 친 가족들. 그들 앞에는 홍수가 난 반지하가 기다린다. 모든 것을 잃은 가족들은 체육관에서 밤을 새운다.

파티를 하는 중에 큰 사고가 발생한다. 지하에 가두어두었던 가사도우미의 남편이 정신발작을 일으켜 지상으로 올라와 살인극이 벌어진다. 먼저 아들이 돌을 맞고 쓰러진다. 파티장은 아수라장이 된다. 결국, 딸은 남자의 손에 의하여 사망하고 아버지는 오히려 혼란 중에 주인 박 사장을 살해하고 만다. 시간이 지나 돌로 머리를 맞고 실신했던 아들은 살아난다. 행방불명이 된 아버지는 그 지하방에서 지금도 기거하고 있다는 편지를 아들에게 전해주었다. 이런 편지를 받아 든 아들은 아버지를 구해내는 길은 집을 구입하는 것이라고 생각하고 돈을 열심히 버는 것으로 영화는 막을 내린다.

영화의 제목이 〈기생충〉이다. 기생충이란 사람의 뱃속에서 무위도식하면서 사람이 먹는 음식물에 의존하여 사는 벌레들이다. 영화는 영화 속의 두 가족이 부잣집의 부를 활용하여 살아가는 모습이 마치 사람의 뱃속의 기생충과 같다고 하여 비유적으로 이러한 제목을 붙인 것으로 보인다.

영화는 우리 사회에 이런 류의 무위도식하면서 사는 사람들이 많음에 착안한 것으로 보인다. 그렇지만 영화의 가족들처럼 가족 모두가 한 집에 기식하는 기생충과 같은 그런 경우가 있는지는 상상하기 어렵다. 영화는 극단적인 모습으로 갔기 때문에 다소 코믹한 상황설정이 가능해졌다. 냄새가 난다는 장면과 같은 것이다. 같은 단칸방에 살기 때문에 사람 몸에서 같은 냄새가 날 수 밖에 없다. 집주인과 아이는 이상한 냄새가 난다고 한다. 이것은 하층민은 부자처럼 행세해도 여전히 그 신분을 뛰어 넘을 수 없다는 비유로서 냄새를 설정했다고 이해된다.

이 영화에는 유독 계단이 많이 나타난다. 계단은 신분의 상하를 나타낸다. 가족이 사는 집도 반지하이고 가사도우미 남편이 살던 곳은 그보다 더 아래인 지하이다. 박 사장의 집은 계단을 따라 올라가고 올라간다. 이것은 우리 사회가 부에 따라 다양한 계층으로 이루어졌다는 것을 상징으로 말한다

영화는 사람과 사람과의 관계를 정상적인 관계라기보다 상류층과 하류층을 나누어 하류층이 상류층에 기생하는 관계에 있음을 묘사했다. 아이러니한 것은 영화의 상류층은 아주 좋은 사람들로 묘사되고 있다는 점이다. 영화 속의 남편과 부인 그리고 아이들도 모두 양순하다. 오히려 기생충에 해당하는 하류층은 어떡하든지 상류층을 이용하고 활용하려고 한다.

영화는 비정상적으로 기생하는 자들은 결말이 좋지 않음을 나타내기도 한다. 가사도우미네 기생가족은 모두 사망하고, 살인극을 벌린 장본인이 되었다. 기우네 기생가족은 딸을 잃었다. 그리고 아버지도 오랫동안 지하에서 도피생활을 한다. 영화는 아들이 그 집을 샀는지는 나오지 않은 상태에서 마쳤다. 집을 산다는 것은 아버지가 지하 도피생활을 마친 것을 의미할 뿐이지 아버지는 영원히 살인자인 것이다.

이런 의미에서 영화는 기생하는 자들에게 따끔한 경고를 주는 것이다. 모든 것이 정상적인 것이 되어야 한다고. 또한 영화는 말한다. 우리 사회에는 어려운 환경에서 살아가는 사람들이 너무나 많고 각기 나름대로 사연을 안고 묵묵하게 살아가고 있음을… 그리하여 이들 모두가 더불어 같이 잘 살아가는 방법이 없는지 우리에게 자문하게 한다.

(2019. 7. 10.)

5. 영화 〈그리스인 조르바〉를 보고

이 작품은 니코스 카잔차키스의 소설(1946년)로서 너무나 유명하다. 고전의 하나로 평가된다. 여러 명사들이 꼭 읽어야 할 책으로 〈그리스인 조르바〉를 꼽는다. 이번 도쿄를 오가는 대한항공편에서 마무리 짓지 못하고 집에서 다시 한 번 시도하여 오늘(7/8) 마무리까지 보았다.

1930년대 청년은 크레타 섬으로 가는 여객선에서 조르바라는 60대의 그리스인을 만났다. 그는 자신에 차있는 당당한 사람이다. 청년이 크레타 섬에 가서 광산을 할 계획임을 듣고는 조르바는 그를 보스로 모시겠다고 하면서 자신이 광산경력도 있으니 채용해 달라고 한다. 이 때부터 상반된 성격과 직업의 두 사람이 크레타 섬에서 살아가는 모습이 대조적으로 화면에 나타난다.

광산 채굴업을 시작했지만 갱도가 무너져서 조르바는 산에 있는 나무를 베어다가 갱도를 튼튼하게 만들고자 시도한다. 청년은 자금을 대어주고 조르바를 격려한다. 산의 소유자인 수도원을 찾아가서 나무를 베어 사용하게 된다. 첫 테스트를 하는 날 경사진 비탈길을 내려오던 통나무들은 무게와 속도를 이기지 못하고 구조물을 모두 박살나게 한다.

무서워서 모두 도망가지만 조르바는 파티용 고기가 너무 구운 것을 걱정하고 달려간다. 청년에게 고기를 건네면서 둘은 식사를 한다. 이 영화의 하이라이트가 이제 나온다. 조르바는 세계를 향해 나가겠다고 한다. 청년은 조르바에게 춤을 가르쳐 달라고 한다. 그 유명한 안소니 퀸의 해변가에서의 춤이 나온다. 두 팔을 벌리고 좌우 전후로 발을 움직이는 그의 눈빛은 만족과 행복에 가득하다.

실패했음에도 어떻게 이렇게 천연덕스럽고 즐거울 수가 있을까? 현실에서는 불가능한 일이다. 영화는 이렇게 막을 내린다. 실패를 거울삼아 우리는 또 밝은 미래를 향해서 나아가야 한다는 명령을 우리에게 내리는 것 같다.

두 가지 점이 특별히 나의 마음에 남는다. 두 명의 여성이 등장하고 그들의 운명과 관련된다. 모두 첫 사랑에 실패하였고 현실에서도 버림받는 상황이 설정된다. 검은 옷을 입은 과부는 마을의 남자들의 연애의 대상이 되지만 과부는 강한 거부감을 보이면서 수절한다. 그래서 오히려 모든 남자들의 적이 된다. 결국 그녀는 집단 이지매를 당하고 살해된다. 호텔주인인 프랑스 여성은 폐렴으로 사망하면서도 조르바를 좋아한다. 두 여성은 영화에서 큰 역할을 하지 못하고, 당시 크레타 섬의 무법천지 상황을 나타내는 도구로서 사용된다는 점이 나로서는 불만이다.

영화는 조르바와 청년을 극명하게 비교한다. 조르바는 지나칠 정도로 긍정적이고 또 즉흥적이기도 하다. 글을 읽고 쓰는 작가인 청년은 지나치게 소심하다. 과부에게 말을 걸어보라는 충고를 조르바에게서 듣지만 그는 많이도 망설인다. 아무도 몰래 일을 저지르는 조심성을 보인다. 그가 하룻밤을 같이 보낸 과부가 마을의 집단으로부터 죽임을 당할 때임에도 그가 할 수 있는 일은 조르바를 불러오라고 조치를 취하는 것뿐이었다. 그는 무서워서 아무런 조치도 취하지 못하고 있다가 좋아하는 과부를 잃어버리고 말았다.

반면 조르바는 칼을 들고 살해하려는 남자와 격투하여 제압한다. 목숨을 건 사나이다운 행동이었다. 그는 수도원의 수도승들을 포도주로 유인하여 자신의 목적을 달성한다. 거짓 결혼도 쉽게 할 수 있는 사람이다. 조르바는 청년에게 말한다. 아무리 글을 읽고 책을 보아도, 현실에서 해결할 수 없다면 무슨 소용이 있느냐고 하면서 청년을 세상으로 나오라고 종용한다.

영화의 중심 테마는 "자유"라고 한다. 크레타라는 섬에서의 혼돈된 무질서 속에서 질서의 상징인 청년 그리고 무질서를 대변하는 크레타 섬의 사람들을 양극단에 두었다. 그 중간에 조르바가 있다고 보인다. 지식인들은 틀에 묶여서 행동을 쉽사리 하지 못하는 단점이 있다. 그렇지만, 지식이 많지 않아 행동이 앞서는 사람은 실패를 할 가능성도 높다.

조르바의 경우 그의 작품인 비탈길을 내려오는 구조물이 결국 실패한다. 그는 용기와 추진력은 있을지 몰라도 전문지식이 부족해서일 것이다. 전문지식도 있으면서 용기와 결단력 그리고 융통성이 있다면 더 없이 좋은 인간상이 될 것이다.

서너 번에 걸쳐서 나오는 조르바의 크레타 춤과 음악은 참으로 생생하다. 특히 춤을 출 때 안소니 퀸의 행복에 찬 모습은 일품이다. 직업이 무엇이든, 어떤 상황이든, 그 순간이 자신의 인생에서 최악인 실패의 순간에도, 미소를 머금고 집중하여 자신만의 춤을 출 수 있다는 것은 얼마나 멋진가? 궁극이라는 경지에 이른 것인가? 아니면 천성적인 그리스 사람의 성격에 기인하는가? 춤을 배우고 싶다는 생각이 문득 든다.

인터넷을 찾아보니 작가 니코스 카잔차키스가 1917년 여행 중 만난 조르바와 갈탄 광산을 하면서 경험한 바를 적은 책이《그리스인 조르바》라고 한다. 경험한 바를 글로 적게 되면 더 생생하고 독자들에게 공감을 받게 되는데 이 영화도 그렇다고 생각된다. 원작을 읽어보면 더 깊은 사유의 시간을 가질 것 같다.

(2019.7.9.)

6. 영화 〈남한산성〉을 보고

　영화 〈남한산성〉은 70만부가 팔렸다는 작가 김훈의 소설《남한산성》을 영화화한 것이다. 1630년대 북에서 여진족이 강성하여 국호를 후금에서 청으로 고치고 1636년 12월 용골대를 앞세우고 우리나라에 쳐들어와 군신관계를 요구했다. 당시 우리나라는 임진왜란 때 출병하여 왜의 침략에서 우리를 구해준 명나라를 섬기는 처지에 있었다. 남한산성에 갇힌 인조는 결사항전과 항복 중 택일을 해야 하는 기로에서 있었다.

　죽기로 싸워야 한다는 주전파(主戰派)의 거두로서 예조판서 김상헌(김윤석 분)이 전면에 나타난다. 이와 반대로 먼저 화친하여 살고 보아야 한다는 화친파(和親派)의 거두로서 이조판서 최명길(이병헌 분)이 있다.

　남한산성에 준비된 군대는 그야말로 보잘것 없다. 겨울이었기 때문에 날씨는 춥고 군량미도 떨어져간다. 북문을 통하여 일전을 하였지만 허무하게 패하고 만다. 성 안의 김상헌은 성 밖의 도원수와 연결하여 협공을 시도하지만, 역시 실패하고 만다. 조정에서는 명분론이 앞섰다. 그러나 현실적으로 더 이상 버티기 어렵게 되자 최명길의 상소에 인조(박해일 분)도 이를 받아들인다. 최명길이 항복의 문서를 작성하게 된다. 최명길이 항복의 문서를 가지고 성 밖으로 나가는 사이에 청군은 대포를 쏘아댄다. 결국 인조는 삼전도에서 3배 9고두의 례를 하고 청나라에 굴복한다.

눈 덮인 겨울철 풍경을 단순하면서도 엄중하게 잘 처리하여 〈남한산성〉은 영상미가 돋보인다. 영화의 스토리는 단순하다. 오랑캐가 쳐들어와 인조는 남한산성에 들어가 난을 47일 동안 피하려다가 결국 항복한다는 이야기이다. 단순한 스토리이지만, 이 영화는 인기리에 상영되고 있다. 인기의 비결은 포위당한 남한산성에서 대립되는 가치관을 극명하게 보여준다는 점에 있다.

첫째, 명나라를 계속 섬길 것인가 하는 대의명분론과 청나라 오랑캐와 화친하여 후일을 도모하자는 실리론의 이념적 대결이 돋보인다. 끝까지 오랑캐를 인정하지 않고 결의를 다져서 결사항전을 하면 결국 살게 된다는 김상헌의 주장과 먼저 화친을 하여 살아야 후일을 도모할 수 있다는 최명길의 주장이 대립한다. 그 사이에 결정을 내려야 하는 인조가 있다. 인조는 결국 상황논리에 따라 화친을 선택하게 된다. 현재의 관점에서 본다면 최명길의 실리론이 정답인 것으로 보인다. 그렇지만 그 당시의 중화관과 유교의 세계관으로 볼 때에는 명나라를 버리고 오랑캐의 신하가 된다는 것은 상상하기 어려웠을 것이다. 영화에서는 결국 최명길이 논쟁에서 승리하여 김상헌은 자결을 시도함으로써 실리가 승리하였음을 말한다.

그렇지만 실제 조선의 긴 역사에서의 승리자는 대의명분을 중시한 김상헌이라고 보아야 한다. 병자호란이후 (신)안동김씨는 조선 중후기 최고의 명문가문으로 성장하게 되었다. 김상헌의 형인 김상용도 병자호란에서 자결하였고, 김상헌은 병자호란 후 3학사로서 청나라에 인질로 잡혀갔었고 그 후 효종의 북벌론을 지지하였다. 이러한 두 형제의 충절과 명분의 중시는 정조에게 높이 평가받아 집안은 존경의 대상이 되었고 그의 직계후손들은 이씨 왕조의 총애를 받게 된다.

김상헌의 후손은 "금관자가 세 말이다"는 말이 있듯이 수많은 당상관을 배출하였고, 형제간 영의정 부자간 영의정을 낳았다. 이들은 서인·노론의 중심세력이 되어 세도정치라는 퇴행적 모습을 보이기도 했지만, 겸재 정선을 후원하는 등 조선의 메디치가로 불릴 정도로 예술을 좋아하고 장려하였다.

둘째, 영화는 조선시대 정치체제의 문제점을 날카롭게 지적한다. 군인이나 평민들의 입을 빌려서 임금이나 집권층은 백성을 위하여 존재하는 것이 아니라 그들만의 리그에 몰두되어 있다는 점을 지적한다. 그 전에 있었던 정묘호란 시에 이미 백성들은 큰 피해를 입었지만 국가가 해준 것이 없다. 국가는 준비도 없이 또다시 전쟁을 당하였다. 백성은 누구를 위하여 싸워야 하는가? 첫 장면에서 뱃사공은 김상헌에 의하여 죽임을 당한다. 그는 왜 죽었어야 하는가? 그는 말했다. "임금을 태워주었지만 동전하나 받지 못했다. 그리고 청나라 군인들이 오면 또 건너 줄 것이라"고 말함으로써 김상헌을 화나게 했다. 그 뱃사공은 그 당시 이반되었던 민심을 단적으로 표시한다. 대장장이 서날쇠(고수 분)가 가져온 공격명령 문서를 받고서 도원수의 진영에서는 진격을 하지 못하고 오히려 쌍것이 문서를 가져왔다고 진의를 의심하고 그를 살해하려고 한다.

조선시대는 왕이 국가였던 시대였다. 모든 것이 왕이 중심이었다. 밖으로는 백성을 위한 것처럼 보였지만 백성들은 왕의 도구처럼 활용되었다. 척화냐 화친이냐는 것도 결국 왕과 정치세력들을 위한 목적이 아니었던가 하고 작가는 말하고 싶어 하는 것 같다. 작가는 섬세하게 이러한 장면을 여러 곳에 배치하여 암시하고 있다.

영화는 민들레를 보여주면서 다시 봄이 와서 새로운 세계질서가 형성되었다고 말한다. 1636년 삼전도의 굴욕 이후 청나라가 중국에 들어서고 명은 사라지게 되었다. 전쟁을 하지 않았어도 중국은 명에서 청으로 교체되었을 것이다. 국제관계는 현재의 시각에서 볼 때 조공을 바치는 중국이 명나라에서 청나라로 변경된 것에 지나지 않는다. 이것이 백성들의 생활에 어떠한 영향을 준다고 보았기에 전쟁까지 해야 했는가?

남한산성의 배경이 된 병자호란(1636.12~1637.1)은 우리나라 역사상 패배한 유일한 전쟁이었다. 임진왜란 이후 3~40년 동안 우리 조정과 집권층은 어떤 준비를 하였던가? 매사에 그렇지만 한번 경험한 다음에도 제대로 준비하고 대비하지 않으면 엄청난 화를 당한다는 것을 병자호란을 통하여 우리는 다시 한 번 깨닫게 된다. 병자호란 후 우리 백성 50만 명이 노비로 청나라에 끌려갔다는 사실이 뼈아프다.

이왕 영화 남한산성은 패전의 역사이기 때문에 그 결과 우리나라는 어떤 변화와 피해가 왔는지도 잠시 영상화했어야 한다고 본다. 그렇지 않았기 때문에 도대체 왜 싸웠는지에 대한 의문이 제기되게 되는 것이다. 김상헌이 말한 척화의 명분이 제대로 이해되지 않는다. 이 영화의 아쉬운 점이다.

조선의 당시 상황은 백성을 위한 정치라기보다는 왕과 집권층을 위한 정치였기에 오늘의 관점에서는 이해하기가 어려운 측면이 있다. 인조를 이은 효종시대에 청을 치자는 북벌론이 일어날 정도로 패망한 명에 대한 의리는 우리나라 지식층에서 널리 퍼져 있었다. 따라서 당시 국시인 유교의 명분을 고려하면 임진왜란 때 우리를 도와준 명을 숭상하고 청을 배척하는 김상헌의 척화론도 이해하지 못할 바는 아니다.

이러한 점에서 남한산성에서 최명길이 보여준 실리론과 인조의 항복 결정은 백성의 희생을 최소화하는 결정으로 높이 평가되어야 할 것이다. 항복의 문서를 작성하는 최명길에게 인조는 묻는다. "만고의 역적이 되어도 좋으냐"고. 최명길은 답한다. "좋습니다"라고..

(2017. 10. 20.)

7. 영화 〈안시성〉을 보고

추석과 설 명절에 아이들과 같이 영화를 보는 것이 연례 행사가 되었다. 작년 추석에는 영화 〈남한산성〉을 보았고, 추석 다음날인 어제(2018.9.25.) 저녁 〈안시성〉을 보았다. 〈남한산성〉과 〈안시성〉은 모두 대국인 중국의 군대가 쳐들어와 우리 군대와 싸움을 하는 전쟁영화라는 점에서 동일하다. 그러나 두 영화는 많은 점에서 차이가 난다.

역사적으로는 〈안시성〉 싸움은 서기 645년 고구려 때이고 중국은 당나라 때였다. 〈남한산성〉은 1636년 조선시대이고 중국은 청나라 초기였다. 남한산성은 47일간 남한산성에서 항전하다가 항복을 하게 되었지만, 안시성에서는 90일을 견뎌내고 승리를 하였다는 점에서도 차이가 난다.

영화 〈남한산성〉은 척화파 김상헌과 화친파 최명길의 명분론과 실리론이라는 큰 사상적 대립을 배경으로 하여 이해하기가 쉽지는 않지만, 영화 〈안시성〉은 성주 양만춘이 리더십을 발휘하여 단결과 지략으로 중국 대군과 수적인 열세에도 불구하고 싸워나가는 단순한 스토리를 바탕으로 해서 이해하기 쉽다.

영화는 645년 요동의 주필산 전투로부터 시작된다. 20만 당나라 대군과 15만 고구려 대군이 맞붙었지만 매복을 당한 우리 고구려군이 패배하고 만다. 당나라 태종 이세민은 고구려수도 평양성으로 가기위한 마지막 관문인 안시성을 공격하게 된다.

안시성에는 성주 양만춘(조인성 분)이라는 걸출한 영웅이 버티고 있었다. 그는 부드러운 리더십을 가진 것으로 그려진다. 양만춘은 철저하게 백성을 사랑하고 아끼는 사람이다. 연개소문으로부터 그를 살해하라는 지시를 받고 온 사월은 그의 인간성과 애국심에 반하여 오히려 그의 사람이 되고 말 정도이다. 그는 당군의 공격에 대비하여 철저한 준비를 해왔다.

안시성의 모양자체가 수비하기에 좋은 모양으로 지어져 있다. 성곽이 한자로 요(凹)자 모양이다. 이러한 성곽은 튀어나온 양쪽의 끝부분에서 성문을 부수는 적군을 향해 화살을 쏠 수 있다. 당군이 높은 통모양의 사다리 무기로 공격했을 때 양쪽에서 밧줄을 걸어 이를 쓰러뜨리는 장면이 나오는데, 이러한 성곽의 모양에서 가능하였다. 성곽 입구를 지키기 위하여 성곽 앞에 다른 형태의 성을 쌓은 것을 옹성이라고 하는데 고창읍성, 수원성, 남한산성에서 볼 수 있다. 요자형 성곽은 옹성과 유사한 기능을 한 것으로 보인다.

당군이 성벽을 쳐도 성벽이 뚫리지 않았다. 성벽의 안쪽이 흙으로 되어 있었기 때문에 성곽이 무너지지 않았던 것이다. 당군은 이를 알고 당황한다. 성문이 뚫렸지만, 성주 양만춘은 "결코 성이 뚫리지 않는다"고 말한다. 그는 2차 방어진을 준비해두고 있었다. 높은 곳에서 아래로 떨어지도록 나무로 만든 그물망을 쳐서 적을 가두어 몰살을 시켰다. 기름을 준비하여 활용하거나, 큰 돌을 달아서 기어오르는 적군을 내리치는 장면에서도 철저한 준비상황을 알 수 있게 한다.

영화는 높은 지대를 차지하고 있는 것이 전쟁에서 얼마나 유리한지 극명하게 보여준다. 지리적으로 높은 지대에 위치한 성곽에서 수비하는 안시성 군대가 낮은 지대에서 공격하는 당나라 군대에 비하여 절대 유리하였다. 대포가 없던 시절 지리적으로 높은 위치를 차지하는 것은 전쟁에서 최고의 이점이 되었음은 쉽게 이해가 된다.

이세민은 갖은 방법을 다하여 공격을 한다. 화살을 높이 쏘아 성벽 위로 올리는 방법, 사다리를 타고 기어오르는 방법, 높은 구조물을 만들어 위에서 아래로 쉽게 공격하는 방법 등 다양한 방법을 강구하지만 그는 번번이 실패한다. 마지막으로 이세민은 3개월간 토산(土山)을 지어서 지리적인 열세를 일거에 만회하여 안시성을 정복하려고 한다.

안시성 안은 긴장감이 감돈다. 양만춘 장군은 야간기습을 감행했지만, 신녀의 밀고로 실패하고 만다. 신녀는 고구려 신이 고구려를 버렸다고 공언한다. 그러나 양만춘은 결코 포기하지 않는다. 절체절명의 위기에 놓인 안시성. 고민에 고민을 거듭하는 양만춘. 아이들의 소꿉놀이에서 영감을 얻은 양만춘은 토산의 밑으로 굴을 뚫고 들어가 토산을 무너뜨리는 전략을 구사한다. 주민들의 살신성인하는 희생정신에 힘입어 막 공격을 시작하던 당나라 군대는 토벽이 무너지면서 또 패배와 후퇴를 하게 된다.

양만춘은 사력을 다하여 무너진 토벽의 고지를 장악한다. 또 다시 높은 지대의 중요성을 안 양만춘은 이를 실천한 것이다. 화가 난 이세민은 총공격을 개시하여 끝장을 보려고 한다. 그렇지만 높은 고지에서 수비하는 양만춘이 절대적으로 유리하다.

드디어 화살까지 모두 떨어진 상태. 최후의 순간을 맞이할 찰나에 양만춘은 주몽이 사용하였다는 대궁(大弓)을 가져 오라고 한다. 대궁은 주몽 말고는 활시위를 당길 수 없을 정도로 크고 육중하다. 그렇지만 멀리까지 화살이 날아갈 수 있다. 양만춘이 두 번째 시도에서 활시위를 있는 힘을 다해 당겨 하늘 높이 날린다. 기적같은 일이 벌어진다. 멀리 날아간 화살이 이세민의 왼쪽 눈에 꽂힌다.

한편, 연개소문이 암살자로 보냈음을 알게 되었음에도 양만춘은 사월을 안시성 사람이라고 죽이지 않는다. 사월은 성곽 위 싸움에서 양만춘을 구해준다. 절체절명의 위기에 놓인 안시성을 구하기 위하여 사월은 평양으로 가서 연개소문을 설득한다.

드디어 연개소문의 군대가 도착하니 당 태종 이세민도 더 이상 버티지 못하고 혼비백산 후퇴를 하였다. 이렇게 하여 고구려와 당나라가 맞붙은 안시성 전투는 고구려의 승리로 막을 내리게 된다.

영화에 그려진 바에 따르면, 안시성 전투에서 승리의 가장 큰 요인은 안시성이 갖는 지리적 여건이라고 생각된다. 양만춘에게는 높은 지역에 효율적으로 지은 성곽이 있었다. 대포가 없던 시절 낮은 지대에서 공격하는 측이 높은 지역에서 수비하는 군대를 이기기는 쉽지 않다.

양만춘은 이러한 지리적 이점을 철저하게 이용하고 활용하였다. 또 하나의 승리의 동력은 부드러운 리더십을 가진 성주 양만춘과 성주민들의 성을 지켜내야겠다는 합치된 마음 그리고 이들의 살신성인하는 자세였다. 성주 양만춘의 철저한 준비와 지략도 승리의 요인으로 크게 부각되어 있다.

영화를 보는 순간 우리 정기선해운의 위기상황이 오버랩되었다. 2년 전 한진해운의 법정관리에 이은 파산과 2개 외항정기선사의 부진으로 대표되는 대한민국 원양정기선 해운과 당나라 20만 대군에 맞서 싸워 승리한 5천 명의 안시성 군대가 크게 비교되었다. 이를 정리 해보면 아래와 같다.

첫째, 우리나라 수출입 물동량이 많다는 점은 안시성 전투에서 적을 아래로 내려다 볼 수 있는 성곽의 존재와 같은 것이다. 우리는 세계 10위권 이내의 물동량을 가지고 있다. 통계자료에 의하면 20년간 우리나라의 수출입 물동량은 7배나 성장한 것으로 나온다. 그렇지만 우리나라 해운사들의 매출은 제자리 걸음이었다가 한진해운사태로 오히려 줄어들었다. 약 30조원이다.

왜 우리 원양정기선사는 북태평양 항로에서 우리나라 수출입 물동량의 17%만 싣고 다니느라고 운임수입을 올리지 못하는 것일까?

왜 우리 수출입 화주들은 우리 정기선사를 외면하고 외국 정기선사를 선호하여 짐을 맡기는 것일까? 우리 수출입 화주들은 안시성과 같은 성곽이 주는 장점을 우리 정기선사들에게 제공하지 못하고 있다. 이를 제대로 활용하지 못하고 있는 우리 해운과 무역과의 관계가 안타깝기만 하다.

둘째, 우리 원양정기해운의 전략이다. 양만춘은 전쟁에 대비해 장수와 군인들을 철저하게 전쟁준비를 시켰다. 이러한 철저한 준비가 전쟁에서 승리한 큰 요인이다. 그 철저한 준비는 육체적인 단련만 있는 것이 아니라 다양한 머리를 쓴 전략들이다. 수비하기 좋은 성곽자체의 모양, 기름주머니, 나무를 이용한 그물망 포위작전, 대형 돌을 이용한 수비, 토굴아래를 뚫고 들어가는 전술 등이 동원되었다.

정기선해운은 단순히 선박만 항로에 띄운다고 해서 되는 것이 아니다. 국제경쟁 하에 있기 때문에 화주에게 싼 운임을 제공하기 위하여 육상에서 해상에서 다양한 전략으로 원가를 낮추어야 한다. 물적 수단인 선박과 컨테이너 박스의 보유 비용을 줄이고, 컨테이너의 회수비용을 줄여야 한다.

피더선의 효율적인 활용, 규모의 경제를 통한 각종 사용료의 절감, 육상의 운송망의 확충 이런 것들이 모두 절실하게 필요하다. 영업전략으로서의 포토폴리오의 확충도 필요하다. 이러한 것은 양만춘이 철저히 준비한 각종 전술들에 비견된다. 과연 우리 외항정기선사들은 어느 정도 이런 것들이 실행되었는지 반문하게 된다.

셋째, 해운계의 각 분야의 리더십에게 주는 교훈이다. 양만춘은 몸을 사리지 않고 직접 전투에 뛰어들어 부하의 전투를 독려하는 솔선수범의 리더십을 보여주었다. 그는 장수들과 주민들과 소통하고 상대방을 자기편으로 만드는 부드러운 리더십도 보여주었다.

이렇게 함으로써 성주를 중심으로 군대와 주민들이 일심동체가 되었다. 안시성 자체의 힘만으로 살아남아야 한다는 생존에 대한 명확한 목표를 그는 주민들에게 제시하고 끌고 갔다. 안시성 싸움은 양만춘의 탁월한 리더십의 결과물이다.

해운계에서도 훌륭한 리더십이 존재했었기 때문에 무에서 유를 창조한 오늘이 있다. 그렇지만 최근 외항정기선 해운의 부진을 단순한 불경기나 금융의 탓으로 돌릴 수만은 없다. 리더십의 부재가 일정부분 그 부진에 기여했다고 보여진다. 한진해운이 사라진 지 2년이 지난 다음에도 한진해운이 올렸던 8조원의 매출은 다시 회복되지 않고 있다.

양만춘 성주와 같이 자신의 직분에 충실하면서도 뚜렷한 목표의식을 제시하여 몸소 실천하면서 부하 및 주민들과 소통하여 조직을 하나로 통합하는 리더십이 해운산업 각 분야에서 절실하게 필요하다고 느껴진다.

넷째, 해운계는 물론 무역업계 등 관련 산업에게 주는 교훈이다. 안시성 사람들은 토산을 무너뜨리기 위하여 땅굴을 파게 되었다. 땅굴을 지탱하던 목재버팀목에 불을 붙여야 하는데, 비가 와서 기름에 불이 붙지 않자, 주민 10여 명은 도끼로 막장을 무너뜨리고자 결심한다. 그 결과는 자신들의 죽음이었다. 그들은 위기상황에서 죽음으로서 성을 구한 것이다. 그들이 선택한 죽음의 결과 토산이 무너뜨려졌고 안시성이 살았고 고구려가 살아남았다. 그들의 죽음은 큰 감동으로 다가왔다.

우리 해운계나 무역업계가 이런 살신성인하는 자세를 과연 얼마나 보여주었나? 여기서 말하는 살신성인하는 자세는 공선사후(公先私後)하는 자세를 말한다. 모두 사기업들이기 때문에 이익추구가 우선인데, 공익적인 모습을 보여 달라고 하는 것이 자본주의 사회에서 무리일 것이다. 그렇지만 지금은 상황이 다른 위기상황이다. 공익적인 자세가 필요한 때이다.

해방 이후 척박한 환경 속에서도 선배님들은 해운산업을 키워놓았다. 외부로부터 적들이 쳐들어 왔을 때 살 수 있는 방안으로 만든 안시성이라는 성곽이 큰 힘을 발휘하여 5천의 군사가 20만 대군을 이겨내듯이 우리 수출입화물의 운송, 즉 무역입국의 수단으로서 해운을 만들어 둔 것이다. 이를 활용하고 살려두는 것이 우리 대한민국 모두를 위하여 유용한 것임에 의문의 여지는 없을 것이다.

정기선해운은 무역과 연결되어 있다. 우리나라 정기선해운이 없다면, 모든 수출입화물의 수송을 외국정기선사에 의존해야 한다. 이렇게 된다면, 우리가 해마다 매출 20조원을 획득하지 못하게 되는 점이 가장 뼈아프다. 외국 정기선사만 있을 경우에는 우리 정기선사가 없으므로 운임이 쉽게 올라가 우리 수출입상품의 경쟁력이 떨어지게 된다.

싫든 좋든 모항을 기반으로 하는 우리 정기선사는 안시성의 성곽과 같은 존재이다. 그 힘이 평화스런 시대에는 보이지 않지만, 꼭 필요한 때에는 요긴하게 그 기능을 다한다. 우리 정기선사가 있어야만 부산항, 광양항, 인천항 기항이 반드시 보장되어 우리 화물이 적기에 순조롭게 선적되어 수출입이 될 것이다. 우리 외항 정기선사와 우리 화주들은 안시성의 성곽과 같은 존개사 되어 서로 보호를 받아야 한다.

그 첫걸음은 우리 화주의 물량을 가능한 많이 우리 정기선사에 실어주는 것에서부터 시작되어야 한다. 우리 원양정기선사들은 원가를 절감하여 운임경쟁력을 갖추어 화주로부터 이와 같이 선호받도록 하는 준비를 철저히 해야 할 것이다. 혹시라도 우리 외항정기선사들이 우리 화주들이 아니어도 외국화주들의 화물을 실으면 충분하다는 느슨한 생각을 가지고 있다면 버려야 한다. 내수를 버리고 외국만 바라보는 것은 안전한 성곽을 버리고 벌판에서 싸우는 격이 될 것이다.

목표를 뚜렷하게 해야 한다. "무역입국과 해운입국을 위해서는 우리 국적의 외항정기선해운이 꼭 필요하다"는 목표이다. 외항정기해운계와 무역업계의 상생하는 정신과 단합이 꼭 필요하다는 점을 영화 〈안시성〉을 보고, 다시 한 번 절감하게 되었다. 두 업계는 서로에게 안전한 보루인 안시성이 되어야겠다.

(2018. 9. 26.)

8. 영덕학사생들을 위하여
- 당당하고, 긍정적이고,
고마움을 잘 전달하는 사람이 되자 -

〈편집주 : 아래 글은 영덕학사에서 해마다 실시되는 학사생 대면식에서 김인현 교수가 2018.2.27. 학생들 30여 명을 대상으로 행한 특강의 내용이다. 영덕군 장학회의 박영호 이사장, 이재균 이사, 문재열 이사, 문상순 이사 및 김해숙 학사장도 자리를 함께했다.〉

여러분 반갑습니다. 오늘은 영덕학사생 대면식으로 알고 있습니다. 선후배가 한 자리에 모여서 첫 인사를 하는 자리입니다. 저는 재경 영해중고 동문회장이면서 영덕학사를 운영하는 영덕군장학회의 이사로 일하고 있습니다. 제가 여러분과 유사하게 영해중학교, 영해고등학교를 졸업하고 고려대의 교수로 있기 때문에 후배인 여러분들에게 교육적인 차원에서 지도를 해주십사는 부탁을 학사장님으로부터 받았습니다.

저는 작년 대면식에서도 여러분에게 특강을 한 바가 있습니다. 여러분들이 서울에 있는 대학의 진학과 영덕학사 입사를 축하드리면서 여러분들이 대학생활을 성공적으로 마치고 훌륭하게 자라는 데에 도움이 되는 몇 가지 말씀을 드리고자 합니다.

첫째, 당당하게 생활하자

여러분들은 각 대학에서 동급생들과 경쟁하면서 공부를 하게 됩니다. 동급생들이 대원외고, 용인외고, 명덕외고 등 외고나 서울의 일류고등학교를 나온 학생들도 많이 있을 것입니다. 서울에서 공부한 학생들은 여러분들보다 좋은 교육 여건 하에서 자라나서 뛰어날 것입니다.

또한 그러한 동급생들은 좋은 선배도 많고 좋은 대학에 다니는 친구들도 많이 있습니다. 학과 공부를 하면서도 영어나 수학 등에서 그들은 뛰어날 것입니다. 그래서 여러분들은 그들이 부럽고, 자신은 왜소하다고 자책할 것입니다.

그렇지만 여러분 기죽지 마시기 바랍니다. 비록 교육여건에서 여러분들이 불리한 상태에 있었고, 당장은 어렵지만, 1~2년 내에 여러분은 반드시 이를 극복할 수 있다고 저는 믿습니다.

여러분들은 누구보다도 우수한 분들이었습니다. 여러분들은 영덕이나 영해에서 초등학교에서부터 항상 1등이나 2등을 하신 분들입니다. 그래서 집안이나, 학교의 선생님 및 친구들로부터 많은 칭찬을 받고 자랐습니다. 또 그 결과 원하시는 대학에 진학하였습니다. 여러분은 영해나 영덕에서 아주 우수한 상위 그룹에 속하는 분들이었습니다. 그래서 여러분들은 자신감과 긍정의 마인드로 충만합니다.

하면 된다는 자신감, 매사를 낙관적으로 보는 긍정의 마인드는 주어진 일을 성취하는데 무엇보다 중요한 요소라고 믿습니다. 1~2년 동안은 공부에서 고생을 하더라도 결국은 여러분들이 동급생들을 따라잡고 우수한 성적으로 졸업하게 될 것입니다. 따라서 저는 여러분들에게 오늘 당당하게 학교생활에 임하라고 당부드립니다.

둘째, 영덕출신의 장점을 극대화하는 진로를 잡자

앞으로 여러분들은 졸업 후의 장래 직업에 대해서도 많은 고민을 하게 됩니다. 과연 어떤 길을 가야 성공할 수 있을까? 서울이라는 큰 도시에서 집안과 출신학교 등 배경이 좋은 동급생들을 보면 부럽기 한이 없을 것입니다.

학연, 지연, 혈연관계가 우리나라 사람들의 성공에 큰 요소가 되어 왔습니다. 여러분들은 이 세 가지가 모두 열악한 불리한 상태입니다. 그래서 처음부터 포기를 하는 사람들이 있습니다. 그런데 모든 면에서 우리가 불리한가 생각해보십시오. 반드시 그렇지 않을 것입니다.

여러분, 영덕군수의 직무를 잘 수행하려면 서울에서 중학교 고등학교 나온 분이 나을까요 아니면 영덕에서 중고등학교를 나온 분들이 더 나을까요? 후자가 더 나은 것은 두말 할 나위가 없습니다. 영덕지방의 국회의원도 마찬가지입니다. 여러분들이 지방행정이나 정치에 관심을 가지고 꿈을 펼치고 싶다면 영덕에서 자라난 여러분보다 좋은 여건을 가진 분은 없습니다. 영덕관련 선출직에는 영덕출신이라는 것이 최고의 장점이 되는 것입니다.

영덕 출신들은 교직이나 공무원으로 진출하신 분들이 유독 잘 되셨습니다. 저를 비롯하여 교수직에 있는 분들이 10분은 되십니다. 이 것은 영덕 출신들은 성실하게 꾸준한 성품을 가지고 있고, 이 분야는 지연, 학연의 작용이 덜하여 본인의 능력이 성공에 있어서 큰 비중을 차지하기 때문입니다.

사업에 나가신 분들은 부침이 심하였습니다. 박영호 이사장님과 같이 성공하신 분도 많으십니다. 그렇지만 대체로 힘들었습니다. 사업을 위해서는 든든한 자금이 필요한데, 주위로부터 재정적인 도움을 받기가 힘들었던 것도 그 이유의 하나일 것입니다.

셋째, 모교·고향의 일에도 관심을 가지자

서울에 올라와서 여러분은 외로운 상태이고, 주위에 조언이나 도움을 받을 분들이 많지가 않습니다. 서울에 있는 모교의 동문회 예컨대 재경영해중고동문회, 재경영덕중고동문회, 재경영덕군향우회 이런 모임에도 관심을 가지고 나가보시기 바랍니다. 훌륭한 선배님들이 많이 계신다는 점에 여러분은 큰 자부심을 가지게 될 것입니다. 부정적인 마인드를 씻어내고 긍정적인 마인드를 가지게 되는 큰 계기가 될 것입니다.

영덕 출신들의 서울의 대학 진출이 그렇게 많지 않습니다. 그렇다 보니 한두 명 훌륭한 후배를 만나게 되면 반가워서 선배님들이 그 후배를 소중하게 생각하며 그를 지원하고 아껴주는 경향을 보입니다. 저도 그런 점에서 선배님들로부터 도움을 많이 받았습니다. 다행히 학사장님께서 이런 점에서 저와 같은 생각이시라서 여러분들을 잘 인도하여 동문들과 연결시켜주실 것입니다.

넷째, 고마움을 잘 전달하는 사람이 되자

사람이 살아가는 것은 사람들과의 관계 속에서 이루어지게 됩니다. 그러므로 여러분들은 누군가로부터 도움을 받기도 하고 또 도움을 주기도 합니다. 도움을 받았다면 여러분들은 감사의 마음을 가지실 것입니다. 저는 여러분이 여기에 그치지 말고, 바로 바로 그 고마움을 표시하는 습관을 몸에 붙이시길 당부드리고자 합니다.

고마움의 표시는 무슨 대단한 일을 해야 하는 것이 아닙니다. 이메일로, 혹은 문자메시지로라도 "도움에 감사드립니다"라고 마음을 전달해도 충분합니다. 간단한 것 같지만 여러분, 우리는 이것도 제대로 하지 못하는 경우가 태반입니다.

좋은 인간관계는 감사하고 고마운 마음을 가지고 이를 상대방이 알도록 표시하는 것에서부터 시작한다고 봅니다. 일상생활에 많은 부분에서 "감사합니다. 고맙습니다"는 인사가 필요합니다. 항상 고마워하는 마음으로 충만하신 분은 상대방에게 좋은 인상을 주게 됩니다. 그래서 밝은 사람으로 평가됩니다.

사람들은 부정적이고 어두운 사람은 좋아하지 않습니다. 이제 여러분들은 주위의 사람들로부터 긍정적이고 인사성이 있는 사람이라는 평가를 받게 됩니다. 이것이 몇 년에 걸쳐 쌓이게 되면 여러분은 이제 좋은 평판을 가지는 사람이 됩니다.

좋은 평판이야말로 여러분의 40대와 50대의 인생의 황금기에 성공을 결정짓는 가장 중요한 요소가 됩니다. 그 출발점에 여러분은 서 있습니다. 좋은 평판을 가져가는 첫걸음은 주위에 도움을 주시는 사람들에게 항상 고마운 마음을 가지고 고맙다는 인사를 하는 점에 있다는 것을 명심하시기 바랍니다.

여러분들은 서울에 있는 대학에 다니기 때문에 오늘 저녁 이 모임에 나오시게 되었습니다. 그래서 여러분을 교육시켜주신 부모님들께 또 선생님들에게 감사를 드려야 합니다. 그리고 안락하게 편하게 서울에서 기숙이 가능하게 해주시는 영덕학사 관계자분들이 계십니다. 영덕학사의 재정을 담당하는 영덕군 장학회 이사장님을 비롯한 이사님들이 여기 계십니다.

모임에는 한두 명의 참석으로는 되지 않습니다. 오늘 모임이 가능하도록 많이 참석해주신 동료 학사생들도 고마운 존재입니다. 여러분, 이 모든 분들에게 고마운 마음을 가지시고 감사의 뜻을 전하시기 바랍니다.

여러분, 서울 소재 좋은 대학에 진학하여 영덕학사에 입사한 것을 다시 한 번 축하드립니다. 몇 가지 저의 경험에 바탕을 둔 조언들이 여러분의 장래 삶에 큰 도움이 되길 빕니다.

감사합니다.

(2018. 2. 27.)

9. 신정동진 축산항

포항에서 7번 국도를 달리다보면 오른쪽으로 조금씩 바다가 빼꼼이 자태를 드러낸다. 장사를 지나면서 바다는 온전히 자신의 자태를 드러낸다. 강구를 지나고 영덕을 지나 드디어 도곡에 마주친다.

블루로드에서 가장 아름답다는 축산항을 보려면 여기에서 7번 국도를 벗어나 지선으로 오른쪽으로 들어가야 한다. 도곡에서 약 2킬로미터를 달리면 염장이 나온다. 그리고 염장에서 약 100미터를 내려오면 오른쪽으로는 차유로 가는 길이 나오고, 곧장 90도를 좌회전하여 보면 신정동진 축산항이 아름다운 자태를 나타낸다.

축산항은 세종시의 정동(正東)에 위치하기 때문에 영덕군은 축산항을 신정동진으로 이름붙이고 강원도의 정동진과 같은 관광지로 개발하고자 한다.

〈지리와 행정〉

축산항의 입구에서 보면 정면에는 태백산의 마지막 줄기인 와우산이 나지막히 솟아 있고, 오른쪽으로는 말미산이 따라온다. 그 사이로 강이 흐른다. 이 두 산을 이어줄 듯 말 듯 죽도산(竹島山)이 자리한다. 조물주는 축산 주민들에게 어항을 만들어 주기 위하여 와우산과 죽도산을 완전히 이어주지 않고 500미터 정도의 간격을 주었다. 또 조물주는 축산항에 아름다움을 선사하기 위하여 말미산과 죽도산 사이에 2킬로미터의 간격을 주어서 백사장을 만들어 주었다. 그 사이로 축산천이 흐른다.

축산항은 조선시대에는 영해부의 남면에 속하였고, 현재 경북 영덕군 축산면에 속한다. 면소재지는 도곡에 있다. 축산항은 강구항과 더불어 영덕군에서 가장 큰 어항 중의 하나이고 축산면의 경제적인 중심지라고 할 수 있다. 축산항은 지역적으로는 축산1동과 2동(일명 염장, 혹은 양장), 3동을 포함하고 사진 3동(말발)과 경정 2동(차유), 경정 1동 및 경정 3동(오매)을 포함한다.

축산항에 존재하는 축산수협(현재 영덕북부수협)의 행정구역은 멀리 병곡면의 금곡에서 축산면의 경정 3동까지 포함하므로 경제적인 의미의 축산항은 동해안의 해안 상당부분을 차지한다고 할 수 있다.

축산항은 고려시대를 포함하여 조선 중기까지도 수군 만호가 설치되어 있었다. 그 중요성은 동래와 비슷할 정도였다고 한다. 지금도 축산항에는 당시의 성곽의 유적이 남아있다. 1960년대만 해도 당시 만호가 사용하던 관청이 남아 있었다. 일제 시대에도 일본사람들이 들어와서 어업에 종사한 관계로 번창했던 곳이다. 전기와 전화는 이미 1950년대부터 들어와서 문명의 이기를 영덕군의 어디보다도 빨리 맛본 곳이기도 하다.

〈생활과 산업〉

축산항은 반농반어의 전형적인 동네이다. 약 2천여 명의 주민들은 반은 농사로 반은 어업으로 생계를 유지한다. 염장과 축산항 입구에 있는 논들은 옥답이라서 산출이 많다. 대형 어선업을 영위하는 선주가 많다기보다는 바다를 생계로 하는 조그만 어선들이 많아서 주민들은 어선선주, 어선선원, 중도매인, 수산물 가공업 등을 주업으로 한다.

10월에서 1월에까지 형성되는 오징어잡이와 오징어건조는 모든 주민들에게 해당되는 가장 큰 몫돈 마련 수단이었다. 꽁치, 물가자미, 대게도 주요한 어획물이다. 무엇보다 12월에서 4월까지 형성되는 차유 및 축산항에서 잡히는 대게잡이는 원조 영덕대게의 명성을 이어주고 있다.

조용한 어촌이었던 축산항에도 지방자치가 시작되면서 생기가 돌기 시작하였다. 아름다운 천연항인 축산항의 관광자원이 개발되게 된 것이다. 주민들이 자치적으로 발전적인 모임을 가지던 것이 영덕군과 경상북도의 사업에 선정되게 되었다.

경북 영덕군의 바다에 면한 64km를 관광목적의 블루로드로 만들면서, 축산항은 그 중 가장 아름다운 구간인 B코스 중에서도 백미가 되었다. 처음에는 흉하게 보였던 축산항 블루로드 다리도 푸른 바다와 모래사장과 산을 잘 연결시켜 주는 균형잡힌 아담한 다리가 되었다. 절경을 자랑하는 죽도산에도 나무계단이 설치되어 사람들이 쉽게 정상에 다다르게 해준다.

축산 3동의 뒷산인 해발 80미터의 죽도산(일명 대밭산) 정상에 올라서면 동해바다를 시원하게 바라볼 수 있고, 북으로는 후포 남으로는 포항까지 볼 수 있다. 그리고 앞을 내려다보면 축산항 마을이 한 눈에 들어온다.

오른쪽의 항구와 왼쪽의 축산천 사이의 폭은 불과 20미터 정도인데, 죽도산 정상에 서면 등산객은 날씬한 여인의 몸매를 연상시킬 정도의 아름다운 축산항 마을의 형체를 즐길 수 있다.

〈유적〉

축산항의 유적으로는 영양남씨 발상지 유적, 안동김씨 정효각, 호동 고택, 축산성 외곽 및 봉수대를 들 수 있다.

일본 사신으로 갔다가 당나라로 돌아가던 당나라 고위관리였던 김민은 축산항에 표류하여 여기에 살기를 원하자 신라 경덕왕이 그에게 남씨성을 하사하였다. 그리하여 남민은 영양남씨의 시조가 되었다.

와우산 자락에는 1798년 건립된 유허비(영의정을 지낸 후손 남공철이 글을 적었다)가 웅장하게 서있고 외지에서 영양남씨들의 방문이 이어지고 있다. 영양남씨들은 이후 원구 및 영해의 호지마을에서 집성촌을 이루고 오랫동안 기거하면서 영해 4대 성씨의 하나로서 자리를 잡고 있다.

축산 2동과 경정 그리고 축산항이 갈라지는 삼거리인 소위 도치

머리에는 안동김씨들이 자랑하는 정효각이 있다. 2대를 걸친 효행이 지극하여 영해부와 경상도에서 유림들이 상소를 올리자 철종이 1857년 정효각을 하사하였고, 고종 5년(1867년) 건립되었다.

정효각(旌孝閣)이라는 현판은 영의정을 지낸 민규호의 글이다. 아버지(김병형)와 아들(김성균) 두 명의 대를 이은 효행을 기리는 정효각은 우리나라에서 찾아보기 어렵다고 한다. 이를 계기로 안동김씨 영해파는 크게 번성하여 구한말 천석군 김창진(사헌부 감찰)이 나오고 한국원(전 국회의원)을 사위로 보았고, 정수창(전 상공회의소 회장), 한용호(전 대우건설회장)와 같은 걸출한 외손이 배출되게 되었다. 축산 2동(염장)에는 천석군 김창진이 지은 30칸짜리 한옥 호동고택이 있었지만 본채가 2008년 불이 나서 현재는 외곽만 남아있어 안타까움을 더한다.

축산항은 수군기지로 일본의 왜구침략을 막는 중요한 역할을 하였다. 조선시대에도 만호가 있었다. 축산포의 방어를 위하여 성곽이 있었고 그 성곽의 일부가 축산 1동 근처에 아직도 남아있다. 왜구가 쳐들어 올 때에는 그 긴급함을 알리기 위하여 봉수대를 건축하여 군 사용으로 사용하였다. 대소산(일명 봉화산, 해발 278미터) 정상에 있는 조선시대에 사용하던 봉수대는 지금도 잘 보존되어 있다.

〈인물〉

축산에는 무안박씨, 진성이씨, 안동김씨, 청주한씨들이 반가의 전통을 모두 300년 이상 이어가면서 살아왔다. 무안박씨와 진성이씨는 도곡과 상원에 기거하고 안동김씨는 축산 2동인 염장에 집성촌을 이루었고 청주한씨들은 축산항에서 오랫동안 기거하였다.

축산항이 낳은 현재 활동중인 관계인사로는 김대철(국민인권위원회 부이사관), 서준한(농림축산식품부 장관비서관), 곽성호(영해면장, 영덕군 부이사관), 황운학(해군 대령), 최홍만(육군 대령), 학계의 인사로는 홍무창(경희대 한의대 교수), 김인현(고려대 법대 교수), 법조계인사로는 최철환(김&장 법률사무소, 변호사), 좌진수(변호사), 윤장원(변호사), 김석현(변리사), 지방정계인사로는 한영수(전 군의회의장), 손경찬(전 군의원 및 경북도의원), 그리고 산업계인사로는 박종대(전 평화은행장), 한용호(전 대우건설회장), 강원탁(전 사장), 박노근(삼성그룹 계열사 사장), 박노창(전 영덕 북부수협 조합장), 김성용(영덕 북부수협 조합장), 김두기(영덕문화원 부원장), 박영택(영덕울진 축산업협동조합장), 박수한(케이씨씨 전자 사장)이 있다.

작고하신 해방 이후의 인물로는 김정한(경북도평의회 의원, 영해중고 초대기성회장), 한국원(2대 국회의원), 김용한(경북초대 도의원), 김수영(경북 3대 도의원), 김재열(초대 통일주체국민회의 대의원), 김협동(영덕중고등학교 교감), 김세동(영덕군 교육위원), 정창문 · 임송죽 · 강주탁 · 김준동 · 김복이(이상 축산수협조합장), 김국현(초등학교 교장), 김중현(전 사장), 천조운(전 체신부 국장, 이사관) 등이 있다.

〈축산항의 과제〉

축산항의 산업은 수산업에 크게 의존한다. 수산업은 어족의 고갈에 따라 한계에 부딪치고, 영덕대게와 오징어 등 지방의 특산 어획물에 의존하는 형편이다. 지역의 가장 큰 기관인 영덕북부수협의 어획고가 곧 축산항의 경제상태의 바로미터가 된다. 가능하면 많은 어선들이 축산항을 모항으로 하면서 어획물이 축산항을 통하여 내륙으로 흘러가도록 하는 전략을 구사할 필요가 있다.

7번국도와 상당거리 떨어져 있었기 때문에 잘 알려지지 않았던 축산항은 이제 블루로드와 신정동진 지정에 따라 관광의 중심지로 탈바꿈하고 있다. 관광에 따른 외부로부터의 수입이 축산항에 유입되도록 전략을 짜는 것이 중요하게 되었다. 싱싱한 수산물로 대변되는 먹거리만으로는 관광객을 하루 머물게 하기에는 부족하기 때문에 축산항에서 1박을 하고 갈 수 있을 정도의 문화적인 공간도 만들어주어야 한다.

축산 3동에 있는 동해안 수산업의 현장인 축산수협(현 영덕북부수협)에서 출발하여-〉축산 1동의 만호가 있었던 복원된 축산성-〉와우산 자락의 영양남씨 유허비-〉도치머리에 있는 부자간의 지극한 효행이 담긴 정효각-〉30여칸을 자랑하는 염장의 호동고택-〉마지막으로 대소산의 봉수대를 연결하는 2시간에 걸치는 영덕블루로드 축산항 문화관광상품을 개발할 필요가 있다.

최근 청정지역인 축산항을 찾는 은퇴한 사람들이 늘어나서 인구가 오히려 늘고 있는 점은 고무적인 일이다. 은퇴한 세대들이 아름답고 깨끗하고 먹거리가 풍부한 축산항에서 여생을 보낼 수 있도록 다양한 인프라를 구축해줄 필요가 있다. 노인층을 위한 의료진의 확충이나 레크리에이션 시설의 확보도 시급하다.

축산항은 축산면의 중심임에도 불구하고 면사무소와 축산중학교가 지리적 중심지인 도곡에 위치하게 되면서 지역행정의 중심에서 멀어져 있다. 그런 이유 때문인지 몰라도 서울에서의 축산면민회 영덕군향우회의 활동에도 축산항 출신은 소극적이다.

출향인들도 한마음이 되어 고향인 축산항을 발전시키기 위하여 좋은 아이디어와 경험을 제공하면서 고향의 발전을 위한 노력을 아끼지 말아야 하는 과제가 있다.

(2016. 1. 28.)

10. 나의 조부님 김용한

이 세상에 많은 조부와 손주의 사이가 있다. 대개 조부와 손주의 사이는 평화롭고 사랑스럽다. 어떤 이유인지 모르지만 아버지는 아들과 특히 큰 아들과 그렇게 친하지 못하다. 이것은 아버지의 아들에 대한 기대가 너무 큰데, 아들이 이에 따르지 못하니까 아버지가 아들에게 너무 많은 것을 기대한 결과이다. 우리 집도 그랬다.

그런데 나는 여섯 살 때부터 중 3때까지 조부님의 방에서 근 10년을 기거했을 정도이니 조부님의 총애가 얼마나 큰 것이었는지 짐작할 수 있다. 나의 가정교육은 조부님이 모두 시키셨고 학교에서 학부모를 부를 때에도 조부님이 다녀오실 정도였다. 그래서 나는 조부님과 많은 일화를 가지고 있다.

첫째, 조부님은 객관적이고 경우가 바르신 분이었다

일면 1중학제도가 도입되어 축산면에도 중학교가 생기게 되었다. 동네에서는 축산항에 축산중학교를 유치하려는 운동이 일어났다. 사람들이 찾아와서 그런 이야기를 하자, 조부님은 일언지하(一言之下)에 거절하시고 도곡에 건립되어야 한다고 하셨다. 축산항은 축산면에서 외진 곳이라서 부곡이나 대곡 등 구석진 곳에 있는 사람들이 올 수가 없다는 설명이었다. 그래서 중간지점인 도곡이 좋다고 하셨다. 결국 중학교는 도곡에 건립되었다. 축산항과 경정 등의 인구가 축산면의 70%는 차지하니 축산항에 두어도 될 법했지만, 조부님은 당신께서도 축산항에 살고 있으면서도 전체를 보신 것이다.

한번은 내가 여름에 살평상에서 아이들과 놀다가 이웃아저씨가 술이 취한 상태에서 지나가는 것을 보고, 놀리는 말을 했다. 집에 와 있는데 이 아저씨가 "이 집 아들이 어른을 놀렸다"고 하면서 항의하러 왔다. 어머니는 우리 아이는 오늘 밖에 나간 적이 없다고 하시면서 강하게 받아쳤다. 그 아저씨는 내가 놀리던 아이가 맞다고 주장하였다. 그러자 사랑방에 계시던 조부님이 소란을 듣고서는 무슨 일인지 물어보게 되었다. 어머니와 나를 방으로 부르셨다. 그런 일이 있느냐고 나한테 물으셨다. 나는 그런 일이 있었고, 잘못되었다고 말씀드렸다. 조부님은 어머님을 야단치셨다. 아이가 잘못을 했으면 사과를 하면 될 일이지, 그런 일이 없다고 하면 거짓말을 아이에게 가르치는 것이 아니냐고 하시면서 빨리 가서 그 아저씨에게 사과하고 오라고 명하셨다.

어머니와 나는 그 아저씨 집에 가서 사과를 하고 용서를 빌었다. 조부님은 이와 같이 자신의 손자이기 때문에 특별히 봐주는 일은 하지 않으셨다. 조부님은 잘못된 것임에도 인정에 이끌리어 판단을 그르치는 일은 하지 않으셨다.

둘째, 조부님은 예의가 바르고 남을 배려하는 겸손한 분이었다

조부님은 결코 쌍스런 말씀을 하시거나 사람을 깔보지 않으셨다. 우리가 사는 곳이 바닷가라서 쌍스런 표현이 주위에서 많이 사용되었지만, 조부님은 결코 욕을 하거나 저질스런 표현은 하지 않으셨다.

나이가 어린 사람에게도 씨를 붙이는 등 존경해 주었다. 국회의원을 지낸 김중한 씨는 조부님과 같이 도의원 생활을 하셨고 같은 안동 김씨 집안이라서 친분이 두터웠다. 조부님이 2년 연상이라서 김중한 선생께서는 조부님을 형님이라고 부르셨다. 그럼에도 불구하고 항상 '중한 씨'라고 칭하셨다. 대면할 때는 물론이고 제3자에게 칭할 때도 중한 씨라고 했다. 할머니 친척으로 한참 연하이신 박수방우 교장선생님을 부를 때에나 칭할 때에도 '박 선생'이라고 하셨지, 수방우라고는 절대하지 않으셨다. 장달범 선장에 대해서도 그가 대형 사고를 내어서 우리 집안을 어렵게 했지만, 인사를 올 때면 '장선장'이라고 했지, 달범이하고 하대하지 않으셨다.

〈저자의 조부, 김용한 선생〉

조부님은 결코 남들에게 최고라고 여기지 않으셨고 반드시 1등이 되고자 하지 않으셨다. 영덕군에서 최고라면 역시 국회의원이었다. 남자로서 재력이 있으면 해방 이후에는 국회의원을 꿈꾸어 볼만 했다. 그렇지만 조부님은 도의원 1회로 만족하고 다른 분들에게 양보하셨다. 세월이 지나 영덕 지역을 위한 정당의 위원장, 부위원장 자리가 있을 때에도 조부님은 부위원장을 하셨지 결코 위원장을 탐내지 않으셨다. 초대 도의원들의 모임인 61동지회에서도 조부님은 회장직을 하지 않으셨다. 영해 3 · 18 독립기념탑 건립추진위원회에서도 조부님은 부위원장을 하셨다. 서울의 조경한 선생이나 박순천 여사와 같은 분을 회장으로 앞세운 것이다.

셋째, 조부님은 무언가 연구하고 발명하는 것을 좋아하셨다

연탄을 그만 사용하고 기름으로 가정용 난방의 방법을 바꾸어 나갈 때의 일이다. 내가 고등학교 1학년 때 정도이다. 조부님은 새벽마다 일찍 일어나서 옆방에서 소리를 내면서 무언가를 만드셨다. 철공소에도 여러 차례 다녀오셨다. 석유를 이용한 불기구인 버너를 만들어 연소를 성공시킨 후 크게 기뻐하셨다. 그 만드는 과정에서 다듬고 또 다듬으신 모양이다. 완전연소가 되어야 한다고 하면서 불꽃을 세밀하게 관찰하셨다. 붉은 색이 아니라 파란색이 중간에서 보이자, 조부님은 만족하시면서 이제 되었다고 하셨다. 이렇게 되어야 그을음이 나오지 않는다고 하셨다.

기름통을 하나 설치하고 여기에 1미터 정도 되는 철로 된 봉을 하나 달고 그 앞에 불기구를 붙였다. 조부님의 생각은 아궁이에 이 불기구를 깊이 넣으면 좋은 난방장치가 된다는 것이었다. 집에서 실험을 해보기로 했다. 그래서 우리 집 안방에 이것을 설치했다.

나와 아버지는 석유가 담긴 통에 공기를 집어넣고 기름이 나오게 한 다음, 불을 붙였다. 10여 분이 지나서 푸른색이 나오는 상태가 되자 완전 연소가 되었다. 갑자기 퍽하는 소리가 나면서 기름이 튀었다. 기름통과 버너를 연결하던 호스가 빠진 것이다. 나는 전혀 다치지 않았는데, 아버지는 얼굴에 상당히 깊은 화상을 입으셨다. 아버지는 얼굴에 가제를 한 달 이상 바르고 붕대를 감고 계셨다.

이런 사고를 당하면서도 조부님의 석유버너 프로젝트는 잘 진행되었다. 대구에 가시더니 실용신안특허를 얻었다고 하였다. 회사를 만드는 상표까지 구상을 하신 것이다. 더 이상 진행이 되지 않은 것은 외적인 요인 때문이었다. 갑자기 오일쇼크로 기름값이 천정부지로 솟아오르자, 나무나 연탄을 석유버너로 대체할 유인이 없어진 것이다. 비록 조부님이 이를 상품화시키지는 못하였지만, 나는 어떤 일을 할 때 조부님의 그 집중력과 집념 그리고 성실함을 항상 생각하고 따르려고 한다.

형과 나는 중학교 고등학교 때 빵을 간식으로 많이 먹었다. 밀가루 반죽을 해서 사각 통에 넣고 전기를 넣으면 얼마간의 시간이 지나면 부품하게 식감이 있는 빵이 탄생한다. 형과 나는 어머니에게 졸라서 빵을 해 달라고 하곤 했다.

이는 모두 조부님의 덕분이 아닌가 한다. 70년 중반, 조부님은 제빵기계의 영덕 축산항 대리점을 맡으신 모양이었다. 우리에게 빵을 먹도록 하시면서 성능을 물어보기도 하셨다. 그리고는 동네에 그 보급에 나섰다. 수금을 해서 본사에 얼마를 올려드리고 나머지는 수수료로 하신 것 같다. 그래서 많은 사람들이 우리 집을 다녀갔다. 그 당시는 이런 빵을 만들어 먹기도 어려운 때라서 사람들이 관심을 많이 보였다. 미수금이 조금 남아있는 곳도 있는 모양이었는데, 나도 해양대학을 다닐 때라서 크게 관여하지는 않았다.

넷째, 조부님은 공적인 일에 희생적이셨다

조부님은 단체로 무엇을 할 때, 지역의 어른으로서 잘 나서기도 하셨다. 대표적인 것이 우리 집 근처의 외등을 설치하는 일이었다. 밤이 되면 외등이 없어서 캄캄하고 어두워서 어른들이 걸어 다니기도 위험했다. 조부님은 이를 걱정하여 아이디어를 내셨다. 외등을 하나 우리 집 앞에 달기로 한 것이다. 우리 집에 나오는 추가전기료를 골목을 사용하는 세대마다 나누어서 거두는 방식을 취하셨다. 외등이 들어와서 골목을 밝혀주니 노인들이나 여성들이 밤길을 다니기가 너무 좋아졌다. 그 뒤 정부에서 외등을 정식으로 설치해주어서 더 이상 우리 집에서 처리하는 일은 없어졌다.

영해독립기념사업을 추진하신 일도 기억할 만한 일이다. 우리 직계 가족들은 조부님이 100수를 하실 터인데, 괜히 그런 일을 맡아서 빨리 세상을 떠나셨다고 생각한다. 내가 해양대학을 다닐 때이다. 휴가를 왔더니 조부님께서 영해에서도 독립운동이 크게 일어났는데, 기념탑을 세우는 일을 하신다고 했다. 남서순 씨라는 분이 총무를 맡았고, 박순천 선생을 회장으로 하고 조부님은 부회장을 맡은 위치라서 모금을 해야 한다고 하시면서 아침이면 오토바이를 타고 영해로 가셨다. 아마도 무슨 사무실이 만들어져 있는 모양이었다. 다음 해에 와보니 돈이 많이 걷혀서 돌려주었는데 뭐가 또 모자라서 힘이 든다고 하셨다. 팔순에 가까운 노인께서 오토바이를 한 시간씩 타고 영해와 축산을 겨울에도 매일 다니셨다. 급기야 목에 뭔가 있다고 하셔서 알아보니 후두암으로 판정이 났다.

수술을 하면 낫는다고 했는데… 조부님은 말을 못 하면서 살기는 싫다고 하셨다. 나는 좋다는 약을 중국에서 많이 사드렸다. 지금 생각하면 수술을 시켜드렸어야 하는데, 인간답게 품위있게 살려고 하셨는가 보다. 결국 79세를 넘기시지 못하고 임종을 맞이하셨다.

영해 3 · 18 독립운동 기념 완공된 영해 三一의거탑에는 "설립추진 부위원장 김용한"이라는 이름만이 남아있다. 이렇듯 공적인 일에는 몸을 사리지 않으시고 기여를 많이 하신 분으로 조부님은 나에게 기억된다.

다섯째, 손주교육에 열성적이셨다

나는 조부님이 왜 우리, 특히 나의 교육에 그렇게 열성적이셨는지 그 특별한 이유를 정확히는 알지 못한다. 사업에 실패하고 특별한 일이 없이 50대 후반을 보내시면서 에너지를 손주 교육에 퍼부었다고 볼 수도 있다. 아니면 손주가 자질이 있어 보이니 집안의 기둥으로 키워야겠다는 생각을 하시고 전통의 반촌의 교육방법, 즉 "손주교육은 조부가 시킨다"는 입장을 따르셨는지 모른다.

초등학교 2학년 경이다. 집은 아주 어려워졌을 때이다. 삼촌친구들이 놀고 있는 모래사장에 가게 되었다. 여름인데 삼촌 친구들은 동창회를 하는 모양이었다. 수박도 있고 먹을 것이 많았다. 삼촌 친구들이 반겨주었지만 나는 머뭇거렸다. 자격도 없는데 와서 먹으려니까 그랬다. 그런데 그 중에 한 사람이 "너희 할아버지가 돈을 다 주셨다. 너희들 여기 와서 놀도록 특별히 부탁을 하셨다"는 것이었다. 그 때서야 우리 형제는 마음이 놓여서 잘 놀다가 왔다. 삼촌친구들은 나보다 6년 선배들이었다. 집에서 기죽어 있지 말고 큰 형들과 노는 기회를 우리 손주들에게 제공하신 것으로 판단된다. 이는 조부님의 교육의 방법의 하나였다.

조부님은 우리를 일류로 키우고 싶으셨나 보다. 항상 또래의 아이들보다 앞서가고 돋보이도록 배려해 주셨다. 형편이 어려울 때인데 어디에서 돈이 나셨는지 이 라사(양복점)라는 곳에 우리를 데리고 가셨다. 양복의 천은 직접 사 오셨다. 양복점 주인은 형과 나를 줄자로 치수를 재었다. 그리고 얼마 지나지 않아 체크무늬의 양복이 나왔다.

처음으로 입어보는 양복이었다. 어머니도 아버지도 모두 기대하고 있던 터였다. 그런데 우리 형제들 둘 다 지은 옷이 너무 작았다. 그래서 한 번도 제대로 입지도 못하고 말았다. 할아버지도 어처구니가 없다고 하시면서 안타까워하셨다. 그렇지만 어려운 집안 사정에 최고의 옷을 해 입히려던 조부님의 손주 사랑의 마음이 지금도 느껴진다. 멜빵 있는 가방은 초등 1학년 때부터 메고 다녔기 때문에 남들의 부러움을 받았다.

클 때는 그렇게 형과도 많이 다투었다. 나이가 두 살 차이인데, 내가 학교를 일찍 들어서 한 학년 차이인 데다가 나는 조부님의 빽을 믿고 형에게 달려드는 경우가 많았다. 한창 먹을 나이에 배가 고프면 음식도 서로 많이 먹으려고 하다 보니 티격태격했다. 이런 우리들을 보고 조부님은 우리 5남매를 불렀다. "남매간에 우의가 최고다. 콩 한 조각이라도 나누어 먹어야 한다"고 항상 말씀하셨다. 한번은 진짜 콩 한 알을 두고 우리 5남매가 보는 앞에서 칼로 자르셨다. 골고루 나누어서 먹으라는 뜻이었다. 너무 작은 콩알이 5등분이 될 리는 없었다. 모두 흩어져버렸다. 그렇지만 조부님의 그 뜻만은 우리가 이해를 했다.

나는 고등학교를 졸업하던 해에 예비고사 성적이 좋지 않았다. 조부님이 어떻게 되었느냐고 하자, 나는 면목이 없어서 대답을 드리지 못하고 밖으로 나와버렸다. 형이 상세한 내용을 설명드렸다. 그런데 문 밖으로 조부님의 말씀이 크게 들렸다. "인현이는 서울대학도 갈 수 있다. 잔소리 말아라" 하시는 것이었다. 조부님이 그 점수로 서울에 있는 대학도 가지 못하는 것을 모를 리는 없으셨다.

그렇지만 손자가 기가 죽지 않도록 "그럼에도 불구하고, 나는 우리 둘째 손주는 무한으로 신뢰한다"는 취지로 그렇게 말씀하셨다. "한번의 실패로 흔들리지 말고 계속 정진하라"는 뜻이었을 것이다. 그때 그 말씀은 아직도 나의 귓전에 남아있다. 이렇듯 조부님은 나의 기를 살려주셨다. 어쩌면 그 조부님의 기 살리기와 손주 잘되게 하시려는 소망에 힘입어 내가 그나마 오늘날 이 사회에서 자리를 잘 잡게 되었다고 생각한다.

(2019. 12. 24.)

11. 〈양천세헌록〉과 정효각

천리미항 축산항과 대게 원조인 차유마을을 가기 위해서는 좌측에 유적 하나를 지나가게 된다. 동네사람들은 이 유적을 '효자각'이라고 부른다. 1857년 정부가 사액을 내린 정효각이 문중의 번역사업에 의하여 새롭게 조명받고 있다. 군내에 효행을 기리는 비각이 여럿 있지만, 정부로부터 사액을 받고 양대 부자의 효행을 기리는 것은 유일한 것으로 평가받고 있다. 〈정효각〉이라는 편액의 글씨는 이조판서 및 영의정을 지낸 민규호가 적었기 때문에 무게감을 더한다.

(신) 안동김씨 판관공파 사직서령공파 영해문중(회장 김관현)은 집안에서 내려오는 〈양천세헌록〉을 번역하는 작업을 진행하고 있다. 양천(陽川)이란 축산2동 염장의 옛 이름이다. 이 유고에는 〈정효각〉의 두 주인공인 김병형(炳衡)과 김성균(成均) 부자의 효행을 표창해달라는 상소의 글과 당시 후손 두 사람이 서울의 고관 사족들과 주고받은 편지

글들이 들어있다.

1833년부터 시작된 상소운동은 1863년까지 30년 이상 지속되었다. 20년의 노력결과 1854년 아들 성균에 대한 표창이 이루어졌다. 쌀 2석과 민어 2마리 조기 3속이 철종으로 부터 하사되었다. 1857년에는 아버지 병형에 대한 표창으로 철종의 명령에 의해 예조로부터 정려가 내려졌다. 아들인 성균이 1856년 사망했는데, 그 후 도내 유생들은 그에 대한 정려를 다시 내리라는 상소를 보냈다. 이와 동시에 3대 효자인 손자 제진에 대한 표창을 내리라는 상소가 1858년부터 1868년까지 10년간 계속되었다. 정려문은 세워졌지만 비석이 없자, 관진-영한의 노력으로 1867년 현재 〈정효각〉 자리에 병형-성균 양대의 효행을 기리는 비석이 세워졌다. 1866년 무안박씨 박영찬이 비석에 내용을 적었다.

조선시대 법전에 의하면 정부의 표창은 정려를 가장 먼저하고 다음 증직을 주고 미육(쌀과 고기)을 집안에 보내는 형식이었다. 살아있는 사람에게는 미육을 먼저하고 정려와 증직은 당사자가 세상을 떠나면 자연스럽게 따라 하사하였다.

손자 제진은 1856년 당시 예조판서 남병철의 집무실에까지 쳐들어가 정려를 받으려 했다는 사실이 편지글에 나타난다. 영남유림들의 상소, 집안의 노력, 그리고 제진과 깊은 교우관계에 있던 김병교 예조판서의 도움으로 조부인 병형에 대한 정려가 1857년 내려지면서 현염장 자리에 〈정효각〉이 지어졌다. 영해유림들이 원했던 3대 정려 표창은 결국 내려지지 못하였다. 성균에 대해서는 예조에서 미육이 먼저 내려진 상태로 미완의 상태이다. 1864년 김제진의 사망으로 추진 동력이 떨어진 것으로 보인다.

〈양천세헌록〉에는 영해부내의 양반들이 영해부사 및 경상도 관찰사에 건의문을 보낸 30여편의 기록이 나온다. 단순히 영해지방 뿐만 아니라 충청도 경남의 인물의 이름까지 나와서 표창상신 운동이 전국적인 규모로 벌어졌음을 알 수 있다. 이들 두 부자의 효행은 당시 전국적으로 크게 알려져서 1800년대 초반 두 부자들이 살았던 염장(현, 축산2리)은 효자동네, 효자들이 산소로 다닌 길은 효자로로 널리 알려졌다는 내용이 상소문에 나온다. 정식 명칭이 〈정효각〉임에도 현지에서 이를 효자각이라고 부른 것이 잘못된 것이 아니라 당시 염장은 효자동네로 알려지면서 그를 그리는 비각의 이름도 효자각으로 불리게 된 것으로 이해된다. 효천공이라는 택호도 받았다.

아버지 병형은 그 어머니에게서 회초리를 맞을 때 하녀를 불러 자신에게 회초리를 때리라고 했다. 어머니의 근력을 훼손시키지 않기 위함이었다고 한다. 아들 성균은 10리 떨어진 아버지의 산소를 하루도 빠짐없이 찾았고 그로 인해 산속에 길이 났고, 그 길이 효자의 길로 불렸다. 그 효성에 감동하여 석공은 비석을 이동할 때 무료로 해주었고, 서울에 있는 채권자는 빚 문서를 찢어버렸다.

〈양천세헌록〉은 1850년대를 전후한 우리나라 사회상을 알 수 있는 좋은 기록들이 여럿 나온다. 1858년 염장에서 22명, 1858년 경정에서 17명, 1860년에 염장에서 15명이 3대 효자인 제진을 표창하라는 상소를 각각 올렸는데, 주민의 이름이 나와 있다. 이중 염장의 인물들은 김대기 부원장(영덕문화원)의 고조부 등 선산(일산) 김씨들임이 밝혀졌다. 1839년 영덕현감 이장우의 답장 편지글 3편도 들어가 있다. 그는 서울에 주거하고 있었고 부인상을 당한 것으로 나온다. 제진과 그 아우인 관진 등 〈양천세헌록〉의 저자들이 당시 정권의 실세였던 김병교(당시 전라도 관찰사, 예조판서), 김응균, 김용진 등과 주고받은 편지글이 남아있다. 서울로 올라와서 현지사정을 전하는 편지글에 당일 도승지의 인사이동이 있었다는 내용도 나온다. 1859년 김병교의 사위 원석우가 보낸 서신에 의하면 다음 달 영해부사로 내려가는 사람이 김병교 대감의 처남이라고 알려준다. 그는 1859년부터 5년간 영해부사를 지낸 이준재 부사로 보인다.

무엇보다 흥미로운 것은 안동김씨 집안에서 축산에서 나는 수산물인 명란젓과 김을 선물로 서울의 관리들에게 보냈고 이에 대한 감사의 내용이 편지글에 나온다는 점이다. 이웃의 수령인 영덕현감 이장우는 제진에게 "보내준 명란젓이 너무 맛있어서 밥을 많이 먹게 되었다"는 소감을 편지에 담았다. 영덕 축산항의 명란이 1850년대에도 그렇게 맛있었고 인기가 있었다는 입증이 되는 셈이다.

번역작업 실무를 맡고 있는 송라 출신 고려대 교육학과 신창호 교수는 "영덕 축산항이 관광의 중심지로 떠오르고 있는데, 문화 컨텐츠를 갖추어서 머무는 관광이 되어야 한다. 〈정효각〉은 효자가 난 집안이 후대에서 번성한다는 점을 말하여 주는 상징으로서 활용해야 한다. 안동김씨 영해문중은 그 후 번성하여 1950년대에 전성기를 구가한 것으로 안다. 모두 3대 효자로 도내에 널리 알려진 집안의 후광이 작용한 덕분이다. 이러한 역사적 사실을 통하여 효행이 중요함을 후배세대에게 교육시키는 인성교육 자료로 〈정효각〉 스토리가 활용되었으면 한다"고 말했다.

제진, 관진 등이 어떻게 조정의 판서 등 정권의 핵심들과 친분을 유지했는지는 더 연구해야할 사항이다. 염장에 살던 영해문중은 안동소산에서 영해로 17세기 초에 입향했다. 당시 세도정치를 하던 안동김씨와 친척관계에 있었던 것이다. 제진이 당시 유학으로 뛰어났고 성균관에서 공부하면서 인맥을 쌓은 것이 아닌가 추측되는 내용이 편지글에 나오기도 한다.

〈정효각〉의 주인공들의 후손들은 소과 시험에 합격자를 19세기 말 배출한 후, 20세기에 들어와 2명의 천석군(김창진-김정한), 2명의 도의원(초대 김용한, 3대 김수영), 1명의 군수(김호동 안동군수)를 배출했다. 특히 외손자들이 크게 활약했는데, 한국원 2대 국회의원, 정수창 상공회의소 회장, 한용호 대우건설 사장 등이 그들이다. 천석군 김정한 선생은 1955년 큰 규모의 대지를 희사해서 영해고등학교가 설립되게 했다. 김상현 영덕읍 향우회장(쥬비드 사장), 김관현 사장(남경건설), 김인현 교수(고려대, 영해중고동창회 수석부회장), 김연증 변호사(포항), 김수년 회계사, 김석현 변리사. 김윤기 사무관 (서울시)이 현재 활동 중인 후손이다.

출간 작업은 3월에 완성되고 관련 세미나는 내년 4월 초 고려대
와 영덕에서 개최될 예정이다.

(2019. 12. 29.)

김인현 교수의 〈선장 교수의 고향사랑〉에 부쳐
― 애향(愛鄕)과 바다 사랑 이야기 ―

한영탁(언론인 · 수필가 · 전 〈토벽문학회〉 회장)

이 책은 저자가《바다와 나》에 이어서 두 번째 펴낸 수필집(Miscellany Collection)이다.

현재 고려대 법학전문대학원 교수로 재직 중인 저자는 외항선 선장 출신의 해상법 전문가로 실무와 이론을 겸비한 유니크한 경력의 소유자이다.

《바다와 나》는 자기가 운항하던 상선을 좌초시킨 후 실의에 빠진 30대 초반의 선장인 저자가 좌절을 딛고, 한국을 대표하는 해상법 학자로 일어선 입지전적인 재기가 내용의 중심을 이루었다. 그리고 이 책은 동해 바닷가 어촌, 유교 가풍을 물려받은 가정에서 태어나 자라면서, 집과 학교에서 받은 인성교육이 성실한 품성을 길러준 데 대해 늘 감사하며 사는 내용도 담고 있다.

김인현 교수가 이번에 새로 펴낸 미셸러니(Miscellany) 모음인《선장

교수의 고향 사랑》도 똑같이 태어나면서부터 뗄 수 없이 가까워진 바다 이야기와 시골에서의 유년기, 청소년 시절의 삶과 그의 남다른 고향에 대한 사랑과 사색을 주요 내용으로 담고 있다.

이 책의 제1장 〈그리운 고향〉에 실린 14편의 글들도 대체적으로 저자의 어린 시절의 온갖 추억을 담고 있다.

저자는 어린 시절 할아버지 앞에서 글씨 쓰기와 한자를 배우던 일을 추억한다. 추운 겨울 학교에서 돌아오면, 차가운 손자의 손을 아랫목 이불 속에 넣고 데워 주던 할머니 손의 따스함. 아버지의 양계를 도와드리며 협업의 중요성을 배운 일. 그때 느낀 갓 낳은 달걀의 따스한 온기를 기억한다. 우등상을 받으면 할아버지가 사주시던 별미 짜장면 맛과 인자한 할아버지의 자애를 잊지 못한다. 한자를 익히기에 열심이던 꼬마 조카가 속임수로 제 자랑을 하는 걸 알면서도 짐짓 모른 척하고 칭찬해주던 삼촌. 그것이 어른들의 아이 기(氣) 살려주기였다고 저자는 이제 와서 깨닫는다.

집안에 오래 남아 있던 리어카에 대한 추억도 많다. 아버지를 도와 리어카로 연탄재를 날라 웅덩이를 매워 부지를 만들던 일을 회상한다. 그 리어카는 나중 페인트 일을 하는 아버지의 작업 도구를 운반하고, 오징어 건조 작업 때는 참 많은 오징어를 실어 날랐다. 어릴 적 저자는 호기심이 많고 관찰력도 대단했던 것 같다. 자기네 집 2층 창고에는 온갖 잡동사니들이 어지럽게 널려 있었다. 그 가운데는 개인용 개다리소반이 2백여 개 있었다. 동네에 큰일이나 잔치가 있으면 저자와 형은 그것을 꺼내주는 일을 도맡아 했다. 삼촌이 어릴 적 쓰던 야구 클럽, 매트, 방망이들도 있었다. 저자는 그걸 꺼내 동네 아이들과 골목에서 야구 놀이를 했다. 부엌에는 커다란 조선 가마솥이 걸려 있었다. 할머니와 어머니는 그 가마솥으로 밥을 짓고 집안의 명품인 구수한 숭늉을 끓였다. 저자는 집안의 큰 어른인 조부님에 대한 조모와 어머니의 극진한 정성, 아버지의 효도를 보면서 어른에 대한 공경을 배운다.

필자는 이런 글들을 읽으면서 크고 작은 옛 일들을 저자가 어떻게 그처럼 빠짐없이 소상하게 기억하고 파노라마 같이 세세하게 그릴 수 있는지 놀라지 않을 수 없다. 정선의 금강산 진경산수화나 일본의 세밀화 풍속도를 보는 것 같은 사실감을 느꼈다.

이런 기록들은 오랜 세월이 흐른 먼 훗날 농어촌 사람들의 생활사를 연구하는 학자들에게 귀중한 자료가 될 것 같다는 생각이 든다. 제2장에 실린 △동해안 반찬 이야기 △김, 미역 그리고 성게 알 △동해안 생선에 대한 품평 △동해안 정치망 어장의 묘미와 한계 △오징어 건조에 대한 단상 등의 글도 동해안 어민이 살아가는 풍경을 사실적으로 생생히 서술하고 있다. 세 척의 큰 어선의 선주이자 조선소 두 곳을 운영하던 조부와 부친이 파산을 당한 후, 저자의 12명 대가족은 오징어 건조로 생계를 꾸려가게 되었다. 저자와 형, 누이들은 모두 부모님을 도와 리어카로 오징어를 실어 날라 건조대에 내다 걸어 말리고, 그것을 손질하여 상품으로 만드는 작업에 매달렸다. 한때 오징어가 대풍을 이루던 시절, 동해안 어민들이 살아가는 풍속도였다. 이런 풍경도 똑같이 민초들의 훌륭한 어촌 생활사 자료가 될 수 있을 것으로 본다.

제2장 〈바다와 나〉에 실린 '바다의 전설이 된 선장 이야기'는 특히

흥미롭다. 1960년 한국해양대학은 항해학과 50명, 기관학과 50명의 해기사들을 졸업생으로 배출한다. 그러나 승선할 선박이 없었다. 국비로 키워낸 졸업생들의 일자리가 없었던 것이다. 이를 안타까워하던 선장 출신 교수 한 분이 교수직을 그만두고 일본에 건너가 스스로 선장이 되어 일본 선박 한 척에 제자 졸업생들을 승선시켰다. 선원 수출의 효시였다. 그는 곧 한국선원 담당 선원송출 부장이 되어 한 척 두 척 한국 선원 송출 척수를 늘려갔다. 이것이 실마리가 되어 우리 선원 송출은 1980년대 5만 명에 이르러 연간 매출 5천억 원을 달성하게 되었다. 그는 우리 해운 발전의 숨은 선구자가 아닐까.

페르시아 만에서 전쟁이 났을 때 일이다. 한국 정유사가 용선한 유조선의 외국인 선원들이 전쟁터로의 입항을 거부했다. 정유사에 난리가 났다. 원유를 실어오지 못하면 국내 산업이 마비된다. 한국 선원이 승선한 유조선을 찾아 용선하기로 한다. 그러자 Y선장은 선원들을 모아놓고 호소한다. "죽을 각오로 페르시아 만으로 들어가서 원유를 싣고 오지 않는다면, 우리 조국의 산업시설이 멈추어 선다. 같이 들어가자. 반대하는 사람은 하선시켜 주겠다." 반대하는 사람은 아무도 없었다. 선장은 무사히 원유를 싣고 한국의 항구에 입항했다.

위 두 선장의 일은 한국 해양개척사의 귀중한 한 장(章)이 될 것으로 본다.

외항선 선장 가운데는 가끔 기인(奇人)도 나타났다. 프로 야구단의 단장이 된 해양대 출신 선장 일화도 재미있다. 그는 선상에서 TV중계방송을 보면서 롯데자이언츠 팀의 전략을 오랫동안 연구했다. 그리고 1990년《필승전략 롯데자이언츠》라는 책을 출판했다. 롯데 팀은 그를 구단주로 초대했다. 그는 배에서 내려 프로야구 구단주 직을 맡았다. 그는 2년 만에 그때까지 만년 꼴찌이던 롯데를 리그 우승으로 이끌었다. 그리고 다시 선장으로 돌아갔다. 정말 멋쟁이 캡틴들 이야기이다.

김인현 교수는 첫 수필집을 펴낸 뒤 일간《동아일보》에 외항 상선 선장으로서의 생활 경험을 〈바다, 배, 그리고 별〉이란 타이틀의 칼럼으로 장기 연재하고 있다. 현재 29회까지 나간 이 칼럼은 많은 독자들로부터 절찬을 받으며 계속되고 있다. 그 가운데서 고른 △'다양한 용도에서 사용된 어선' △닻 △'선박에서 특진하는 방법' △'어려울 때일수록 바다로 가자' 등 네 편의 글이 제2장에 올라 있다.

저자 김인현 교수는 바다를 사랑하고 자기가 '바다 사나이'라는 것을 자랑스럽게 생각하고, 그걸 잊지 않으려 애쓰는 사람이다. 아마 그래서 그는 고려대 대학원을 졸업하고 국내 굴지의 로펌인 〈김&장〉 법률사무소에 스카우트 되었을 때도, '선장(해사자문역)'이란 자격을 고집해서 관철시켰던 것 같다. 이 책의 타이틀에 〈선장 교수의 고향 사랑〉이라고 '선장'을 강조해 넣고 있는 이유도 짐작할 만하다.

필자는 저자와 동향의 출향인이다. 필자는 서울의 언론계에서 정년퇴직한 뒤 동향 후배들의 청을 물리칠 수 없어서 주간《영덕신문》의 편집인 직을 맡아 거의 10년간 운영했다. 1999년부터 국립목포해양대학 교수로 있던 김인현 교수의 칼럼을 싣게 되었다. 애향심이 넘치는 그의 글을 보면서 그를 소중히 여기게 되었다. 그리고 2008년 영덕 출신 문학인 30여 명이 향토 문학동인지《토벽(土壁)》을 펴낼 때 김인현 교수도 참여하여 함께 활동하고 있다.

저자 김인현 교수는 우리가 자란 고향을 누구보다 더 깊이 사랑하는 사람이다. 이 책의 제4장 〈지속 가능한 영덕과 나〉에 나온 글로 확인할 수 있다.

그는 고향 영덕이 자기에게 특별한 것 네 가지를 주었다고 말한다. 첫째, 영덕은 어려움을 극복할 수 있는 토양을 주었다고 한다. 열악한 교육 환경이기 때문에 더 분발할 동기를 주었다는 것이다. 둘째, 여러 사람과 잘 어울려 살아가는 방법을 알려 주었다고 본다. 가족, 친족, 종가, 외가, 진외가가 가까이 살아 웃어른들을 존경하고 잘 섬길 줄 알게 되었다고 한다. 좁은 지역사회 학교이기 때문에 학우들과는 더 친밀한 관계를 이룰 수 있었다는 것이다. 셋째, 집단에 대한 강한 소속감을 갖고 당당하게 살게 해주었다고 한다. 전통적 집안의 일원임에 긍지를 가지고 "집안의 얼굴에 먹칠을 하지 말자"는 각오로 당당하게 되었다는 얘기다. 넷째, 고향은 우리에게 풍부한 상상력을 가지고 긴 안목으로 살아가도록 하는 아름다운 산천을 주었다고 한다. ('고향 영덕이 특별히 우리에게 준 것')

저자는 많은 아름다움과 혜택을 안겨준 고향이 인구 격감으로 행정 단위로서 사라질 위기에 처해 있는 걸 안타까워한다. 그리하여 이 책에서 고향을 지속 가능한 고장으로 만들기 위한 제언을 하고, 전문학자들이 참여한 '영덕학'의 정립을 주창하고 있다. 경청할 필요가 있다고 본다.

필자는 김인현 교수의 두 번째 수필집(Miscellany Collection)을 읽고 서평이라기보다는, 독후감에 가까운 글을 쓰면서 끝으로 한 가지 아쉬움을 말하지 않을 수 없다. 그는 자신의 보고 듣고 느낀 것들에 대한 기억과 생각과 의견을 폭포수 같이 거침없이 쏟아내고 있다. 그러면서도 오늘날 우리 대한민국이라는 자유 민주 공화체가 처한 심각한 정체적 위기에 대한 고뇌나 성찰의 흔적은 보여 주지 않고 있다. 그의 다음 글을 기대해 본다.

(2020. 3. 20.)

선장 교수의 고향 사랑

초판 1쇄 발행 2020년 5월 20일
초판 2쇄 발행 2020년 8월 5일

지은이   김인현
펴낸이   윤형두 · 윤재민
펴낸곳   종합출판 범우(주)

등록번호 제 406-2004-000012호(2004년 1월 6일)
          (10881) 경기도 파주시 광인사길 9-13 (문발동)
대표전화 031)955-6900, 팩스 031)955-6905

홈페이지 www.bumwoosa.co.kr
이메일   bumwoosa1966@naver.com

ISBN 978-89-6365-278-8 03810

＊잘못된 책은 바꾸어 드립니다.
＊이 도서의 국립중앙도서관 출판시 도서목록(CIP)은 e-CIP홈페이지
(http://www.nl.go.kr/cip.php)에서 이용하실 수 있습니다.